庆余年

·修订版·

QING YU NIAN

【江南钦差】

六

猫腻/著

人民文学出版社

图书在版编目(CIP)数据

庆余年:修订版.第六卷,江南钦差/猫腻著.—北京:人民文学出版社,2021
(2024.3重印)
ISBN 978-7-02-016736-4

Ⅰ.①庆… Ⅱ.①猫… Ⅲ.①长篇小说—中国—当代 Ⅳ.① I247.5

中国版本图书馆CIP数据核字(2020)第236415号

策划编辑	胡玉萍
责任编辑	黄彦博
责任校对	杨益民
装帧设计	李思安
责任印制	王重艺

出版发行　人民文学出版社
社　　址　北京市朝内大街166号
邮政编码　100705

印　　刷　三河市博文印刷有限公司
经　　销　全国新华书店等

字　　数　260千字
开　　本　890毫米×1290毫米　1/32
印　　张　9.75　插页3
印　　数　138001—153000
版　　次　2021年1月北京第1版
印　　次　2024年3月第10次印刷

书　　号　978-7-02-016736-4
定　　价　39.00元

如有印装质量问题,请与本社图书销售中心调换。电话:010-65233595

目录

第一章 钦差因何发怒？ …… 001

第二章 内库工潮 …… 025

第三章 牵手 …… 046

第四章 扼住命运的咽喉 …… 066

第五章 要为天下谋银钱 …… 086

第六章 乙四房的强盗 …… 103

第七章 江南居暗杀事件 …… 117

第八章	不愿跪以及不得不跪的人们	137
第九章	明家争产案	161
第十章	杀袁惊梦	191
第十一章	青娃的梦也醒了	213
第十二章	好消息与坏消息	235
第十三章	君要臣走，老子偏不走	256
第十四章	户部里的艺术家	271
第十五章	苏州城里的囚犯	287

第一章 钦差因何发怒？

苏州城的下午，总督府书房里一片安静。

江南总督薛清坐在太师椅上，身边分坐着两位跟了他多年的师爷。一位师爷摇头叹息道："钦差大人果然是个胡闹的主儿。"

另一位师爷皱眉道："小范大人这一下将江南官员的脸面都扫光了，依他身份自然不惧此事，但总不稳妥。"

薛清笑着说道："二位也觉得他这一番卖弄有些做作？"

二位师爷互视一眼点了点头。

薛清道："年轻人总是比较有表演欲望。"

师爷小意问道："大人以为这位小范大人如何？"

薛清沉忖半晌道："聪明人，极其聪明，可以结交……可以深交。"

师爷有些诧异，心想怎么和前面结论不符？

"做作又如何？这天下百姓有几人能看见当时情景？京都的那些书阁大臣们又怎么知道真实情况？小范大人在民间口碑极佳，百姓们传播此事自然是不遗余力，因为对他的喜爱，就算此事当中有些不妥之处，也会被抹去，而对不畏官场积弊、当面呵斥一路官员的场景，自然会大加笔墨……"

薛清笑道："哈哈哈哈。箱藏十万两，坐船下苏州，过不多久只怕就是咱大庆朝的一段佳话了，这监察院出来的人果然有些鬼机灵。"

另一位师爷百思不得其解："既是聪明人，今日之事明明有更多好的办法解决，为什么小范大人非要选择这么荒唐的法子？"

薛清似笑非笑地望了他一眼，没有再说什么。有些事情是最亲密的师爷们都不应该知道的。范闲今日亮明刀剑得罪了整路官员，何尝不是在向陛下与自己表示诚意？由春闱至江南，范闲看来是恨不得要将天下的官员都得罪光，连老丈人当年的关系也不肯用心打理，这……当然是要做孤臣的做派。他身为皇帝亲信，在朝中耳目众多，当然知道关于范闲的身世流言确是实事，自然明白对方为何要一意孤行去做个孤臣。

这是防着忌讳。

薛清叹了口气，摇了摇头，心想大家都是劳心劳力人，看来日后在江南应该与这位年轻的小范大人好好走动走动才是。

下午的暖阳稍许驱散了初春的寒意，苏州城的人们在茶楼里喝着茶、聊着天。苏州人太富，富到闲暇的时间太多，便喜欢在茶楼里消磨时光。尤其是今天城里又出了这么大一件事情，更是口水与茶水在楼中同飞舞。

"听说了吗？那些官员的脸都被吓青了。"一位中年商人嘿嘿笑着。

另一人摇头叹道："可惜还不是大事化小，小事化了？我看钦差大人若真的怜惜百姓，就该将那些贪官污吏尽数捉进牢去。"

那中年商人嘲笑道："官员都下了狱，谁来审案？谁来理事？小范大人天纵其才，深谋远虑，哪会像我们这些百姓一般不识轻重。这招叫敲山震虎，你瞧着吧，好戏还在后头，江南路的官员这次是真的要尝尝监察院的厉害了。"

那人点头应道："这倒确实，幸亏陛下英明，将提司大人派来了江南。"

商人压低声音笑道："应该是陛下英明，将提司大人生了出来。"

茶桌上顿时安静下来，片刻后爆出一阵心照不宣的轻笑。那位商人又道："先前我店里那伙计去码头上看了……提司大人下手是真狠，那些坐着大船下江的手下，硬是被打了三十大鞭。"

对面那人回得理所当然："这才是正理，虽说是下属瞒着小范大人收银子，但罪过已经摆在那里。如今银子退了，礼单烧了，不好治罪，但如果不对下属加以严惩，江南路的官员怎么会心服？先前我也去看了，啧啧……那鞭子下得真狠，一鞭下去，似要带起几块皮肉来，血糊糊的好不可怕。"

此时钦差大人暂时借居的一处盐商庄园里，惨号声不绝于耳。范闲看着依次排开的几个亲信后背上的道道鞭痕，将伤药搁到桌上，笑骂道："小爷我体恤下属，你们却在这儿号丧……挨鞭子的时候，怎么不叫惨点儿？"

苏文茂惨兮兮地回头说道："要给大人争脸面，挨几鞭子当然不好叫的……不过大人，你这伤药是不是有问题？怎么越抹越痛。"

范闲笑了起来，说道："鞭子打得那么轻，现在当然要让你们吃些苦头！"

当天下午，范闲在暂居的住所里亲切接见了内库转运司的官员。江南路别的官员被他吓得不敢亲近，可这些内库官员是他的直接下属，躲也躲不过去，只得硬着头皮来见。好在范闲早已褪了河畔的阴寒皮骨，笑呵呵说了几句，便定了启程的日期，倒让那些内库官员有些摸不着头脑。

晚上在江南居准备的接风宴上，范闲与江南总督薛清及巡抚大人把酒言欢，气氛融洽，苏州知州强颜欢笑。倒是杭州知州知道钦差大人日后要常驻杭州，觍着脸硬留了下来，在苏州官员们杀人的目光中不停地拍着范闲与总督大人的马屁。

宴罢，范闲与楼中的官员们拱手告辞，上了自己的马车。

他还是当年的性子，喜欢坐车不喜欢坐轿。

马车前帘未挡，苏州城的夜风吹来，传入耳中的也有清亮的丝竹声。江南富庶，富商们多养优伎，苏杭两地的青楼生意也是出名的好。

范闲轻轻拍打着自己的脸颊，任由夜风吹走脸上的微热，他体内的真气已经恢复了不少，但酒量还没有回来，今天被官员们一劝头竟是有些昏。

"杭州的地址定好了，苏州城里呢？"他半闭着眼养神，轻声问道。

史阐立有些不安道："桑文要月中才到……学生……学生……"

范闲睁眼叹道："做这些事情着实委屈你了，再熬一两年吧，你也知道我身边没几个信得过的人。"

这说的乃是抱月楼南下的大计，青楼这门生意不仅银钱回流快，而且往往能起到意想不到的作用，比如情报之类。范闲在京都时便已经想好了要将自家青楼开到江南，虽然肯定会遇到不少阻力，但以自己的身份权势，一年之内稍成气候应该没有什么问题。

史阐立问道："大人，这事能不能暂缓？毕竟后天您就要启程去内库，苏州城里没有一个主心骨，要在这时候选址买楼买姑娘，我怕自己镇不住场。"

"我不在，还有三殿下啊……"范闲坏笑道，"他日后要随我去杭州，但这段日子他还是会留在苏州。不要忘了殿下在京都里做的是什么生意，对里面的门道清楚得很，要买哪座楼就买哪座楼，至于那些当红的姑娘……多砸些银子下去，哪有不成事的道理？有殿下在你身后撑腰，你就不要担心江南的青楼老板们会敢与你玩阴的，既然是玩明的，不过就是拿银子砸人的戏码，难道你还担心自己没银子？"

史阐立瞠目结舌，心想陛下是让您教育三皇子，难道您……当初就想在江南用三皇子开青楼？这也太大逆不道了！他紧接着又想到一件事情，担忧地说道："江南青楼业肯定会借机抬价……银子像流水一样，也不知道能维持多少天。"

这时候马车碾着苏州城里的洁净青石道，来到繁华的商业区。纵使在夜里，街上那些商店招牌依然明亮无比。苏州是内库出产往外的最大港口，单从繁华程度、商业发达程度上讲，除了东夷城，世上没有比得过它的城市。

除了各式商号的招牌之外，最显眼的便是每隔不远就会冒出来的一幡青布，说显眼并不是这块青布上染着夜里能发光的萤料，而是这些青布招展处并不是酒楼，青布上绘着与范家族徽有些相似的图案。

这条街上竟有八九家钱庄！

马车在安静的大街上驶过，路过一面有些新的青布时，范闲指了指这家钱庄的门，压低声音说道："就算你穷到死，也不要来这家钱庄。"

史阐立闻言去看，也只看着个大概，好奇道："招商？没听说过……又不是太平钱庄，哪里有人敢和他们打交道。"

范闲笑了笑，没有说什么。

天下商业逐渐发达，大笔买卖再用现银交易成了很困难的事，于是银票渐渐成为商人们喜欢的东西，而银号钱庄之类的机构也开始展现它们的重要性。像钱庄这类的存在人们最看重的当然是信用和底气，所以在这片江湖之中不存在大鱼吃小鱼的问题，几十年过去天底下还是只有那几条大鱼。

最大的三条鱼，分别叫作南庆、北齐、东夷城。

南庆、北齐官方发行的银票是为官票，当然是信用最佳，只是朝中官员们根本意识不到其中的重要性，官票兑取十分麻烦，灵活性差到令人发指的程度。所以除了存棺材本之外，一般的商人都选择由东夷城出面开办的太平钱庄。

太平钱庄是东夷城的资金，但据说北齐、南庆一些王公贵族也在里面入了股，所以不论是三国间如何争吵厮杀，这家钱庄却奇妙地没有受到任何影响。

二三十年过去了，太平钱庄信誉一流、资本雄厚、服务周到，暗中又有各国上层大人物保驾护航，很自然地就成为了天下最大的一间钱庄，在这条街上就开了三家分号。范闲看了眼车外飘过的青布，说道："取钱就在太平钱庄取。"

史阐立应了声。

"想取多少就取多少。"范闲平静地说道，"我走之前给你印鉴与数字，不要小家子气舍不得花钱。"

想取多少就取多少？这世上哪有这么好的事情！史阐立一怔笑道："难不成这太平钱庄是大人开的不成？"

范闲一笑回道："我要有这么多钱，所有事情迎刃而解，何必还要和那些人打交道。"

史阐立是他心腹，知道他说的是北齐方面，微一紧张之后没有接话。但他由北齐联想到不日后内库开门之事，如果想资助夏栖飞与明家夺标，那可是需要一大笔恐怖的资金才成，便皱眉道："大人，内库那边急着用钱，如果一时不趁手，我看开店的事情还是缓缓。"

"你需要的银两和内库那边夺标需要的银两不是一个数量级，所以你不用操心。至于开店，还是要尽快，一是趁着殿下还在苏州，他估计也有这个兴趣，办事方便。二来……"范闲想着京都的父亲大人，忍不住笑了起来，"二来，这江南的姑娘们还等着我们老范家打救，能早一日便是一日。"

这话不假，自从在京都给抱月楼定了规矩，又由那位石清儿姑娘加以补充，如今的抱月楼姑娘们还是在做皮肉生意，日子却比当年好过了许多，抽成少了，定期还有医生上门诊病，又签了份新奇的"劳动合同"。抱月楼的姑娘们对范闲真的是感恩戴德，声势推展开去，影响一出，如今整个京都的青楼似乎现出一种健康向上的业态。如果抱月楼真的能在江南开成连锁，江南的柳如是们想必也会十分欢喜范钦差的到来才是。

回到那位盐商满心欢喜让出来的华园，范闲接过思思递过来的热汤喝了下去，醒酒之余也暖暖身子，看了几封院里发来的院报，发现天下太平，遂放宽了心，让思思进里屋去睡，自己披了件厚袄走了出来，敲了另一间房的门。

不远处的虎卫与六处剑手赶紧隐藏在了黑暗中。

房门吱呀一声开了，露出一张睡意犹存的脸。

不等海棠开口，范闲惊讶道："这么早就睡了？"海棠微微一笑，将他让进屋来，又将无烟油灯拨得更亮了一些，轻声道："商人家豪奢得厉害，这床也舒服，想着你今天晚上接风宴上只怕要醉，所以我便先睡了。"

范闲定睛一看，发现姑娘穿的衣服并不怎么厚，只是一件很朴素的襦衣，皱眉道："多穿些，虽然你境界高，风寒却不是好惹的。"

海棠懒得理他，打了个呵欠，说道："有什么事，赶紧说吧。"

范闲一愣，却忘了自己此时过来是要说些什么。昨天夜里他上了京船之后，海棠便悄无声息地消失，直到下午又神出鬼没地出现在园子里，莫非自己只是来确认她在不在？还是说自己已经习惯了和这个圣女像老朋友一般聊聊天？

"我很难喝醉的。"他是个有些急智的人，就着海棠的第一句话说道，"你知道我胆小怕死，除了在完全相信的人面前，我不会喝醉。"

"所以你只在家中才能肆意一醉？"海棠睁着明亮的眼好奇地问道。

范闲摇了摇头："除了完全信任，我还要相信喝醉时身边的人有足够的能力保护我的安全。"

海棠知道他说的是什么意思，怜惜地说道："不要告诉我，你长这么大，也就在上京城的松鹤居里喝醉……过一次。"

那次在北齐上京，当着海棠的面，范闲肆意狂醉，直至昏沉不省人事，还被下了春药，着了重生以来最大的一个道儿。

范闲气恼地说道："你还有脸提……当然。"他看不得海棠眼中的同情，冷傲地继续说着，"小时候我是经常醉的，你不要把自己看得过于重要。"

海棠笑了笑："那时候，那位……瞎大师一直跟在你的身边？"

范闲没有回话。

海棠忽然皱眉说道："那……传说中你酒后诗兴大发，在庆国皇宫之中醉诗千篇……难道也是假的？"

范闲摆摆手，不想和她继续这个无趣的话题，直接问道："银子到了没有？"

海棠无趣地叹了口气,站了起来,看着他的双眼认真地点了点头:"从八月份起,陛下就开始安排了,你不用担心。"

范闲自嘲地笑道:"不担心怎么办,这件事情我又不能让老爷子把国库里的银子调出来给自己用。"

"说到这点,"海棠皱眉道,"你居然带了十几万两现银在身边……这也太傻了吧?我可不相信你就仅仅是为了在河畔接风之时摆一摆威风。"

范闲心想其中内情哪里能告诉你,这事谁都不能说。

"不过是些没用的银子,带着怕什么?"

"你入仕未及两年,却有这么多银子?"海棠似笑非笑道,"包括令尊的俸禄在内,也只怕要一百多年才能存足这么多银子,你怎么向官员们解释?"

"不要忘了,我范氏乃是大族,族产才是真正的来钱处。"

"噢?能轻易拿出这么多银子的大族……难道没有什么横行不法事?当心都察院的御史就此参你一本。"

"参便参。"范闲笑道,"就算族里没这么多钱,但这两年宫中知道我生意做得大,也不会疑我什么。"

"一家青楼,十几家书局……能挣这么多银子?"海棠疑惑地问道。

"不要小瞧了我家老二的敛财功夫……当然,我做了两年官,收的好处也是不少,基本上都埋在那个箱子里。别说,出京的时候要换这么整齐的银锭,如果没有老爷子帮忙从库房里调,我还真是没辙。"范闲撇嘴一笑,"等事情了了,贿银便和这些干净银子混在一处,朝廷也不好说我什么。只是为了凑足银子,我将名下产业的流银全搜得干干净净,如今京都里面真是空壳一个。"

海棠这才知道他还有这个打算,不免有些鄙夷:"以你的地位,何至于对于洗清贿银也如此上心?"

"山人……自有妙用。"

"那你银子都放在箱子里,众目睽睽之下不好动,日后用钱怎么办?"

范闲微笑着说道:"不是有您吗?还有那位可爱的皇帝陛下,这次他往太平钱庄里打的银子可不是小数目,我顺手捞几个来花花,想必他不会介意。"

海棠一愣,这才知道论起打架与谋略自己不会在范闲之下,可说到偷奸耍滑挣钱,自己这些人与范家的差距就有些大了,这些天自己可得盯紧一些。

这时的场景着实有些荒唐可笑,天下公认的两位清逸脱尘人物,却在一个阴森森的夜晚,悄悄说着关于银两、银票、钱庄、洗钱这类铜臭气十足的话题。

而在府院正堂之中,明烛高悬,代表着范闲江南政务宣言精神的那一大箱银子,就这样光明正大地摆在那儿。四周走过的人都忍不住要看这箱子一眼。

只是到处都是护卫,十几万两银子固然令人眼馋,但江洋大盗或是贪财小偷们不如直接冲到官府司库里去抢官银,那样只怕成功系数还大一些。

箱子就这样大开着,袒露在所有人的面前,肚子里露出雪白的银锭,发着勾魂而又噬魂的光芒,里面隐隐有股凶险万分的寒意渗出。

又过了几天,让整个江南路紧张万分的钦差大人范闲终于离开了苏州,往西南方向的内库转运司所在行去。虽然三皇子还留在苏州城内,但官员们都大大地松了一口气,心想只要范提司不在,要糊弄一个小孩子还不简单?

三皇子不知道这些官员们在想什么,不然以他的阴狠性情和此时快要爆炸的脾气,指不定会玩出什么新的花样来。

内库是当年叶家的产业,间接支撑起庆国的稳定与开拓能力,甚至可以说庆国就是靠内库养着的,自然地成为朝廷看守最森严的所在,在民间传说中简直是五雷巡于外,天神镇于中——能够去内库瞧瞧风景,不知道是多少百姓的毕生心愿。但未经陛下特允，皇子也没有资格去内库，他本以为这次跟着范闲下江南，可以得偿所望，没想到范闲居然将自己丢在了苏州！

啪的一声！一位一看便是饱学之士的中年书生狼狈不堪地爬了出来。三皇子跟着出来，狠狠骂道："父皇是让范闲来当先生，他敢跑，我就敢踹人！"

府中下人们噤若寒蝉，钦差大人走了，谁还敢得罪这位小爷？连总督府请来的教书先生都敢踹，自己多嘴岂不是死定了！

三皇子正怒着，余光瞥见一人鬼鬼祟祟沿廊下往外走，赶紧喝住，走过去一看，却发现是范闲的亲信门生史阐立。他骄横阴狠，但看在范闲的面子上，总不好对史阐立如何，好奇地问道："史先生这是要去哪里？"

史阐立似被吓了一跳，说道："见过殿下，就是出门逛逛。"

三皇子一愣，说道："苏州城好玩的地方我还没见过，你得带着我。"

史阐立求饶道："殿下，这些天里的功课都布置下来了，您要是不做完，那可怎么得了？让老师知道我带殿下出去游玩，这也是好大的罪过。"

三皇子皱着细眉毛，冷哼道："做便做，只是……"他望着史阐立闪烁的眼神笑了起来，"你得告诉我，你不跟着老师去内库，留在苏州做什么？"

史阐立被这话堵着了，犹豫半晌后才苦笑了一下，压低声音道："殿下又不是不知，学生可怜，被老师命着做那个行当。"

三皇子两眼一亮，试探问道："可是……抱月楼要在苏州开了？"

史阐立一脸懊恼，似是生恨自己说漏了嘴。

三皇子冷笑两声，心里却乐开了花，暗想如果能在苏州重操旧业，总比在这府里枯坐要快活许多。他在京都抱月楼的股份被范闲硬夺了过去，钱是小事，无聊是大事，今天得知范闲要开楼子，哪里肯错过这个机会。他命令才从宫里赶来的那些老嬷子和太监留在府中，带着史阐立还有几个侍卫出了府。看着小主子消失在门口，那些太监、嬷嬷害怕不已，暗自祈求提司大人赶紧回来，却哪里想到范闲本来就是要借三皇子的身份压人。

一行人换了行装，扮作出游的富家公子哥，坐着马车绕着苏州城转着。看了些好景致，又在湖上看了几座花舫，三皇子的兴趣终于弱了下来，说道："天气太冷，姑娘们穿得太多，哪里能看出风流来？先去把地方选好，范闲要做的买卖，我也得费费心，不然说你带着我到处瞎逛，只怕他会生气。"

史阐立心道，早该如此啊。

选址的问题很容易解决，就着苏州城里最热闹的地儿，一行人不停往里扎，看到了不少青楼，知道是已经发展起来的熟地，便定了大致的方向。然后又在这一大片区域里，挑那门脸最清亮的楼便看，哪家看着大气就看哪家，很快便瞧中了对象。那是一家酒楼，占了街上最好的位置，极豪奢的三层楼，楼宇开阔，后面隐隐可以看着院墙，占地极大。

三皇子小手一挥："甭再找了，我看这家位置就最好。"

史阐立心头那个痛快，他在京都打理抱月楼也做了些日子的生意，可从来没有想过，带着皇子挑店址会爽利到这种程度，有钱有势，做起事情来果然干净利落。但他站在酒楼门口，还是动了动心思，小声说道："这地方太打眼，后面肯定有背景。"

三皇子一怔，问道："这天底下还有谁比我家的背景更大？"

史阐立张大嘴，半天没有说出话来，讷讷道："万一……有总督府的份子，或是巡抚家的，殿下虽然不在乎他们，但总要给官员们些面子。"

三皇子年纪虽小，却不是个糊涂家伙，一想是这个理，总督薛清就不是自己能轻易得罪的人物。再说自己这行人千里迢迢从京都来，当头便要夺江南大官们的面子，确实不大好看。但他看着这酒楼的位置，是越看越心痒，说道："也得问问，真把这个风水宝地放走了，范闲不心疼，我还要心疼好多天。"

一行人挡在酒楼外，指指点点，窃窃私语，顿时引起了人们的注意，只是看着衣着光鲜，护卫孔武有力，不似江湖人物，没人敢上前。只有

011

酒楼掌柜迫不得已走了出来，堆起职业化的微笑，问道："诸位，可要进楼尝尝本店的招牌菜？本店竹园馆，与江南居并称为苏州二楼，确实有些不错的吃食。"

这竹园馆身后自有背景，但经商之人生着颗七巧玲珑心，只说生意，言语间根本没有一丝怪罪对方堵在楼前的意思。

史阐立温和地笑着说道："不好意思，一时走神，掌柜莫怪。"

掌柜赶紧连道客官客气。三皇子不耐烦这么慢慢来，说道："进去坐着再说。掌柜的，安排个清静的房间，有些事情要讨教一下。"

掌柜一愣，心想你家兄长没发话，怎么小的却抢先说话？史阐立咳了两声，掩饰了一下，便跟着往楼里走。众人在雅间里坐下，掌柜亲自进屋招呼。三皇子也不废话，很直接地问道："掌柜的，你这楼卖不卖？"

掌柜暗道这位小公子说话口气真是不小，但他不知应付了多少难缠事，谦恭地笑着说道："小公子，这楼眼下生意不错，东家似乎没有转盘的意思。"

"敢请教东家贵姓？"史阐立腹诽殿下心急，转而温和问道。

掌柜不卑不亢地应道："东家姓钱。"

等掌柜退出之后，史阐立皱眉说道："这初来苏州，根本摸不清其中的关系，也不知道姓钱的是何方神圣。"

三皇子站起身来，推开包厢里的窗子，面色不由一怔，似乎看见了什么奇怪的东西。史阐立心头生疑，走到他身后往窗外望去，不由也怔在了原地。

窗外是这竹园馆的后园，园子里竟有一方平湖，湖面不阔，但胜在清幽，两边有院墙与闹市隔开，院中草坪未青，但可以想见春天时的美丽景色。

"真像……"二人同时开口感叹道。

这里说的像，当然是指这楼后的布置与京都抱月楼极像，尤其是那些草坪之上，如果再修些清幽小院，只怕与京都抱月楼会变成双生儿。

看着竹园馆的后园，抱月楼的前后两任管理者都动了心——这楼一定要买下来！

"买下来！"

三皇子与史阐立又极有默契地同时开口，然后呵呵一笑，剩下的事情就简单了，等回去后想办法打听一下这个竹园馆的背景。

"如果范思辙在这儿，只怕要和这家酒楼的东家打官司，非指着对方鼻子骂对方无耻抄袭自己的设计。"三皇子心情不错，笑着说道。

史阐立一想范二少爷还确实是这种性情，不由也笑了笑。

"笑什么笑？"三皇子瞪了他一眼，"我那二表哥可比大表哥还要阴……当然，他们哥俩儿都不是什么善茬儿，硬生生玩了招金蝉脱壳，欺负我年纪小，阴了我的股份，甭忘了，这事你也掺和了！"

此时史阐立只敢笑，哪里敢接话。

不多时，各色菜肴陆续上来，一尝之后，众人对这间酒楼的厨艺是大为赞赏，三皇子更是动了将厨子也一道收了的念头。

饭毕，众人正准备离开，掌柜急匆匆走进包厢，满脸大汗地重新行礼，急声说道："这几位客官，先前说买楼之事，可否再议一下？"

三皇子等人觉得好生奇怪，这楼子生意极佳，前面问的时候，对方明显有防备之意，怎么这时候却忽然变了态度？

史阐立试探着问道："掌柜的，这是什么意思？"

掌柜干笑了两声，说道："先前东家听说了这事，想着最近生意不如往年，既有贵客出价，干脆便放了出来，只希望贵客们能给个合适的价钱。另外就是……还希望转手之后，贵客们能将这楼子好生打理下去。"

史阐立越发奇怪，准备再问一下，三皇子却抢先笑眯眯地说道："这是自然，我们也是做生意的人，只是不知什么价码才是比较合适？"

包厢里一下子安静下来。掌柜怔住了，心想这是让自己出价？可看东家的意思肯定是打算白送，对方却似乎没察觉到，这可怎么出……他额头上的汗越来越多，面色红涨，似乎这初春料峭的天气已经化作了三伏之季，憋了半天，终于鼓足勇气，伸出四个手指头。

史阐立一愣，房间里的护卫们也愣住了，心想四万两？就算这地方的狮子头再出名，也没有这么狮子大开口的啊！

掌柜看对方没有接话，心里更是害怕，赶紧收回三根手指头，就留一根食指可怜兮兮地竖着。

史阐立更是无语，心想这价还得真是古怪，自己不用说话，转眼间便从四万两变成一万两，不过这价钱已经不错了，说道："一万两银子虽然不多……"

掌柜的双腿一软，险些哭了出来，说道："这位先生，错了，错了。"

史阐立讶异道："怎么错了？"

"是……一千两。"掌柜勉强挤出天真的笑容，"不是一万两。"

史阐立一口气险些没上来，还来不及说什么，三皇子接道："拿合约来。"

掌柜早有准备，立马出去请了位官府认可的中人入内，便开始写契书，等写到买卖数目的时候，三皇子甜甜地笑着说道："一万六千两，我不占你们便宜。我多给你两成的银子，想必你东家也不大肯卖，这两成算给他买伤药。"

三皇子今日穿的是平民衣裳，但自然流露出一股清贵之气，掌柜大为惊讶，却也不敢多言，写好契书，双方摁了指印，约好明天银楼两讫。小心翼翼地送这一行人出了酒楼，掌柜吁了一口气，抹了抹额上冷汗，镇定心神后便往三楼走，走进一个幽静的房间，将怀中的契书递给了一个年轻人。

这年轻人面相清正，双眼温和有神，正是在西湖楼上楼边出现过的明家少爷，明兰石。他接过契书扫了一眼，眼中闪过一丝失望，反手便是一耳光扇了过去。啪的一声响！掌柜捂着脸颊畏怯地看着少主，不知道自己哪里做错了。

"没用的东西！"明兰石声音里透着股寒风，"要你送银子都送不出去!"

家族会议后,明兰石便一直留在苏州,听得掌柜说有人想买楼,一听对方的形容打扮便猜到了少许。待后来小二偷听到了范思辙那个名字,立刻就确认了对方的身份,反应极快地准备将这竹园馆双手送上……没料到对方竟是一点便宜不占,一万六千两银子可不是小数目!这个数目不仅没有占明家便宜,反而比市道上的价钱还高了不少。但明家怎么会差这点儿钱?

他满心想趁三皇子不知道竹园馆东家是谁,抢先将这楼送出去,贱卖也成,当然是想讨好对方,如果对方将来不认这个人情……这一纸契书送到京都,便是范闲和三皇子仗势强买民间产业的证据,将来让长公主那边打御前官司也好找由头。没想到那个年纪轻轻的三皇子,竟然不肯占这个便宜。难道京都传言有假,这个皇子并不如传说中那般贪财阴狠?

他沉思半晌,吩咐道:"范大人的心思很简单,这是要开妓院了。传令下去,任何一间楼子都不准卖姑娘给他们,开再高的价钱也不行!"

掌柜应了一声,旋即苦笑道:"少爷,光咱自家的姑娘不卖……可这苏州城里做这个生意的可有不少人,那些人肯定不愿意得罪范大人。"

"他们手上有好姑娘吗?"明兰石冷笑道,"好姑娘都在咱们袁大家手里!让他们去买吧,一些残羹剩饭,哪里能吸引到客人。"

马车离开了竹园馆,四周的商家并不知道堂堂明家吃了一个闷亏,这家苏州最出名的酒楼明天便要易手。史阐立也终于醒过神来,皱眉说道:"殿下,看来您的身份被对方知晓了。"

三皇子稚气未脱的脸上闪过一丝厌烦:"也算那些人聪明。"

史阐立忍不住开口问道:"殿下,先前开的价钱是一千两,为什么……"

"为什么我要自己加价?"三皇子冷笑道,"无事献殷勤,非奸即盗,猜到我的身份,便恨不得将这楼子双手奉上……那日后呢?他们求的只怕不是一个楼子这般简单。人凑上笑脸来,咱们当然不好反手就打耳光,可也没必要将自己的脸凑上去和他们亲热。这世上有几个人够资格与我套交情？"

史阐立好奇道："不知道那楼子背后的东家是谁，见机倒是真快。"

三皇子说道："管他是谁，要我占他便宜肯定就是想占我便宜的人。这事你要记住了，以后也不要胡乱占别人便宜，当心给范闲惹麻烦。"

史阐立佩服得五体投地，赞道："殿下这话简单，但道理极深。"

三皇子用清稚的声音骂道："别拍我马屁，好不容易扮次老百姓，结果一眼就被人瞧了出来，真是不爽快。"

史阐立心想，小小年纪进楼便要买楼，这种口气哪里是想遮掩自己身份应该做的？他又想着，三皇子年纪轻轻，对着上万两银子的便宜居然能忍住不占，与当初做抱月楼时候的性情相差得太远，眼里不由闪过一丝疑惑。

也不知道三皇子看见他的神情没有，只听三皇子继续说道："范闲说过一句话，但凡我去占这天下人的便宜，最后总会被天下人占了朝廷的便宜，而我……如果让朝廷被人占了便宜，那就是甘愿自己掏银子供人花的大蠢货。"

史阐立闻言大惊，老师如此说法，自然是在告诉三皇子朝廷的利益将来就是你自己的利益，这是什么意思？太子可是依然在位啊！

三皇子没有察觉到史阐立内心的惊恐，微微一笑道："老师说过，君子爱财，取之有道，而君之财，则藏于天下，何须去取？"

史阐立震撼得不敢言语，双眼盯着车窗外不停飘过的青幡，强抑着内心的隐惧，当作自己根本没有听到过这句话。

三皇子这才醒过神来，嘲笑道："老史啊，你的胆子可比我那两位表哥小太多了，不是个做生意的材料。"

史阐立挪动身子，让后背微湿的衣服透透气，苦笑道："殿下教训得是。"

三皇子喊停了马车，说道："钱庄到了，你去办事，我先回府。"

看着远去的马车，史阐立暗松了一口气，让跟着自己的两位侍卫在外面等着，整理了一下身上的衣着，便往太平钱庄的分理号走去。在他身后不远处，那家新开数月的招商钱庄虽门庭冷落，但透着股新贵气息，那幡崭新的青布像是在嘲笑他的迂腐与无知。

鸡生双黄，先吃半边。暂不提史阐立在钱庄里又会遇到什么新鲜惊奇事，只说离苏州城极遥远的内库转运司辖境外，那列载着百余人的车队这时候正在阴寒的初春雨天里艰难前行。

内库转运司与盐司、茶司都不同，首先是事务更多，利润更大，而且是三司里唯一占有实地的转运司。内库出产一应工场工坊，需要极大的地盘，多年前朝廷划出闽北的一块地，面积竟是比一个小州还要大些，地位更是特殊。

由于担心内库的制造工艺流到国外，在警卫方面，朝廷真是下了血本，对内库辖境进行全封闭管理，一共设置了五条封锁线，最外围是江南本地的州军与水师，里面的四条线由庆国军方与监察院各设两条，互相监管。而往外的运输线，除了明面上的严苛监管之外，更不知撒了多少暗桩进去，无数双明里或是暗里的眼睛都在盯着崔家、明家或是别的什么代理巨商。

前任四处主办言若海与如今的京都守备秦恒的兄长秦山，是当初布置防卫工作的直接官员，二人曾经夸口，以内库的防卫力量，除了依然奈何不了大宗师，就算是只沾了香水味的蚊子都飞不出去。

饶是庆国花了这么大的力量，依然阻止不了天下的贪婪之心，这几十年内库不知道出了多少次事，庆国也为之付出了极沉重的代价。首先是驻军与防卫每年需要耗费不少银两，其次便是这几十年里损失的上千条人命——偷窃情报与反商业间谍的斗争，在这个世界里显得格外血腥。

这场战争似乎永远没有结束的那一天，监察院则是在这场战争中付出代价最多的机构，黑夜中的卧底不知道死了多少。

车队在接受最后一道检验，范闲掀开窗帘，看着不远处河流边的水力机枢若有所思——只是一些初始而粗糙的工业，但对动力的需求已经离不开水了。他平静地说道："我带你进来是为了我自身的安全，不希望你到各个工坊里去看热闹，如果被人发现了，你应该知道后果有多严重。就算你是九品上的强者，也不见得能逃走……而且我虽然伤只好了一半，也会亲自出手。"

车厢里，乔装成婢女的海棠微笑着看了一眼身旁的思思姑娘，没有说什么。

范闲的目光越过官道旁的青树及一望无际的田野，不远处哗哗流淌的河水，越来越远。那目光似要看穿一切，最终落在了河水去处的大工坊里。那处隐有烟腾空而起，却不是农家微青炊烟，而是带着股熟悉味道的黑烟。

难道是高炉？

这里的百姓都被朝廷征召入内库做工，工钱比种粮食要多太多，打理农田的心思就淡了，一大片沃野里，野草与初稻争着长势，看着有些杂乱。

范闲嗅着空气中清新的味道，放下心来，看来这里的环境污染不像自己事先想的那么严重，当然，更远些的铜山矿山里肯定要比这里环境恶劣得多。

看着眼前的景致，有一种脱离了许多年的感觉渐渐回到了他的脑中，只是那种来势依然温柔，并不汹涌，以至于他有些惘然——去年九月间的时候，他就总觉得自己内心深处极渴望某种东西，却一直没有找出来是什么。

海棠的双手像老汉一样袖着，看着窗边范闲有些失神的脸，也陷入了沉思——这个年轻的权臣究竟想做些什么呢？她忽然问道："感觉如何？"

范闲醒过神来，笑着说道："这话应该是我来问你。"

海棠笑了笑："确实是很少见的景致，没想到庆国的内库竟然如此之大，而先前看见的那些物事，我竟是连名字也叫不出来。"

范闲应道："看便看罢，想来你也不可能回去照着做一个。"

海棠眼中闪过一抹异光，微笑着问道："你对内库这么有信心？"

范闲轻声应道："不是对内库有信心，而是这种本就不该出现在这个世界上的东西，你光看外面的模样就能学着做出来……那就有鬼了。"

不知道想到了什么，海棠沉默了一会儿，又说道："如今内库里的人都是信阳方面的亲信，你打算怎么接手？"

范闲平静地回道："管是谁的人，如今总都是我的人。"

海棠疑惑地看了他一眼："你真打算……和对方不死不休？"

范闲挑眉道："这个问题你似乎问得晚了一些。"

海棠皱紧了眉头："你的那位岳母不是糊涂人，不会看不清楚如今的局势，按道理讲，不论是你还是她都有重新谈判的愿望。"

"我不和她撕破脸，估计你和北齐皇帝也不想看到这种局面。"范闲略带着嘲讽地一笑，说道，"放心吧，我不会和丈母娘重新联手，欺负你们北边的孤儿寡母。"

他并不担心北齐方面的态度，只要内库存在一天，北齐人就必须倚重自己一天。海棠说的话也不是没有道理，在玩弄政治的大人物们眼中，过往年间的任何仇怨在足够巨大的利益筹码面前都可以抛却，尤其是范闲与长公主之间，还有一个婉儿。在世人看来，只要长公主肯让步，范闲没有任何理由不接受和议。而且事实上长公主已经做出了让步：在苍山刺杀之后，她真切地感受到了范闲的强大力量，曾经修书数封进行尝试——只是范闲没有接受而已。

"再安安你的心。"范闲没有收回望向车外的目光，"长公主已经愿意接受我执掌内库的事实，而我……没有理会。"

海棠霍然抬首，明亮的眼睛盯着范闲的后背，心想这是为什么。范闲轻声解释道："她要三成的份子，就可以配合我轻松地接手内库。"

海棠沉默半晌后说道："不苛刻，已经算是极有诚意的条件……站在我大齐朝野的立场上，你与那位长公主闹得越僵，对我们越有利。但站在朋友的立场上，我想劝你一句，归根结底，你的权势是庆国皇室给的，而且她毕竟是你的岳母,这样好的条件没有理由不接受。"

范闲自嘲地笑了起来:"是吗?我可不这么想,也许是从骨子里我就认为,内库,任何人都没有资格来与我争夺。"

"为什么?"海棠依然摸不透他的心思。

"这是我母亲留下来的产业。"范闲沉默了会儿,继续说道,"我没有她的能力,只好做个二世祖,但也不能把这个家败了。"

车厢里静默下来。许久之后,海棠轻声说道:"可如今的内库是庆国朝廷的。"

"朝廷不过是一个很虚幻的影像而已。内库是朝廷的,那什么是朝廷?皇上,官员,太后,还是百姓?所以关键看这内库在我手上会发生什么样的作用,那些银子究竟能用在什么地方。如果朝廷用不好,那我就代朝廷来用一用,把这个虚幻的影像,变成实实在在的百姓群像。"

海棠一听,微笑着说道:"你又习惯性地想扮圣人了。"范闲道:"我和言冰云说过,偶尔做做圣人,对于自己的精神世界是一个很有益的补充。"

挑明与长公主之间曾经暗中进行的谈判,让海棠吃了一颗定心丸。范闲再次沉默下来,看着车外的景致发呆。那些河边的水车,坊中某种机枢的响声,远处炉上升起的黑烟,都在催发着他内心那个不知名的渴望。

"大人,到了。"

内库转运司官员谦卑的声音让范闲从沉思中醒来,才知道内库转运司已经到了。他整理了一下衣着,掀开车帘,跳了下去。

是跳了下去,而不是保持着一位官员应有的仪表沉稳走下去——仅这一个动作就表现出范闲心头莫名的紧张与兴奋。

街旁是一个寻常的衙门,没有他想象中热火朝天的场面,街上有些冷清,四周建筑倒是新丽漂亮,可是这里不像工地。

负责接他从苏州过来的转运司官员见多了这种神态,小心翼翼地解释道:"三大坊离司衙还远,大人今日先歇着,明天再去下面视察吧。"

范闲有些失望，本来打算今儿就去吹吹玻璃、织织棉布，与工人同志们亲切握手一番，却不想还要再等一日。

司衙大门全开，内库转运司及负责保卫工作的军方监察院方诸位大人分成两列，迎接着钦差大人。范闲当先走了进去，高达带着几名虎卫沉默地跟在他的身后。百来人的队伍在极短的时间内就被安置下来。海棠与思思被带到后宅，加上路上新买的那几个丫鬟，一直冷清无比的转运司正使府顿时热闹起来。

诸位官员向范闲请安之后，依次在衙上坐好，等着范闲训话。

范闲对内库的情况不熟悉，示意苏文茂代表自己讲了几句废话，便让众人先散了，只等着明日正式开衙。

回到后宅，来不及熟悉官邸，第一时间他就召来了监察院常驻内库的官员。这位官员年纪约摸四十，头发花白，看来内库的工作确实很耗精神。

他示意对方坐下，也不说什么废话，直接问道："讲讲情况。"

这位监察院官员属四处管辖，去年秋天便得了言氏父子的密信，早已做好了准备，赶紧将自己知道的东西掏得干干净净——范提司初来内库，如果想尽快掌握局面，一定要在库里找个信任的人。他身为监察院官员，近水楼台，自然要赶紧爬，才不辜负老天爷给自己的机遇。

范闲连连点头。这位监察院官员说话做事极为利落，谈话间便将内库当前的状况讲得清清楚楚：三大坊的职司，各司库官员的派系还有很多细节无一遗漏。

"为什么这些年内库亏损得这么厉害？"范闲生就天大的胆子，这种问题也是问得光明正大，一点也不在意这位监察院官员说话不方便。

这位监察院官员姓单名达，却不可能和范闲比胆大，犹豫着说道："其实亏损谈不上，只是这些年往京都上的赋税确实少了好几成。"

范闲冷笑道："这么一个生金蛋的老母鸡，挣的钱一年比一年少，和亏损有什么区别？也不知道前任是怎么管的？"

前任内库转运司正使，便是长公主首席谋士黄毅的堂兄黄完树大人，范闲还没有与这位黄大人见面，双方本就势若水火，何必整那些表面功夫。

单达不敢接他的话，说道："利润年年削薄，一方面是三大坊的花费越来越大，包括坊主在内那些司库官员们拿得太多。二来是出销的渠道这些年出了问题，海盗太过猖獗，十停里至少有一两停折在了海上。三来就是往北齐的供货问题，前些年账目太乱，也不知道崔家提走了多少私货，也没人敢查……幸亏提司大人出手查了崔家，光这一项便为朝廷挽回不少损失。"

范闲心里清楚，什么海盗，都是明家自抢自货的把戏。他看着单达欲言又止，好奇地问道："还有什么原因？"

单达看了他一眼，苦笑着说道："还有就是……院里这些年的经费增得太快，您也知道，院里一应花销大头都是直接由内库出，宫里的用度这些年没怎么涨，反而是院里花得太多了。"

范闲倒吸一口凉气，没想到自家监察院原来也是内库吸血鬼之一，转念一想，三处那些师兄弟们天天研制大规模杀伤型武器，二处的乌鸦们满天下打探消息，总是需要资金支持，更别说五处六处这两个极花钱的黑洞衙门……当然，就算这些都撇开，那个老跛子在陈园养了那么多绝代美女，过着堪比帝王的豪华生活，这些钱还不都是内库出的。

"院里的事就先别提了，传出去也丢人，查那几路就好。出销渠道的问题、海盗的问题，我来解决。"范闲盯着单达的眼睛，"但我不明白，三大坊的司库怎么也能和这些弊端相提并论？那些官员常年待在江南，不准擅离，确实是个辛苦活儿，朝廷给他们的俸禄丰厚些也是应该。"

单达不敢直视他的眼睛，低头应道："三大坊负责内库全部出产，那些货物都是他们一手做出来的，所以……所以……"

"所以什么？"范闲冷笑道，"难道他们就敢以此要挟？"

"要挟自然不敢。"单达脸上现出一丝苦笑，"但一应工序、配料、方子就只有三级司库知晓，他们稍许使些心眼便能让内库产量减少，所以一直以来地位都很特殊，朝廷也对他们另眼相看，甚至惯得有些骄横了。"

范闲心想，这就是说当初那些叶家的小帮工如今却成了垄断致富技术的官僚？不禁觉得有些荒唐好笑，便道："这不是要挟是什么？长公主是怎么应付这些司库的？"

单达应道："长公主只求产量不降，对司库们的要求基本上都是尽力满足，而且将他们的地位抬得极高……当然，真有司库不知道分寸的，长公主也会有她的手段。六年前忽然死了三个闹事的司库，自那以后，司库们才学会了闷声发大财，对咱们这些官员没好脸色，对朝廷还是不敢有不敬之心。"

范闲有些恼火，自己的丈母娘果然不是个做管理者的材料，居然将这样一个超大型企业管成这副模样，难怪皇帝陛下天天叫苦，父亲也头疼国库空虚。

"那就先整治这些人。"

单达吓了一跳，心想提司大人毕竟年轻，如果新官上任三把火，真把那些司库们得罪光，内库出销渠道先不说，产量与质量只怕都很难保证。他赶紧劝道："大人三思，不妨徐徐图之。"

范闲摇摇头："一万年太久，只争朝夕。十天后本官就要回苏州主持内库开门，不抓紧时间搞定，以后你们怎么管事？我可没那兴致天天往这跑。"

单达苦着脸说道："就算那些司库表面上服了，但暗中在坊里做些手脚，甚至连手脚都不需要做，便能让内库出产减低，查……又根本查不明白，最后这责任只怕还是要大人担着。"

范闲有些欣赏此人有一说一的态度，监察院官员果然比江南路官员要强上不少，于是笑着说道："杀了张屠夫，难道就要吃带毛猪？"

单达与苏文茂不知道提司大人是从哪里来的信心，司库管的是生产，这事监察院可不在行……忽然间，苏文茂脑子一动，想到这内库当初是叶家的产业，而自家大人是叶家后人，难道说大人真有办法？

范闲没有解释，让他们去准备明天开衙，独自去了后院，有些不是滋味地喝了两碗粥，便邀请海棠晚上与自己去三大坊走走。

鸡鸣，天空鱼肚白。

内库运转司正使府后墙那里人影一飘，范闲与海棠回到了书房之中。

范闲寒声道："夜夜笙歌，管理败坏……是这两个词吧？"

海棠还沉浸在震惊之中。她今天晚上随着范闲在三大坊逛了一圈，虽然没有接触到军械坊，依然被所见所闻震慑住了。原来棉布是用那种纺机织成的，而且居然不用人力，用的是水力……只是河水怎能如此驯服？回思今夜见闻，她对于那位早已消失在历史长河中的叶家女主人更感惊佩，望着范闲的目光也炽热了少许。他不就是那个叶家女主人的儿子吗？

范闲不如她那般震惊，新鲜感过后，庆国内库实则比他前世的乡镇企业还不如，只是些很初级的东西。如果不是庆国皇帝绝顶聪明，将所有工坊看得紧紧的，只怕早已不如当年值钱。

不过就一顺德镇，还不能产电冰箱，又算得什么？他真正吃惊的是那些司库们的豪奢生活，心想如果将这些人吃掉的银子拿来，得是多大的一笔进账？

长公主与那些官员们担心的事情他也不在乎。什么狗屁技术垄断，又不是什么特难的活路，自己当年虽然不是理科出身，吹几个玻璃总没太大问题，最关键的是，谁叫咱身后有人啊。知识就是力量，知识就是底气，知识就是银子——这就是范闲在内库第一天所产生的强烈认知。

第二章 内库工潮

内库转运司是一个独立王国。虽然官员由京都派遣而来，但远在江南，而且内部诱惑太多，绝大部分官员到最后都会被同化。监察院官员或许好些，但别的官员早已成为这个独立王国的一部分，没有人愿意发生任何变化。在他们看来内库的根本是什么，不是那些金山银山，不是那些下苦力的工人，不是外围的商人，而是三大坊的高级工匠与司库。

三大坊分布于江南诸州间，甲坊负责生产玻璃制品、对精度要求极高的工艺品、瓷货、昂贵至极的香水、蒸了又蒸的出名烈酒，像玻璃制品这一类又可以延展成无数商品，大概可以看作一个奢侈品工厂。乙坊则是负责大量生产棉布纱布、研究稻种、打造好钢，算是工农业基地。

丙坊的看守最为森严，因为这里负责生产军方需要的战船以及各种先进军械，比如黑骑目前配备的轻巧连弩，就是由这座工坊提供。在一些偏僻的荒山里，监察院三处与内库研究部门还在不停地研制火药。只是自开坊，火药研制就走上了一条错误的道路，以至于目前监察院只能拿一车火药当炮使，没有发明出热武器。不知道是智慧不足，还是那个姓叶的女子做过什么手脚。

三大坊只是一个粗略的说法，与此相关的出产不计其数，无数工坊星罗棋布于闽北之地，源源不断出产，再经由民间商人分销往北齐、东夷、小诸侯国、大洋之外的蛮荒王国，贪婪而汹涌地攫取着整个世界的钱粮，同时也将更好的生活品质、更多的奢华享受传播到整个世界。

当年叶家覆灭后，各项产业受到了极大的冲击，但遗泽犹在，司库们也真是拿出不少本事，将这些产业发扬光大，于十七年前达到了顶峰，整个庆国的财政收入竟有四成出自内库。只是近些年才稍微有些下滑，但依然是庆国最大的财政来源。套句某世的常用词——内库就是推动庆国向前的欲望发动机。

司库是不入流的小官，但对内库生产有非常重要的作用，所以才会如此强势，不管是对长公主还是范闲，都不害怕。

内库底层工人挣不了多少钱，官员们也挣不到太多，唯独他们在丰厚俸禄之外还享用着各式名目的津贴以及各种各样的红利。

司库们在这里就像是土皇帝，表面并不如何嚣张，暗底下吃扣拿银、盘剥工人，攒上难以想象的银钱，在周边大州盘下了无数良田。至于在其中用了多少见不得人的手段，可想而知，欺男霸女的事情也没少做。

高级司库还讲究些脸面，那些三十来岁的中年司库行事更加赤裸，那天夜里范闲查到一个司库竟是蓄养了十二房小妾！那些才十几岁的小妾是怎么来的，谁能说得清楚？年年都有工人闹事，告状的更是不计其数，只是这些告状的人根本出不了内库，就算侥幸到了苏州城，也会让人糊弄甚至是暗杀。

得罪良民事小，得罪司库事大，这是江南路官员们的共识。

于是当新一任的内库转运司正使、钦差大人范闲到了闽北衙门之后，那些对司库们怀着刻骨仇恨的下层工人与百姓，再也没有去击鼓鸣冤，只是冷漠地看着衙门处的大门，脸上的神情麻木得令人同情。

火光一现，鞭炮之声大作，红屑漫天飞舞之中，闽北内库转运司衙门的正门缓缓拉开，数十名官员身着正服鱼贯而入，分列两行，恭敬行礼。

出圣旨，请明剑，亮明钦差身份，言清管事章程，范闲看着堂下的这些下属，双手虚按，说道："坐吧。"

"谢大人赐座。"众官员整理衣衫坐下，看着小范大人的温和笑容，心头微定，再说也没有看见那些监察院官员，略有些警惕的大脑顿时放松了下来。

范闲往堂下看了一眼，便找到自己开门震虎的对象。

那三人面色黝黑，穿着常服，腰间的腰带系得紧紧的，恭谨地坐在那处，明显没有官职在身，却坐在了众官之中，便有些醒目，或者说刺眼。

范闲更是从对方的恭谨神情里看到了不在乎，这是一种极有底气的神态——他微微一笑，当然不会被对方的神态所激怒，先不理那三人，与官员说了朝廷的意思，又与坐在右手方的军方代表闲聊了两句。这位将军是叶家远亲，叶家如今似乎被陛下逼到了二皇子那边，但由于叶灵儿的存在，与范闲关系还算过得去。那位将领对范闲很是尊敬，想必是京中提前警告过他。

待公事说得差不多了，范闲忽然抬起茶碗喝了一口。庆国没有端茶送客的规矩，众官知道范大人有重要事讲，都安静了下来。在苏州码头的竹棚中，他的就职演讲惊煞了整个江南路的官员，今天又会说些什么呢？

"内库，真是一个很奇妙的地方。"范闲笑着说道。

众官赔笑道："大人说得有趣。"

范闲话锋一转："本官此次奉旨南下，每经一地，但凡开衙，总会有当地苦主敲鼓鸣冤，言道本地官员诸多不法事……没料到今儿个开衙已经半日，这么大一个地方，竟然连一个上书的百姓都没有。"

众官一愣，心想您一路潜行南下，有个……屁的鸣冤啊！

范闲面不改色，接着说道："本官大感欣慰，内库在诸位同僚治理下竟是一片清明，毫无不法之事，实在难得。"

众官员脸上一热，连称不敢不敢。

范闲话锋再转："只是不知内库是真没有什么问题，还是……某些官员官威太重，以至于百姓工人心有怨言，也不敢来说与本官听？"

这话太不讲究,是个赤裸裸构陷的把式,众官员不论派系都生出强烈反感,以副使为首,纷纷说道:"大人,断无此事,断无此事。"

范闲微笑着问道:"断无此事?本官听闻这些年来,三大坊里欠下面工人薪水不少,年前还曾经闹过一次大事,可有此事?"

众官员一愣,年前由于司库盘剥太厉,三大坊的工人确实闹过一次,还死了两个人,这事一直隐瞒着,没料到竟是传到了京都。

副使赶紧上前,赔笑说道:"年前资金回流稍慢了些,工钱晚发了三天而已,结果那些刁民借机闹事,竟让三大坊停了一天工,为朝廷带来了不可挽回的损失,转运司商议后才请叶参将弹压了一番。好在没有出太多人命,想着已近年关,大人马上便到,就没有急着上报。"

哪里是晚发了工钱,就是司库们将发下去的工钱抽了太多水,积怒之下,民愤渐起,工人们才会闹事。转运司的官员不想得罪司库,又不想掏出银子补账,所以一直装聋作哑,直到事情大了才急着调兵镇压。

范闲回身与那位叶参将轻声说了几句,又转身说道:"诸位大人,这内库说白了便是个商号,只不过是陛下的商号。既然是做东西的,最紧要的便是做东西的人……年复一年拖着工人的工钱,谁还愿意来给你做事?就算做事又如何肯用心?到最后,吃亏还是朝廷,是陛下。"

众官连声称是,纷纷进言日后一定严格照内库条例行事,断不会再有拖欠工钱的事情发生,至于日后如何,在他们想来是范闲与司库们之间的事,他们才不愿理会,只求把眼前之事先糊弄过去。

"净说些废话。"范闲摇头叹息道,"以后自然是不能再拖欠,那以前欠的呢?"

衙门顿时陷入了死一般的寂静之中。内库正式工人便有数万之众,加上吃食住用、饮水衣料等职司,人数更是到了一个恐怖的程度。朝廷定的工钱极为丰厚,从中抽水已经成为内库官员们发财的最大来源之一。如果范闲真要官员们将前些年的克扣全吐出来,这真是一笔不小的数目。官员们更清楚,自己这些人碍于庆律与监察院的监察,从来不敢明着吃,只是司库们的小孝敬,范大人针对的只怕还是那些司库,目光便有意无意间望向了某处。

那三个面色黝黑、身无官服却坐在椅中的人物,面色渐渐难看起来。

范闲就像是没有察觉场间的暗流,和声说道:"朝廷总不能亏欠子民,前些年的欠账总要逐步补上,只是事情有些繁杂,断然是不能急的。"

不能急……众官心情刚刚放松,却被他接下来的话吓了一跳!

"三天。"范闲微笑着伸出三根手指头,说道,"给诸位大人三天的时间,将所有的账填回来,欠工人的钱都补回去,以太平钱庄的利钱为准。三天后,如果还有工人到本官这里说他的工钱没拿到手,或者说让本官监察院的下属们查了出来……对不起诸位,本官便要表示一下了。"

一位司库终于坐不住了,起身恭敬地说道:"大人,下官有话禀报。"

"讲吧。"范闲颇有兴趣地看了他一眼。

"拖欠工钱之事或许有,但更多是账目的问题。"那位司库说道,"大人远自京都而来,不清楚地方上的刁民厉害,那些人拖家带口,明明就是一个人在工坊,偏偏要报三个人,不是我们不想给,实在是他们想骗朝廷的银子。"

范闲噫了一声:"还有这等把戏?"

那位司库明显没有听出范闲的讥讽意味,微喜道:"是啊大人,那些工人奸狡阴猾,仗着朝廷心疼百姓便敢狮子大开口,但凡有要求不能满足,便会消极怠工,甚至还有些家伙竟敢在工序里做手脚,这些年来不知道误了多少事!"

范闲面无表情道:"陛下如此仁明,这些人居然还如此不知足?"

那位司库说道:"确实如此!拖欠工钱之事,等下官回去之后一定细细查清楚,但那些闹事的工人也不能轻饶,大人切莫被这些奸人言语蒙蔽。那些家伙奸猾得厉害,着实不是什么好东西。"

范闲忽然问道:"敢问大人……"

副使赶紧在一边介绍道:"这位是甲坊的主事官,萧大人。"

"萧大人？"范闲似乎有些吃惊，"甲坊主事官，司库之首？"

那位姓萧的大司库赶紧行了个礼："正是下官。"

范闲盯着他看了半响，忽然开口道："你只是司库，朝廷给了你一个不入流的主事官，官身都没有，怎么敢在本官面前自称……下官？"

众人一怔。

范闲声音骤寒："口口声声下官，你又是哪门子的官？本衙今日头一遭开门，你一个区区主事不在衙外候着，居然敢大咧咧地入堂，还敢坐在朝廷命官之间，真是好大的胆子！你又算是个什么东西！"

嗯？堂间安静了半天，众官员们才反应过来，小范大人……是在骂人？

场间顿时乱了。这还了得！

这还是第一次有人指着三大坊主事的脸骂娘！就连长公主当初接手内库后，第一次来闽北衙门，对这三个大司库也很是客气，怎么小范大人当头就骂？

萧司库愣在当场，没想到范闲不笼络自己也罢，居然如此不给面子，脸色顿时难看了起来。但对着堂堂"皇子"，他也不敢说什么，悻悻然便要回座。

"撤了他的座。"范闲说道，"本官面前，没有他的座位。"

"范大人，"萧司库屁股还没挨着座位，就重新站直了身子，强抑着内心愤怒，说道，"不要欺人太甚！"

范闲根本不理会此人，转头与身旁面色尴尬的叶参将、副使说着闲话。

监察院官员走到场间，将萧司库推到一边，撤了他的座位。官员们纷纷说情，连那位叶参将也压低声音说道："范少爷，给他们留些颜面吧。"

"给他们留颜面？"范闲沉声说道，"我今儿就是专门打他们脸来的。"

叶参将闻言微惊，不敢再说什么。

内库开衙至今，三大坊主事在衙门里都有自己的座位，从来没有人会如此蔑视他们，另两位主事也终于坐不住了，起身站在萧司库身边，说道："既然大人认为衙中没有咱们的座位，不若一起撤了吧，反正三大坊都是些下贱之人。"

这不是赌气，是在拿三大坊压人。

范闲抬起头来，说道："可笑，难道你们以为自己还能有位置？三大坊里当然不全是下贱之人，不过诸位既然自承，本官也便信了。"

三位主事没料到范闲言语间竟没有给自己留一点退路，才知道对方不仅是要树威，竟是要赶尽杀绝。可是你凭什么，难道真想看着三大坊垮了不成？

"大人，不知三大坊有何得罪之处？"那位萧司库厉声问道。

"盘剥工钱，欺男霸女，要挟朝廷，不敬本官……"范闲盯着三人说道，"你们没有得罪我，但得罪了数万工人，还有养你们的朝廷与天下万民。"

"欲加之罪，何患无辞！"三位主事大怒着喊道，"大人初来转运司便如此肆意妄行，难道我大庆朝真的没有规矩不成？"

"在内库，本官便是规矩。这三人咆哮衙堂，给我拖下去，先打十板子。"

范闲将手中茶杯轻轻搁在桌上，毫不理会堂下官员求情的话语，心想自己恰（吃）得苦，霸得蛮，就是有些耐不得烦，哪里肯多费口舌。

啪啪啪啪，声音很脆，不像京都皇宫外廷杖落在都察院御史们身上所发出的闷响，却像是谁在为一个节奏感强烈的音乐打着节拍。拍子只落了十下便结束了，三位主事没有像宝玉那样惨叫，更没有像范老二那样昏厥过去。他们趴在长凳上，衣衫被掀了起来，裤子被褪了下去，臀背全是一道一道的红痕，看着凄惨不堪。他们不愿再被羞辱，当着范闲的面竟是硬顶着没有发出一声呼痛。

范闲有些意外这三位主事的硬气，要知道打板子的是监察院官员，他喊打，没有一个人敢留力气。他挥了挥手，说道："叉出去。"

自有人来扶起三位主事往衙门外走去。

范闲看着他们的背影提醒道："三天，别忘了。"

衙门里安静无声，官员们望着范闲的目光更增一丝惊惧。天下人都知道范闲的名声，但毕竟不在京都，他们哪里真的体会过这种阴冷可怕。

今日终于看着了，众人惊惧之余暗中冷笑数声。打便打罢，打的是司库，还不是给咱们这些官看。只是你范大人再如何博学，对内库里的事务依然是两眼一抹黑，将这三大坊的主事得罪惨了，日后看你如何收场。

范闲或者不清楚这些官员存着三日后看热闹的心思，或许根本不在乎这个，吩咐诸人在三日之内将欠款填回来，有何不法事自行出首，便让众人散了，只留下了那位叶家的参将，还有转运司副使。

不知道他在后园里与这二位官员说了些什么，只见两人的脸色越发沉重，点了点头，对范闲恭谨地行了一礼，便退了出去。

范闲接过监察院递上来的情报汇总认真看着。

苏文茂想到先前那幕，忍不住皱了眉头，说道："那三大坊的主事杀得。"

范闲轻声道："杀人不是做菜，吃得便吃，杀得却不用急着杀。"

"大人先前过于温和了。"苏文茂觉得范闲先前的处置实在过于仁慈，既然立威便要雷霆一击，哪有说了半天，只打十个板子的道理。

范闲挥了挥手中的监察院情报汇总，说道："依这些证据，我一刀便将那三个脑袋斫下来，也没人敢说什么。"

苏文茂心想既然如此，为何先前放过那三个家伙？

范闲解释道："雷霆雨露，皆是上恩。如果先前我处治得狠了，官员与那些大小司库心中不服，也只有应着，而且会老实下来，只怕不过一天，就都会将亏空补上，那些司库更是会疯了般来往衙门里送银子。"

"这不正是大人所想看到的局面吗？"苏文茂越发不解。

范闲摆摆手："强行镇压下去，只杀了三大坊的主事，对于内库来说能有什么根本性的改变？就像上山猎猴一样，你要把猴王杀了，那些猴子就会四散开来。你也知道，我根本不可能也不愿意长年守在这处，将来我们走了，那些猴子又会从山里跑出来，来偷咱家的玉米吃，我可不干。"

苏文茂懂了大人的意思，说道："所以这是引蛇出洞？"

"引什么引？这叫打蛇惊蛇。"范闲发现自己这形容似乎也不怎么贴切，忍不住笑道，"反正三天之期，那些骄纵惯了的司库无论如何也不会忍的。"

"如果……有人将银子补回来了，怎么办？"苏文茂有些担心提司大人名声太大，会让那些小猴子们没胆量跳出来。

"惩前毖后，治病救人。没有触犯庆律里刑疏的司库，只要把银子退个干净，我自然给他一个重新做人的机会。我是来管内库，不是来破内库的。"

"明白了。"

"在信阳方面看来，我如果将司库们都得罪了，内库自然要陷入瘫痪之中，这时节他们也一定会跳出来。你让四处的人这两天盯紧一些，这些不稳定的因素，我都会清走。"

苏文茂这才全面明白了他的意思，想了想说道："只是……大人，副使是任少安族里的人，算是可以信任，但叶家？"

范闲知道他担心的是什么，据京都传来的消息，在大皇子与北齐大公主成婚之后数日，叶灵儿也终于嫁给了二皇子，二皇子借着这个机会，由太后出面，从软禁的府邸之中被放了出来。

"不要担心什么，我没有说太多，只是让那位叶参将最近注意一下出库的线路，我不至于狂妄自大到可以用几句话就收服叶家的人。"

范闲让叶参将做的事情，只是防止司库们偷偷将这些年吞的银子运出去，虽然大部分赃银肯定用在了买地上，但地契肯定会在司库们的家里。

"而且不要随意将叶家与二皇子、长公主联系在一起。叶秦二家并称于世，不是一般人想的那般简单，怎么可能全面倒向一个皇子？就算有所倾向，但在事态没有明朗之前，他总要卖我几分面子，为了一群司库和我翻脸，除非叶重真是疯了，嫌陛下没将他发配得更远一些。"

苏文茂不敢再说什么，领命而去。

范闲默然想着，叶灵儿终是嫁给了二皇子，未来会是怎样呢？他在抱月楼外的茶铺中说过，将二皇子打落尘埃是想留他一条性命，这是真心话，一方面是因为叶灵儿的关系，另一方面则是潜意识里想和皇帝陛下较较劲。

想到此事，他便是一肚子火。不同位置上的人都有自己的局限性，皇帝的局限性就是过于多疑，赐婚试探在先，毫无道理的防备渐起，十分无耻的构陷在后，竟生生将叶家逼到了太子的对面！那他为何要老三跟着自己出京？范闲有些苦恼，只能自我安慰，自己这个小混蛋弄不明白，说不定老混蛋也是在打乱拳，可他自己都不见得明白。

此后两日，范闲带着七个贴身丫鬟四处视察，对内库流程渐渐熟悉，对当年叶家的声势添了很多感性认识。偶尔他会在河边看着那些水车，面露感慨追忆，也不担心会被谁看到。偶尔他也会与坊中工人相对而坐，学习吹玻璃之道，可惜明显缺乏天赋，只能引来阵阵笑声。

另一边，军方与监察院忽然加紧了巡查，内库本就是最严密的禁地，再一紧，顿时搜出了些违禁之物，虽不是技术秘要，也是极有分量的东西。

那些纸片看着极轻，却是沉甸甸的地契。

不出范闲所料，包括三大坊主事在内的司库与某些官员的第一个反应，就是将身边最值钱的东西运出去，交给内库外的亲友。遇着如此严密的搜查，官员与司库们终于绝望了，知道小范大人不会允许自己这些人转移财产，而这些纸上财产留在身边三日后如果不将亏空补齐，岂不是要被抄家？如果钦差大人要揪自己的错处，左右都是个死字！

是夜闽地天降大雨，河流暴涨，虽然由于堤防实在，没有任何问题，但那种阴风怒号、浊浪排空的气势，让很多人感觉到了异样。

感受到强烈危险的司库们开始串联。有的人良心尚存，准备交回赃银，重新做人；有些害怕范闲权势的人，开始暗中准备举报同僚不法之事。

而更多的人，则开始聚集在三大坊的主事府中，暗中商议应该如何应对三日令。

那三个主事被范闲打了顿板子，只能躺在床上，身处三地，对范闲的仇恨却是情发一心。他们无法向范闲低头，因为做的坏事太多，就算低头，只怕也难逃一死。信阳方面的人也起了很坏的作用，他们保证朝廷首先关注的依然还是内库的出产与利润，而不是你们贪的这些小碎银子。一根筷子怎么着？十根筷子怎么着？总之，绝大部分司库紧紧抱成了团，把自己砸向了范闲。

最后一天，范闲留在官衙里议事。这两天司库们一直没有主动交赃认罪，官员们还是有不少已经退了些银子，至于退足了没有那是后事，自然后论。也有司库暗中认罪，主动要求给监察院当污点证人，范闲自然是一笑纳之。

他看着堂外的细雨出神，心想今年庆国不会又遭洪水吧？看来得抓紧时间，不然父亲要的银子还来不及运到大江沿岸，堤岸又会崩了。

"大人！"一个惶急不堪的声音像道闷雷般炸开。

范闲纳闷地一看，只见一堆湿漉漉的官员跑了进来，最前面的是转运司副使马楷。他们今天去各坊宣传三日令最后期限，可是怎么都跑回来了？

"马大人，何事如此慌张？"

"三大坊……罢工了！"马楷惊声喊道。

罢工？这是内库从来没有出现过的情况！

范闲用的手段还不如长公主当年冷酷，问题在于，他有长公主不曾拥有的监察院密探，堵住了司库们转移家产，等于是实实在在地准备吞掉他们这些年贪污的银钱。银钱是什么？银钱就是绝大部分世人的命！

他既然要对方的命，对方就要用罢工这样的惊天之举来和他拼命！

"大人，怎么办？要不然先收回三日令？"马楷紧张地问道。他本就不赞同范闲的三日令，司库们罢工，三大坊停工一日，朝廷便要损失多少银子？就算你家世异于常人，不惧物议，只怕陛下也不会轻饶了你。

出乎马楷意料，范闲非但不慌，反而有些兴奋："果然没让本官失望，弄了个大动静。如此也好，待本官赶上前去，杀他们个干干净啊净！"

"啊？"众官员呆立细雨中，衙门木梁上一双燕子轻轻飞舞。

满天雨水里，范闲穿着黑色监察院莲衣，领着转运司大小官员合计二十余人，来到第一个罢工的甲坊某处大坊外。坊外听不到火炉嗞嗞作响的声音，上方也没有黑烟冒出，死般沉寂。众人紧张地望向范闲，心想这该如何处理？

没有人知道，跟随范闲下江南的启年小组、六处剑手已经披着雨衣，默默地站在大坊不远处的地方等着命令。

在更远处，叶参将沉着脸，握着拳，与身旁的苏文茂有一搭没一搭地说话。二人身后，一营刀枪在手的官兵也在等待着命令。

坊内犹有昨夜残留的热气，角落里还能看到很多废玻璃。

范闲走入坊内，看了眼坊顶，赞道："防雨做得不错。"

工人们三三两两地缩在最后方，面露惊容，他们自然不知道为什么今天忽然停工，看着前两天见过的钦差大人，很是害怕。

前方那十几个穿着青色衣衫的司库，强自镇定地对范闲行了一礼。

"为什么没有开工？"范闲平静地问道。

"禀报大人，"还带伤的甲坊萧主事，看着范闲冷漠地说道，"昨天夜里雨水太大，将炉子浇熄了，冲坏了模具，所以没有办法开工。"

他不是蠢货，当然知道不能明着说罢工，不然万一范闲真的发了疯，提刀将自己这些人全杀了，从道理上也说得过去，所以他要找些理由。

这或许便是所谓谈判的艺术。

在诗文方面，范闲可以说是个艺术家，但他最不喜欢谈判，也不需要谈判，他等的就是对方闹事，自然要抓住这个机会。

"模具毁了，炉子湿了，那乙坊的钢水难道也凝了？纺机也能发锈？

我看你们这些司库的脑子才生锈了！"不等萧主事与司库们回话，他继续说道，"来人啊，将这个萧主事的头给我砍下来，用他的血暖暖炉子。"

萧主事愣住了，没听明白这句话是什么意思。

穿着雨衣的监察院官员走入坊中，一位下属抬了把椅子让范闲坐下，另有几人已经干净利落地将萧主事踹倒在地，拉到了离范闲约有五丈之远的炉旁。

范闲一挥手。

工坊里响起无数声惊呼，马楷副使急声喊道："大人，使不得！"

被推到炉口处的萧主事终于醒过神来，知道钦差大人真的要杀自己，他拼命挣扎，蹬着地上的浮土，哭喊道："饶命！大人饶命！"

司库们目眦欲裂，尖叫着冲过去，想把他救回来，却已经晚了。

咔的一声，一道雪白的刀光闪过！

萧主事的头颅滚进了炉子里，鲜血从颈间喷出，击打在炉壁上。

惊呼声此起彼伏，然后渐归于死寂。众人都被眼前血腥的一幕给镇住了，司库们痛哭着停步，或者瘫坐在地，求生的本能终于战胜了失控的情绪。

雨淅淅沥沥地下着，落在屋顶噼啪作响，与场间的死寂形成了鲜明的对照。

工人们畏惧地聚集在后方，脸上的惊恐非常清楚，视线与手开始下意识地寻找那些铁锹木板，谁知道接下来会发生什么？

那些司库看着椅中的范闲，害怕地下意识里往后退去。

只是他们能退到哪里去呢？

范闲的视线越过司库，落在那些工人身上，轻声道："诸位莫要害怕，朝廷查的是司库贪污扣饷，与你们没有关系。"

工人们互相看了两眼，心情稍定，却不敢完全相信，还是握着铁锹。

"你……你就算是朝廷命官，可怎么能胡乱杀人！"一个司库终于忍受不了这种压力，尖着声音哭喊了起来。

小范大人竟是二话不说，便砍了萧主事的人头。马楷又惊又怒又怕，颤声道："钦差大人，这……这是为何？万事好商量……完了，这下完了。"

在他看来内库最重要的便是这群司库，只有这些人才知道如何维持内库，就算今日砍几十个人头，逼他们就范，可是日后呢？更何况那两大坊也在罢工，如果知道你杀了甲坊的萧主事，民怨必然沸腾，难道你要把人杀光了？如果真杀光了谁来做事？指望那些大字不识一个的工人？

范闲没有理会他，对所有人说道："都仔细听着。"

苏文茂走上前来，从湿漉漉的莲衣里取出几张纸，开始高声朗读。

"今查明，内库转运司三大坊甲坊主事萧敬，自元年以来，诸多恶行不法事。庆历二年三月，萧敬瞒铜山矿难，吃死人饷五年，一共合计一万三千七百两。庆历四年七月九日，萧敬行贿苏州主簿，以贱价购得良田七百亩。庆历六年正月，以萧敬为首的三大坊主事，并一干司库，拖欠工人工钱累计逾万，引发暴动，死十四人，伤五十余人……其罪难恕，依庆律，当斩。"

不知道多少条罪状，苏文茂念到最后都有些嘴干了。然后他从怀中取出地契若干、苏州主簿的供状以及相关证据。

"不要再问我要证据。"范闲平静地说道，"人证我留着的，物证也有不少，本官既然主持内库，断不会留这种人。"

工人们听着这些罪状，顿时想起平日里萧敬此贼是如何横行霸道，对自己这些人是如何苛刻狠毒，惧意骤消，只觉得钦差大人杀得好！杀得妙！

此时那些司库眼中的惧意与恨意则变得更深，有人不服地喊道："就算要治罪，也要开堂审案！欲加之罪，何患无辞！"

萧敬做的这些事，内库官员心里都清楚，只是就算要依庆律治罪，也不能就这样胡乱杀了呀？马楷脸色苍白，想着这些事情，但他与范闲关系不错，再如何不认同这等行事，也强忍着没有说话。

转运司里长公主的心腹却不会放过这个机会,说道:"大人处事果断,只是这等贪赃枉法之辈,似乎应该开堂明审,让他亲口承认,方可警惕宵小,而且大人给了司库们三日之期,这三日的时间还没有到,不免……"

司库们本就不死心,听着有官员帮自己说话,更是大着胆子鼓噪起来。

范闲根本没有转身去看说话的官员是谁,面无表情地说道:"本官乃监察院提司,身兼内库转运司正使,监察院负责查案,转运司依庆律特例由正使断案……"

听到这里,那位官员神情微变,那些司库也露出了绝望的神情。

范闲回头望向那个官员,问道:"那你说我杀不杀得这个人?"

庆律缜密,便是权臣想杀人也要有个借口。但范闲不是普通的权臣。

就像他说的那样,他是监察院提司,可以查案,又是内库正使,可以审案。那在内库转运司这个地方,他和皇帝有什么区别?

很多官员渐渐都想到了这个问题,脸色变得异常古怪,却没有一个人敢说话。

甲坊的局势就这样控制下来,再过了段时间,其余两坊的工潮也宣告平息,只不过多费了一些时辰,因为叶参将与单达可不敢像范闲那样杀人。

其余两坊的一百多个青衣司库被军士们押了进来,大工坊顿时显得有些拥挤。只是军队刀枪寒芒所指,监察院弩箭相逼,哪里有人敢动弹或者抱怨。

看着这一幕,官员们才知道,原来钦差大人早就对今天做了安排,而且似乎早就猜到了司库们会做什么,不由心头震惊!信阳方面的官员则是失望透顶,知道今天闹不起来,但又有些希望范闲稍后下手再狠些,最好将所有的司库都得罪光——日后内库减产,质量下降,看你如何向陛下交代?

此时甲坊司库的眼中犹有怨恨与不服之意,乙丙两坊被押过来的司库们不知道萧敬已死,更是带着几分平时的骄色。

范闲从椅中起身,汪在莲衣里的几股小水流到了地面上。

乙丙两坊的司库从同伴口里知道了先前发生了什么事,面色渐渐苍白。

范闲微笑着说道:"人到得挺齐啊。昨夜天降大雨,这间工坊被浇熄了,你们那边呢?还有,各工坊的司库怎么今天都在衙门附近?就算工坊因雨停工,你们也应该去自己的坊内看着才是。天时尚早,难道你们已经去了,又折了回来?这下好,诸位罢工的罪名拿实了,本官也好下手杀人了。"

众人此时终于知道钦差大人真是个杀人不眨眼的狠角色,听到这句话,顿时炸开了锅,有的出言求饶,有的犹自恨恨骂娘,有的人眼睛骨碌直转,似乎要看这工坊哪里有狗洞可以钻出去,场面极其混乱。

两坊主事司库终于站了出来。他们谋划了两天,也串联了两天,以为今日必然能让钦差大人退步,谁曾料到……什么都还没有开始,萧主事居然就这样死了!

他们在炉边发现了萧敬的尸首,悲声哭道:"萧大人……萧大人!"

然后他们用极怨毒的目光看了范闲一眼,知道自己今天大概是逃不过去了。

范闲说道:"将这两个唆动闹事,对抗朝廷的罪人绑起来。"

"范大人!"两位主事并未抵抗,有些麻木地任由军士将自己双手缚住,盯着范闲幽幽道,"你要杀便杀!只是看你日后如何向朝廷交代?"

范闲轻声道:"威胁我?来的路上,我曾经说过一句话——死了张屠夫,难道就要吃带毛猪?少了你们这些个小司库,难道本官就不会打理内库?"

乙坊主事惨声笑道:"是吗?我们确实小瞧了钦差大人您的决心,但您似乎也小瞧了这些不起眼的工坊!"

他最后那句话简直是用力喊出来的一般,显然已经绝望,但更有变成鬼也要看范闲究竟如何将内库废掉的怨念。

范闲看了苏文茂一眼。苏文茂从莲衣里取出另一封卷宗，开始报名："龙世驹，李念真，王四，何渭求……"

被点到名字的司库们脸色惨白，不知道自己是不是马上就要和萧主事一样身首异处，胆子最小的一个司库双腿发抖，裤子竟是湿了一大片。

苏文茂有些无奈，不明白提司大人为什么要这么做，吞了口唾沫后说道："你们可以出来了，钦差大人赦你们无罪，明日便上书朝廷替你们作保。"

这些被点到名的十几个司库顿时傻了，无罪？钦差作保？在那些情绪复杂的目光注视下，他们浑浑噩噩地走了出来，到了范闲身前便跪了下去。

范闲正色道："若非诸位，本官还真不知道内库竟然乱成如此模样，也不知道今日竟然有人胆敢挑唆罢工闹事……诸位于国有功，本官自然不会亏待。"

那些司库们一片哗然，纷纷喝骂起来。那些官员也傻了眼，心想钦差大人来内库不过三天，怎么就发展了这么多眼线？监察院果然厉害！

被千夫所指的十几个司库欲哭无泪，心想就算范闲今日放了他们，可是今天当着众人面指实了自己的背叛无耻之举，日后还怎么做人？

接下来范闲的话，又让坊间一片震惊。

"这十三位司库勇于揭发弊端，于国有功，本官决定，自今日起他们便是三大坊的副主事。马大人你看此议如何？"

副使马楷只挂着内库如何才能正常生产，听到此议对范闲顿时生出很多佩服——这招真是漂亮，今天如果能圆满收场，日后的司库们再难以作为与官员们对抗的一个阶层，重新纠在一起。

这时忽然传来一声冷笑，此人正是被捆着跪在地上的乙坊主事，只听他冷笑道："好一群无耻小人……范大人，莫非你以为就靠这些家伙便能让内库运转如初？我不是要挟朝廷，但少了我们这些人，内库只怕撑不了几天！"

场间气氛又有些异样，马楷想替此人求情却不知如何开口。那些信阳派的官员也开始明着为朝廷考虑，暗中替主事打气，纷纷向范闲进言：一切应以内库生产为重，杀了一个萧主事已经给足了对方教训，不如就此罢手。

范闲哪里会听这些，盯着那个乙坊主事面无表情地说道："死到临头还敢要挟朝廷，你还真以为自己很了不起？看看你们那点儿能耐！说旁人是无耻小人，可你们除了偷材料变卖、克扣那些苦哈哈的工钱、强占别人的老婆，还会做什么？无耻？你们要是知耻，岂会有今天！内库没你不行？那你告诉我，这些年的玻璃怎么越来越浑！酒怎么越来越淡！香水何时能够复产！"

这一番问话如雷霆在工坊里不停炸响，也在所有人的心头响起，那个主事脸色苍白，根本不知如何应答。

"听说你当年是叶家的伙计。"范闲显得有些疲惫，轻声说道，"我很失望。"

所有人都听出来他的情绪是真的很失望。

直到此时才想起来那个流言。他是叶家的后人？

那个主事跪在地上，脸色时青时白，"叶家"二字让他记起了范闲的身世，也唤起了很多年前的回忆，一时间他又羞又愧又怒又惧。

羞愧的情绪很好理解，当年他是个在道旁乞食的小叫花，能够混成今天这样全因为叶家，当年叶小姐是怎么说的？怒惧则是被人剥光了衣服后的本能反应。钦差大人是叶家后人，自己知道的对方也可能知道，那还如何能够用那些要挟对方？对方将萧主事一刀砍了，难道还砍不得自己？

"朝廷待你们不薄。不说你们三个主事，就是一般的司库，每年俸禄甚至比京都三品官还要多，你们还有什么不满足的？"范闲说道，"莫非以为内库所产全要靠你们的脑袋，这每年两千万两银子闪了你们的眼，让你们觉得不忿，觉得自己应该再多挣一些？"

众司库不敢顶嘴,眼里却出现了便是如此的意思。内库一年所产极为丰富,为庆国带来了巨大利润,虽然他们的待遇已是极高,但心里依然有些不舒服,总觉得自己这些人为朝廷挣银子,应该分得更多才是。

范闲无情地撕去了他们的画皮,微嘲道:"问题是,你们倚仗的真是你们脑子里的东西吗?在叶家没有出现之前你们知道什么?你们的技术是从天上掉下来的?是神庙教的?给我记清楚了,这是叶家教给你们的!没有当年的叶家小姐,你们就是些废物,继续刨田乞讨去!"

顿时,司库们的脸色变了。

"居然当着本官的面,用叶家教给你们的东西来要挟本官,"范闲的视线在他们脸上扫过,面无表情地说道,"你们要脸吗?"

坊间鸦雀无声,范闲的声音不大,却像把铁锤落在众人心上。是啊,我们居然用叶家的技术要挟叶家的后人,世间有这么忘恩负义的东西吗?

官员们则很紧张,心想朝廷早就不追究叶家的事情,小范大人的身世也是渐渐为天下人知晓,可这般光明正大,终是有些犯忌讳吧。

那个乙坊的主事终于服软,跪在地上哭道:"大人,小的知错了,请大人给小的一个机会,让小的用当年随小姐学的技艺为朝廷出力。"

范闲发现他的脸上没有泪痕,反是唇角抿得极紧,不由冷笑一声,知道对方依然觉得自己的技术极关键,断定他不敢继续杀人。

就在这时,四位老人被监察院的官员们护着进了工坊。

监察院官员摆了四把椅子,范闲起身请四位老人坐下。此时所有人都糊涂了,心想这些似乎被风一吹就倒的老家伙究竟是谁,怎么有资格与钦差大人并排坐着?

范闲问道:"还认得这四位是谁吗?"

叶家倾覆将近二十年,内库坊中的工人们早已不是当年那一批,甚至很多司库也没有见过当年高高在上的叶家大掌柜们。

那个跪在地上的乙坊主事忽然间想到某种可能,竟是骇得双腿一软,本是跪着的他顿时一屁股坐到了泥水之中。

二十年未见，当年身为叶家小帮工的他，也花了好长的时间才想起来面前坐的究竟是些什么人——叶家老掌柜！

他此时才知道为何范闲如此有恃无恐，逼着己等造反，毫不在乎他们这些人脑子里记着的东西——原来他竟是带着被软禁京都的老掌柜们一起来了内库！

老掌柜们是些什么人？他们是叶家小姐的第一批学生，更是如今这些司库的祖师爷！有他们在身边，钦差大人当然不用担心工艺失传，更不用担心什么出产质量，要知道当年这内库就是这些老掌柜一手建起来的。

想通了这一点，那个主事很是绝望，依然想要求存，挣扎着向前爬去，对着某处哭喊道："师父，您老人家替徒弟求求情啊！"

众人怔住了，范闲也有些意外，发现他看着的竟是七叶，便问道："你当年的徒弟？"

七叶看着那个主事的脸，幽幽地说道："跟我学过几天。"

范闲懂了。

叶家倒后，二十三名老掌柜被朝廷从各处抓获，软禁在京都，他们的弟子有的反抗而死，有的苟延残喘，这都是人们在大祸临头时自己的选择，没有谁去怪他们。但像乙坊主事这种爬至高位的人，当年的表现肯定十分恶劣。

听到乙坊主事喊出"师父"二字，一直沉默的丙坊主事如遭雷击，有些僵硬地转过身来，望向钦差身边的四位老人，完全不敢相信自己的眼睛。又有些老司库认出了四位掌柜的身份，震惊之余难掩激动，纷纷跪到地上，向他们行礼问安。

"四爷。"

"十二叔，我是柱子啊。"

"见过老掌柜的，我当年是在滁州分店打杂的伙计。"

范闲冷声道:"待会儿再来认亲。"

二十年后复相见,工坊内的气氛变得有些伤感,却恰到好处地冲淡了先前的紧张。乙坊主事低头跪在地上,略感安慰,待会儿自己拼命认错,钦差大人看在老叶家的分上,估计也不会再怎么为难自己。

出乎他与所有人的意料,范闲接着说了句与当前气氛完全不同的话。
"拉下去斩了。"
"是,大人。"

乙坊主事抬起头来,用迷惘的眼神看了四周一眼,一时间没有想明白这是要斩谁呢?事情难道不应该就这般了了吗?直到他被监察院官员拖了起来,才知道要死的竟是自己。他想开口再说些什么,却被一团泥土堵住了嘴巴!

监察院官员拖着浑身瘫软的乙坊主事出了工坊。看着地上的那道水渍,工坊里不论是官是民、是掌柜是司库都不敢再说话,畏惧地看着坐在椅中的范闲。

范闲像是感受不到这无数道目光,微低着头。

工坊外传来一记铁器斩在肉颈上发出的闷声,与一声闷哼。

坊间死一般的沉默,人们知道那个乙坊主事就这么简简单单地死了。

第三章　牵手

没沉默多久，被反绑着双手的丙坊主事自嘲地笑了笑，脸上泛着绝望的惨白，很自觉地走到了范闲的面前。

范闲看了看他没有说话。

丙坊主事望着他认真地说道："我自有取死之道，也不怨大人挖这个坑让我跳，不过临死之前，求大人允我问件事情。"

范闲眉头一挑，说道："问。"

丙坊主事望向他身边的叶家十二掌柜，嘴唇抖了半天，才颤着声音说道："十二叔，我师父……他老人家在京中可好？徒弟不孝，这些年没有孝敬。"

"你是……？"十二叶眨着有些浑浊的眼睛，看着这个主事困惑地问道。

七叶叹了口气，在一旁说道："十三的大徒弟，你当年和十三关系最好，所以他来问你。"

十二叶大惊说道："胡金林，你还活着？都以为当年你死了。"这位老掌柜忽然想到身边尽是朝廷官员，这话说得有些不对劲，赶紧住了嘴。

胡金林满脸惭容，低头不再言语。

十二叶叹道："小姐当年说过，活着总比死了好，我们这些老骨头都在苟延残喘，又怎么好意思怪你……只是你问十三……唉，他前年就已经去了，入京二十三人，如今就还剩了十五个。"

胡金林听闻恩师已去，全然忘了自己也是马上要死的人，瞬间悲声大作。

范闲也有些异样情绪，自己初入京都时二十三位掌柜还有十七个人，这两年不到又走了两位，真是风吹雨打去也。他有些走神，心想时光如水这般流着，自己何时才能把叶家的名字重新立起来，什么时候才能让该死的人死去，让该活的人重新活在庆国子民的心中？

只是很短的时间，他醒过神来，看着丙坊主事说道："虽然不知道你是在演戏还是真的，不过我本来就没打算杀你，所以不要以为我是心软。"

胡金林自忖必死，忽然听到这句话，震惊得不知如何言语。

范闲不杀胡金林的原因很简单。丙坊一直是由内库与监察院三处共同管理，专门负责军械船舶研究，三处官员都是他的同门师兄弟，对丙坊的情况最了解。胡金林此人一心醉于研究当年叶家留下的图纸，性格木讷，虽也是贪了不少银两，但霸田欺女这类事情却是没有犯过，比起甲乙二坊的主事来，确实有不杀之理。当然最关键的原因是，他不想杀。

但有些人是必须死的。随着苏文茂的点名与罪状陈述，又有三个司库从人群里被拉了出来。这三个司库平日里作恶多端，而且暗中与苏州府官员勾结，不知道触犯了多少条庆律，杀个十六七遍都不嫌多。

范闲接过苏文茂手中的卷宗，看了一眼面前那个尿湿了裤子、站都站不稳的司库，皱眉说道："就是你娶了十二房小妾？"

那个司库惊恐万分，连点头的力气都没有了。

范闲说道："娶十二房小妾只能说明你有钱，可十二房里居然有九房小妾都是抢的，这就很混账了。抢人老婆，还要杀人亲夫，真是该死。"

另两个司库犯的事不同，同样的是也有应死的道理。范闲挥挥手。监察院官员将这三个司库拖了出去，随着三声刀响、三声惨叫，三条人命就此报销。

杀人而面不改色，监察院的官员能做到，军士们也能勉强做到，可是内库官员已经受不了了，有的脸色苍白，有的闻着飘来的血腥味便想呕吐。

马楷还算镇定,衣服下的汗水也淌个不停。他凑到范闲耳边说道:"大人,再过些天内库就要开门招标,杀人不祥,杀人不祥……"

杀了的人自然没办法再救回来,他只是怕范闲凶性大发,再继续杀下去。

范闲说道:"马大人放心,六年前,我岳……长公主殿下最后一次亲至内库,杀了六名司库。本官是晚辈,自然不敢越过去。"

现在已经死了五个司库,看来不用再死人了。官员们心头一松,那些司库则是大喜欲狂。

马楷却想着这是话里有话啊,长公主杀了六个,他只杀了五个……日后若御史们奏他胡乱杀人,看来也有说头。对范闲接下来的几项任命与措施,他正色应下,绝无推托与抵触,内库官员们就算有意见,至此也无法反对。

三大坊主事死的死、囚的囚,便由三位叶家老掌柜屈尊暂理。那些向监察院举报同僚罪状的家伙们担任副职,也能帮着老掌柜尽快熟悉现在的情形。

"三日令还有半天的时间。"范闲说道,"没死的人把银子吐出来,把账给我交代清楚,犯过哪些事情自己写个条疏……不要看我,我知道你们都识字,都回吧。有人的工坊隔着两百多里地,不赶急回家筹银子,难道想死在这儿?"

说完这句话,他便在无数道惊惧的目光相送下往坊外走去。

退银进行得非常顺利,范闲也没有将众人家产榨干,分别留了些银钱。为官一任只是为财,如果搜刮得太干净总是不妥。

但就是这样五指全部张开地扒拉银子,依然收回了一笔巨大的数目,范闲也算是见过不少钱,依然震惊得无法言语!他有些隐隐后悔,此事闹得轰轰烈烈,绝没有可能瞒住京都,这些银子除却发还亏欠的工钱,其余都要打入内库账房,自己无法私自调动。

如果早知道司库们这么肥,他说不定会直接让监察院六处的剑手去当小偷,不管是什么地契还是银票,全部都抢到自己手里。如果能有这笔银子,他就不再需要北方的帮助,避免产生新的麻烦。更关键的是也可以让父亲大人置身事外,免得被自己牵连。

随后数日,内库渐趋平静,但事情还没有办完。

范闲坐在椅子上看着院报,随意问道:"子越有没有消息?"

苏文茂应道:"信阳方面的官员就算把消息递出去,一来一回至少也要个把月的时间。"

范闲摇头道:"朝廷里的御史们办事太慢了。"

苏文茂苦笑着,心想哪有您这种等着都察院御史来参自己的人物?

"不能等了,明天就把那些人逮起来。"范闲说道。

这说的是信阳方面在内库的亲信。那些官员在三日令时暗中挑拨司库对抗范闲,在范闲施出血腥手段后,他们连夜就送了奏章去京都,准备弹劾。

范闲当初任由司库们串联,形成逼宫之势,就是想看看谁在弄鬼。监察院官员一直盯着官衙,很轻松地便发现了那些官员的来历。

苏文茂还是觉得有些不划算,说道:"最多只能把他们赶走。"

范闲说道:"那你说长公主究竟在想什么?她怎么可能不知道老掌柜们跟着我来了江南?而她一直没有将这件事情告诉内库里的官员,明显就是不想让那些官员因为知道了我的底牌而不敢站出来。试想一下,如果谁都知道老掌柜跟我们在一起,这次工潮哪里还会发生。"

"对啊,长公主这是为何?"苏文茂不解地说道。

"长公主殿下站得比一般人都要高很多……不错,这次她看着似乎是给了我一个立威的机会,甚至还让我震慑住了内库的一众官员。可在处置这件事情的手段里,我不得已要更多地借助当年老叶家的人员与力量,我必须要杀人立威,才会显得比较猛烈和不择手段。"范闲轻声道,"初入内库便杀了五个司库,传至京都,朝廷对于我一定没有什么好评价,用老掌柜执掌内库更会触着宫里某些人的忌讳。长公主将这锅粥盖着,只等最后沸腾了,看似让我吃到嘴里,实际却存着要烫我嘴的念头。"

苏文茂担忧地说道:"当日处置工潮,大人说话确实有些……只怕朝中对于大人会加以训斥,往最轻处想,也是个行事鲁莽草率,不堪……"

范闲紧接着说道:"不堪大用?难道不是暗奏我心有异志,犹记叶家往日云云?"

苏文茂倒吸一口冷气,终于明白了长公主的手段,对方什么事都没有做,只是暗中帮范闲藏着老掌柜们南下的消息,竟然就够了!

范闲处置内库事所展现出来的冷血一面,不知道会不会触动太后那根敏感的神经,会不会让皇后与东宫太子联想到当年的叶家。

联想这种东西,就像毒蛇一般噬人心魂,在范闲还没有足够的能力对付她们之前,如果太后、长公主、皇后、太子与二皇子因为范闲的存在而团结起来,甚至连皇帝都对范闲生出疑心,那他还能怎么活?

"接下来该如何处理?"苏文茂紧张地问道。

范闲安静了一会儿,说道:"按院长大人的话来讲,长公主的眼光依然局限在一宫之中,若此次都察院真的参我,她只怕要吃个闷亏。"

苏文茂完全不懂。

"陛下将老掌柜给了我,就说明他相信我的忠诚。我接内库损的是长公主的面子,长公主此时保持沉默那便罢了,我收拾内库稍有不妥,京都朝官便群起而攻之,陛下……难道不多想想?我在内库行事放肆,但并未刻意遮掩,陛下自然信我之诚,长公主冷眼旁观,却隐而不报,便是所谓不诚。任何权谋到了最后阶段,终是要看陛下的心情与亲疏,而我,对陛下向来是一片坦诚。"

范闲说完这番话,想到了很多事情——在这场不知道还要打多少年的战争里,作为女婿的自己一定要获得胜利,身为儿子的自己也必须不能输。

皇帝陛下在给太子树立了二皇子这个敌人后，如今又成功地将范闲变成了一块新的磨刀石，希望能够把太子磨砺得更加强大。长公主只看到了范闲给那两位皇子与太后皇后所带来的压力，却没有看清楚这种压力本身就是皇帝陛下安排的。还是陈萍萍说的那句话：长公主的眼光依然有局限。

不是历史局限性，也与性别差异无关，只是因为她没有坐过那把椅子。

三月中，春意由北向南荡平了整个天下，无论北国上京还是南庆京都，都笼罩在欣欣向荣的盛景之中。江南绿水荡漾，青山相隐，沿河柳树抽出嫩绿的枝丫，更是生机无限。内库在江南路西南向，也逃不脱这大自然的造化。不过数天时间，河道上下、工坊内外便生出些青葱的草，淡粉的花，本有些枯燥的官衙与工坊顿时少了些坚硬而生冷的味道。

内库官员们堆着微笑，在衙门口拱手致意。血雨腥风已去，明日钦差大人便要回苏州主持内库新春开门招标，大家的心情都非常轻松。

范闲将日后的安排略说了说。官员们知道他在苏州主持完内库新春开门后便会去杭州定居，这是多年前便形成的规矩——内库转运司正使不住在内库。如此一来，留在内库的苏文茂便成了钦差大人的代言人，众人哪里敢轻慢，赶紧起身与苏文茂见礼。

苏文茂向官员们拱手回礼，面无表情地说道："诸位大人，得罪了。"

官员们心想这是怎么个说法？

"今查实内库转运司内官员暗行不轨，挑动司库闹事，动摇内库根本……"

随着苏文茂的声音，衙后走出来七八名监察院官员，老实不客气地请本来端坐椅上的几位官员离了座，硬生生地去了他们的乌纱。

这些官员勃然大怒，一边推拒着一边呵斥道："你们好大的胆子！"

别的官员见与自己无关，心下稍安，但庆国文官在监察院面前有一种天然的同盟性，众人纷纷起身，对范闲说道："大人，这又是何故？"

都不是傻子，大家当然心知肚明，此时被除了乌纱的那几位官员都是十来年里长公主殿下安插在内库的亲信，范闲此举无非就是要将前人的树根刨干净，再重新栽上自己的小树苗，只是……事关官员颜面，公堂之上如此拿人，实在是太过分了，便是谁都要与范闲争上两句。

叶参将面色有些难看，看了眼副使马楷，发现对方也难掩尴尬，眼里却没有震惊，想必昨夜已经得了范闲的知会，不由有些郁闷，说道："大人，这些官员在转运司任职已久，向来克己奉公，就这般拿了，只怕……"

范闲看了他一眼，说道："克己奉公？只怕谈不上。"

叶参将说道："即使偶有不妥，但大人三日令已下，这几位官员也已依大人吩咐行事，既然如此，便不应罚。"

范闲知道叶参将以及其他官员为什么今天要反对自己，道理很简单：上次对付的司库虽然厉害，毕竟不是正经官员，今次则是触动了众人的敏感处，生怕自己这个兼着监察院提司的钦差大人以此为由，大织罗网。

叶参将没有收到叶家任何密信，但清楚范闲今日拿人是要将长公主在内库的心腹全数挖空，下意识里便想做些什么——叶家圣眷渐疏，总要想想后路。

范闲没有解释，抽出一封卷宗递了过去。

叶参将微微一怔，展卷一看，面色渐沉。

那卷宗写的是今日被捕的几个官员一应不法事，罪名并没有扣在贪贿上，而是将对方与此次工潮联系了起来。所有证据，甚至还有司库们反水的口供都清清楚楚，一看便知道是监察院的厉害手段。

叶参将很是吃惊，心想范闲才来内库不久，怎么就将转运司所有底细查得如此清楚？那些官员与司库们的暗中交谈，监察院怎么就知道得如此清楚？难道说司库里面本身就有监察院的密探？一念及此，他不由寒意渐生，心想难道自己府上也有监察院的眼线？

监察院没有不请上旨便查三品武将的权力，而且他自问在工潮一事上对范闲不差，遂对范闲说道："不知道大人要拿他们，是以转运司正使的身份,还是以监察院提司的身份?审案开堂也要许多天时间,这个……内库便要开门了。"

范闲明白,如果是用监察院提司身份查案,必会引发朝堂上的猜疑,以为自己是在针对长公主,可如果用钦差的身份审案,这时间却是拖不得了。

"叶参将,不用多虑,本官向来信奉庆律,断不会胡乱行事,今日拿下的这些官员,为公允起见,本官不会亲自审案。"

范闲望向堂下神情不安的官员们,微笑道:"本官知道诸位担心什么,放心,本官不是挟私报复之人,这些人我会交给总督大人。"

由江南总督薛大人审案,谁敢怀疑?接着他看着监察院官员与那些信阳派官员对峙的场面,冷笑道:"这是老鹰抓小鸡的游戏吗?"

苏文茂与监察院官员们被说得羞愤至极,再顾不得什么朝廷官员的颜面,直接上前将那些犹在叫着撞天屈,不服的官员踹倒在地,用力绑了起来。

官员们不停地摇头,心想这场面真是太难看了!

范闲在内库的最后一次开衙就此结束。散堂后,他将马楷留了下来,两人在后花园里一面亲近着春天的气息,一面讲着些秋意凄冷的事。

"莫怪我下手太狠。"他揉了揉有些发干的眼角,"既然他们敢在我就任的时候动手脚,就莫怨我拿了他们的官位。"

马楷苦笑无语。他是内库转运司副使,看上去与范闲的官位差不多,但实际上哪能这么算?范闲现在的权力大得惊人,甚至比皇子们还要可怕,昨天夜里范闲与他商议要清除长公主的心腹,他哪里敢反对?

今日范闲又将他单独留了下来,而且说话如此直接。他明白这是准备将自己当心腹栽培了,暗喜之余也有些担忧。毕竟谁也不知道多少年后,面前这位小爷和京都那些大爷们之间究竟是谁胜谁负。

朝官对于那把龙椅的归属极度敏感。眼下看来当然是太子即位,但陛下这两年的表现实在怪异,谁也不敢完全确信。如果是二皇子即位……

众所周知，范提司与二皇子可不对劲，那自己将来可就惨了。

官场上常见左右逢迎，但在事关重大的站队问题上最忌讳的也是做墙头草，明天范闲就要离开内库，找他谈话自然是要他表明态度。

马楷想了一个晚上，并不犹豫，说道："下官会写两份文书，一份送往门下中书，一份马上快骑送往苏州总督府，请大人放心。"

这就是效忠的意思，他甚至不惜以这两份文书分担范闲会受到的言论攻击，借此表明自己的阵营，这是下了决心了。

"少安向我提过，说自家表兄颇有济世之才，他果然没说大话。"范闲笑着转了话题，再次用任少安这个中人拉近二人间的距离。

马楷笑着说道："少安来信时，也常提及大人才华惊天。"

二人就此告别。站在花园门口，看着马楷渐远的背影，范闲默然想着，究竟是什么让马楷选择了自己，而不是名正言顺的皇子？

送走了马副使，迎来了七掌柜，离开内库前的这天，范闲格外忙碌。七叶这些年一直在为范府谋财，与范思辙极为相得，与范闲也是熟络无比，所以有些无法宣之于口的事情，范闲却能直接对他说。

范闲对生产管理、化学物理都是门外汉，所以把这方面的权力全都放给了七叶，就像阴谋之类的事情，他全都交给了言冰云。

让专业人做专业事，他的这种态度才是真的专业。

有老掌柜们坐镇内库，他不再担心经营不善、货物质量、回银减少的问题，只是有些问题，他忍不住又提了几句。

"拖欠工钱的事情再也不能发生了。"

七叶有些不解他为什么一直念念不忘工钱这种小事，忽然间想着很多年前，小姐也有相同的交代，不由鼻头一酸。

"本想着请您去北齐帮老二……"范闲没有察觉到七叶的心理活动，苦笑着说道，"没想到那些公公竟然一直跟着，只好让您也来了内库。"

七叶微笑着说道："公公们看在您的面子上，如今对我们极客气，二少爷天生就是经商的材料，大人不必担心，而我确实也想回内库看看。"

范闲沉默半晌后说道："如果您老几位有什么事,都可以和苏文茂说,我对他交代过了……既然出了京,当然不能再受憋屈气。"

忽有风过,院中青树上的嫩嫩绿叶还没有生牢,竟是被刮了下来,范闲轻噫一声,随手捞在手中,看着那新青的断口处,眉头皱了许久。他低声问道："工艺……能抄下来吗?"

七叶身子微微颤抖,半晌后说道："死规矩,不能文字,只能口口相传。"

范闲说道："图纸总不能口口相传。"

七叶摇着头说道："先前看得紧,如今不知道在何处。"

范闲想了会儿,说道："过几个月,你来杭州给我讲讲,我记性很好的。"

车轮碾过官道上刚生出来的青草,与路面石缝一碰,发出咯咯的声音,又与车枢间的簧片响声和着,就像唱歌一样欢快。小鸟在水田边的林子里快速飞掠,青苗展露着修长羞怯的身姿,垄上的野草不屑地看着它们。道路上车队络绎不绝,河道上货船往来,将内库出产送到天下各处,好一派热闹景象。

官道上的货车不敢与车队争道,赶紧停了下来。但车队里有人发现今天内库出货量太大,交通有些繁忙,便令车队停在道边的草地上,让货车先行。

倒数第二辆马车中,是昨日刚被去了乌纱、除了官服的信阳派官员。这些官员曾经想过,范提司到任后自己的日子一定不好过,却没想到范闲竟是如此霸道,直接将他们抓了起来,而且用的名义竟是工潮之事……这些官员此时当然知道,自己是中了范闲的套子,内心不免有些惶恐不安。

直到听说此案会交由江南总督薛清亲自审问,这些官员的心情才稍微好了些,只要不面对监察院的酷刑,这案子哪里容易这么定下来?就算监察院方面有司库们的口供,只要自己到苏州后抵死不认,薛大人总要给长公主些许脸面。

"为什么要给薛清去审?"海棠倚在窗边上问道。

范闲低着头说道："这事我不适合做。"

海棠轻轻嗯了一声，没有再继续说什么。

"我想再确认一次，银子到账没有？"范闲问道。

海棠回道："上次在苏州就说过，莫非你现在信不过我了？"

范闲觉得车里的气氛有些压抑，吩咐了思思几句，便下了车。思思好奇地看着海棠，不知道这位名声满天下的姑娘究竟是怎么得罪少爷了。

海棠被思思看得有些莫名其妙，问道："看什么呢？"

思思没好气地回道："就兴你看我，不兴我看你？"

海棠笑着摇摇头，习惯性地将双手往腰旁一揣……却发现揣了个空，她这些天一直穿着婢女的衣裳而不是惯穿的花布袄子，身前没有那两个大口袋。

她望着思思微笑着说道："我看你，是想瞧瞧范闲喜欢的女子是什么模样。"

这是真话。海棠一直有些不理解，明明她的好友司理理是世间最美丽的女子，为什么范闲在她面前却能保持冷静，刻意拉开距离。就算那一夜之后，对理理也没有什么牵挂，竟是没有问过自己一句，比如理理最近过得可好之类。再是绝情之人，对于有过一夜之缘的绝世美女，总不至于如此冷漠。她甚至开始怀疑，范闲此人是不是有些隐疾，比如像陛下那般……

可偏生范闲却收了思思入房。海棠看了这些天，也没瞧出来思思究竟有什么奇异处，长相只是端庄清秀，远不及司理理柔媚丰润。

思思脸红耳赤道："少爷……怎么能喜欢我。"

海棠说道："不喜欢你又怎会收你入房？他可是在意旧日情分的人。"

思思认真地说道："姑娘弄错了，少爷是世上最重情分的人。"

海棠知道她从小侍候范闲长大，不禁有些困惑，难道范闲这个冷血无情、以算计他人为乐的权臣酷吏，真是个重情之人？

她想不明白，转而问道："思思姑娘，那你先前为什么要盯着我看？"

最开始的时候,思思对她有些许抵触,毕竟她是北齐人,而且又不是自家少奶奶,但后来接触得多了,就像许多人一样,思思也很快喜欢上了这位姑娘。

海棠身份高贵,待人却极诚恳,不论什么身份的人都会平等看待,比如思思——仅仅这一点就已经超出世人极多。

听到她发问,思思笑道:"我也是想瞧瞧少爷喜欢的人是什么模样。"

海棠睁着大大的眼睛,像看可爱小动物一样看着思思,半响后,双手互套在袖子里,认真地问道:"胡人会不杀人吗?"

西胡北蛮,数百年来不知道残害了多少中原子民,凶恶之名传遍四野,思思毫不犹豫地应道:"当然不可能!"

海棠微笑着说道:"同样的道理,他也不可能喜欢我。"

微风拂过范闲的脸,告诉他现在就是春天。

水田那头的树林被风儿吹得沙沙作响。后方也传来了沙沙的声音。不是风拂林梢,不是扫大街,不是掷骰子,不是铅笔头在写字,不是春蚕把那桑叶食。是她在走路。

范闲忽然说道:"为什么不可能?"

海棠走到他身边,嗯了一声,像极了很多年前五竹对陈萍萍的疑问。

范闲唇角微翘,说道:"为什么你认为我不可能喜欢上你?据院里的消息,北齐太后已经开始着急你的婚事了。"

海棠双手揣在袖子里,看着前方水田里的耕牛,知道自己与思思在车厢中的对话被他全听到了,微笑着说道:"看来你的真气恢复得不错。"

范闲盯着一只落到耕牛背上的小鸟问:"我问的是为什么我不可能喜欢你。"

海棠转头看了他一眼,发现他的神情竟是无比认真,无奈地应道:"你总是喜欢对女孩子家口花花,又不能真的占什么便宜。"

范闲想到昨天与七叶的谈话,发现自己重生后许多事只能做而不能说,但与海棠似乎只能说不能做?不由笑了起来:"只是不解你为何如此确定。"

海棠说道："在上京城里你说过，但凡男人或者说是雄性动物都只会用下半身思考……我自忖没有那等容颜引发你的心思，而且我的身份不一样，你有所忌惮，又不可能获取什么利益，怎么会喜欢我？"

海棠是北齐圣女，范闲是南庆权臣，两人能以朋友相处，如果真要凑成一对，却会遇到极大的阻力。不说两国民间的情绪以及议论，只说北齐太后与南庆皇帝都肯定会全力反对，甚至会影响到他们之间的协议。

范闲却不管这些，微微一嘲说道："喜欢这种事情和利益有什么关系？不过半年的时间，你的心性好像差了不少。"

这话在杭州的时候，他也对海棠说过。

海棠沉默片刻后说道："天一道讲究天人感应，道法自然，我本以为这些事情自然而行便可，但这半年来纠缠于此世俗事务，不免有些影响。"

范闲轻声道："钩心斗角这种事情确实只适合我这种人做，你还是应该做回村姑这个有前途的职业……说来终究还是我的问题，若在上京时，我不将你拉入局中，或许你现在还在园子里养鸡逗驴。我算不算是把你引入了魔道？"

海棠应道："只是心魔罢了，有所欲，便有所失，亦是自然。"

范闲问道："那你还会坚持？"

"当然。"海棠沉默了一会儿，又说道，"安之你说过一句话深合我心。"

"什么话？"

"这世上，从来没有好战争，坏和平。"

"嗯，我忘了从哪里听来的。"

"不管是谁说的，为了这个目标，我愿意帮你。"

那只鸟或许在耕牛身上没有发现什么寄生虫可以果腹，呼的一声飞走了。

范闲沉默了一会儿，转身望向海棠，认真地说道："其实你不要太自卑，我一直觉得你长得很端庄很好看。"

海棠简直不敢相信自己的耳朵,心想何其无礼。

范闲说道:"只是针对你先前说的我不可能喜欢上你的原因,有感而发。"

海棠终于忍不住瞪了他一眼,像个小女孩一般,极为难得。

"不要和我比,不然这世上就没几个美人了。"

范闲无奈地说道:"这不是我的问题,是我父母的问题。"

海棠真的受不了了,转身向车队走去。

范闲跟了上去,微笑着说道:"不要急着上车,陪我走走。"

两个人并排走着,离车队渐远,春林透着阳光,丝丝点点叉叉,幻化成各式各样美丽的光斑,落在他们的衣衫上。

海棠看了他一眼,神情微异,发现他的手居然像自己以前那样揣着。

范闲解释道:"监察院官服,我让思思加了两个口袋。"

海棠有些羡慕。

沙沙之声再起。这对并无男女之私,却格外苛求对方信任的男女,就如同半年前在北齐上京皇宫里、在玉泉河畔的道路上,那般自然而然地拖着脚后跟、懒懒散散地走着。身前身后尽是一片春色,头顶林叶青嫩可爱。

"打算怎么对付明家?"海棠问道。

范闲说道:"内库开门招标共十六项,往年崔明两家便要占去十四项,如今崔家倒了,留下差不多六个位置,我已经安排人接手,等年中思辙在北边将崔家收拢得差不多之后,北南一搭,路子就会重新通起来。只要你们那位卫指挥使不要瞎整,出货就不会有问题。至于其中能搭多少私货,还要看我能将内库掌握到什么程度,另外就是父亲给我调的人手不知道能起多大的作用。"

这就是他与北齐小皇帝之间的协议,海棠南下就是要盯着此事与那些银子。她说道:"就算你能在短时间内将内库全盘掌握,可如果你往北方发的私货比长公主往年发的私货更多,我担心你不好向庆国皇帝交代。这次来之前,陛下托我给你带话,协议可以暂缓两年,等你站稳再说,毕竟这是长久之计。"

范闲没想到北齐小皇帝竟然如此替自己考虑，笑了起来，说道："看情况吧，只要今年内库出产能有明显的增长，陛下那边就好交代。"

海棠看了他一眼，问道："增长从何而来？"

范闲应道："第一当然是各工坊的出产增加。第二就是，我打算在明家身上狠狠啃上一口，然后献于陛下，陛下一定会很高兴的。"

海棠听他似乎不准备在短时间内抹平明家，意外地问道："你能容得下明家？"

"不得不容，至少在今年之内。"范闲自嘲着笑道，"崔家的根基太浮，战线铺得太远，所以监察院可以一战成功。但明家乃百年大族，早在内库之前就是江南名门，根基扎得极扎实，数万人的大族，在朝中做官的就不知道有多少，如果用雷霆手段对付，只怕江南路会一片大乱。最关键的是明家这些年从内库里吃了不少好处，但这么大的生意，他们当然不可能一家独吞，后面有皇族的影子，长公主、太子、二皇子，在里面都有股份。说来或许不信，连我范家都有一个位置。他们年年往京都送重礼，各部甚至枢密院对明家的印象都极好，而且他们向来低调，你也见过那位明少爷，为人做事都很稳重，在民间也没有太坏的名声……想要动他们，实在是有些困难。"

海棠也开始觉得这件事情有些复杂，问道："你的底牌是什么？"

"我的底牌是皇上。"范闲认真地说道，"明家偷了内库的银子，再送给公主皇子大臣们，送给江南百姓，送给读书人，送给穷人，所以天下所有的人都喜欢明家……但是，陛下不喜欢，因为明家偷的是他的银子。"

海棠心想有庆国皇帝的暗中纵容，加以详尽计划与周密安排，明家覆灭是迟早的事，再如何雄霸一方、根深蒂固的豪族，依然无法与帝王相抗。

"今年的目标是吃掉明家的银子进账。"范闲继续说道，"内库招标需要现银做押，中标后需要预留标底四成的数目。我会让人与明家竞标，将价钱抬起来，没办法和我去争崔家空出来的位置，同时也赶紧把户部的账填一下。"

"你准备抬到多高？"海棠问道。

范闲回道："你知道我是个很贪心的人。"

海棠说道："你不打算正面与明家冲突，只用开门招标之事打击对方，可是抬价这种事情不是赌博，万一你价抬得太高，直接从明家手里夺了过来……内库三大坊十六出项，四成的存银，你怎么拿得出来？"

"为了防止官员与商人暗中勾结，内库新春开门都用的是明标，这恰好给了我机会。既然事情都是摆在明面上做，我自然会……"他想了想，没有继续遮掩什么，"我会让夏栖飞标出一个合适的价钱，然后让明家知道。"

"夏栖飞？"海棠一惊，"江南水寨的大头目，江湖上赫赫有名的人物，怎么可能听你的安排与明家对抗？要知道他可是江南土生土长的人。"

范闲没有解释夏栖飞的身世，只是表明夏栖飞是自己的人，他继续解释道："正如你所说，我们手上筹的银子不足以将内库十六出项全吞下来，所以自然有一部分是要留给明家。这一方面是为了安抚对方，另一方面也是要用那笔庞大的银两将明家陷在江南，让他们无法脱身而出。"

海棠不解地问道："你怎么确定明家不会壮士断腕？他们这些年已经挣了太多的银子，今次明眼人都知道，你下江南就是为了对付他们。你让夏栖飞喊出一个令人瞠目结舌的高价，万一明老爷子一拍双手……不玩了，你岂不是要吃一个闷亏？拿不出定银，庆国朝廷肯定不会让夏栖飞好过。"

"明家要送银子出去，要维护长公主的颜面与利益，就必须继续扎在内库里面。明家自产海盗抢劫内库的财货，再反头从朝廷这边吃钱，心狠手辣至极，但终究只是个傀儡。如果他收手不干，京都那些人没了进项，恼羞成怒之下怎么会放过他们？到时候轮不到我动手，他们就要垮了。"

所以明家今年无论如何也必须将内库行销权掌握大部分，稳过这一两年,然后再看京都的那场最重要的斗争会走向哪个方向,以做最后定夺。

"那笔银子你准备调给夏栖飞?"这是海棠很关心的问题。

"父亲也为我准备了一些,但全天下只怕都猜到了我的这条财路。如果我真的用户部存银来与明家打这场仗,只怕一着不慎,便会全盘皆输。"他自嘲地继续说道,"窃国库可是满门抄斩的罪名,我胆子小。"

海棠问道:"太平钱庄的背景是东夷城,你不怕他们察觉到什么?"

范闲看了她一眼,说道:"这是你家皇帝陛下的安排,大概你也不知道,北齐内库的银子从前年牛栏街之事后,便开始经由几十个渠道不引人注意地注入太平钱庄,中间不知道转了多少弯,这才将银子调到了江南。我有监察院与户部帮忙,都没有察觉到这几十笔银钱的走向,我想东夷城方面也是如此。"

海棠有些难以置信,说道:"这笔银子两年前陛下就开始往江南转,这怎么可能?我去年九月才与你说起这事,而且上京城里一直没有风声。"

范闲进一步说道:"我是你与我交了底才重新去查线头,结果什么都没有查清楚,只能查到,那几十笔银子进入太平钱庄的时间就在两年前。"

海棠不解地问道:"两年前你刚入京都,陛下怎么能猜到两年后你会执掌内库,又怎么能知道两年后会与你携手,准备吞下内库的行销权?"

"那时候我只是司南伯府一名寂寂无名的私生子。可能是牛栏街发生的事情,让小皇帝确认长公主想杀死我,从各方面的情报判断出我会接掌庆国内库……至于后面的事情或许只是他的分析。既然我与长公主之间无法协调,那么我肯定需要斩掉她的臂膀,难怪去年我们双方收拾崔家会如此顺畅。"说到这里,范闲皱起了眉头,"可是你家皇帝怎么可能猜到我会用这招对付明家?如果要说是算计到了这点,我只能赠他一句话。"

海棠没有想到与自己从小一道长大的皇帝陛下竟然如此深谋远虑,

远在两年之前就开始布局应和范闲,她紧跟着问道:"什么话?"

"似贵主之多智,实近妖也。"范闲说道,"两年前开始筹划,发展和他的猜想竟没有太大的偏差,就算我朝陛下决定整肃内库用的不是我……只怕他依然有办法将这些银子换个面目,参与到此次内库的开门招标之中。"

他发现自己确实小看了北方那位年轻的君王。庆国对内库这个全天下最光彩夺目的金鸡看守得极严,各国都没有什么办法,窃取工艺这种事情做了十几年竟没有一次成功……谁能想到北齐小皇帝竟然别出机杼,玩了这么一招!

既然当小偷,偷不到你家的宝贝,当强盗,打不赢你家的护卫,那我便摇身一变,变成一个没有名字的资本商人,掺和到你家卖宝贝的过程中来。虽不能挣得头啖汤,却也不止吃些残食——后来出现了范闲变数,小皇帝自然愈发慷慨与沉稳了。

范闲叹息着,这天底下多的是聪明绝顶、老谋深算之人,相比之下,自己这个国际主义者,还真是带了太多的理想主义味道。

"你生气了?"海棠看着他的脸色,试探着问道。

范闲摇摇头:"如果这件事情,你家皇帝一直瞒着我,我当然会生气,不过如今他必须与我配合。我有什么好气的,等若是他将这些钱全部当作了人质,交到了我的手里,这……足以换取我对他的信任。"

海棠叹了口气,说道:"你不是一个容易信任别人的人。"

"信任是相互的,我只是好奇你家皇帝为什么会如此信任我?要知道,日后若两国交恶,或是我有了别的心思,那我随时可以吃了他的银子,断了他的货路,他根本没有一点翻盘的可能性。"他看着海棠的眼睛轻声说道,"我有些担心这种突如其来的大信任。"

海棠想了一会儿,忽然说道:"我在信中向你提及这笔银子的时候,好像就是你的身世流言将将浮现于世的时候。"

"嗯,这有什么关联?"

"或许在陛下看来，既然你是叶家后人，就一定不可能满足于做个庆国的权臣，而庆国能给你的一切，我大齐都可以给你，陛下只怕还有些别的……"

海棠话没有说完，范闲已经听明白了，他摇了摇头，说道："谢谢你家皇帝的好意，我可不想横眉冷对千夫指。"

海棠微笑着说道："居然有了作诗的兴致。"

"我更不会俯首甘为孺子牛。"范闲自嘲一笑，"更何况你家皇帝后来应该知道，我也是位如假包换的庆国皇子……"

"这世上的皇子有许多，叶家后人却……只有你一个。"

海棠终于把话挑明了，范闲却不想再继续这个话题。他在庆国正是风光之时，虽然隐着很多凶险，但凭良心讲，皇帝目前扮演慈父的角色还算用心，他找不到任何有说服力的理由去考虑北齐方面的邀请。

"说回最初吧。为什么你不可能喜欢我，我不可能喜欢你？"

海棠有些羞怒，心想此人怎么总纠缠于此事，稍作思忖，沉声说道："情之一境，无大小之分，却有上下之别。朵朵不求灭情绝性，却没想过男女私情。"

范闲明白姑娘家是在表达以天下万民为先的意思，无趣地说道："先天下之忧而忧……这么活一辈子岂不是太没滋味，你家皇帝还有顶帽子戴着玩……"他没说那顶帽子是什么颜色，忽而露齿一笑，"朵朵。"

"嗯？"海棠停住了脚步，偏头看他，却被范闲那清秀面容上的温柔微笑晃了眼睛，忍不住叹了口气，问道，"什么事？"

"胡人也有可能不杀人的。"范闲认真地说道。

海棠知道他是在说先前自己在马车里堵思思嘴的那句话，更加羞怒，回道："是吗？或许不论是北齐还是南庆的子民都不会相信。"

范闲温柔地说道："胡人当然有可能不杀人，如果他们都被我们变成了死人。"

海棠一怔，又忍不住扑哧一声笑出声来。

范闲说道:"同理可证,我也是有可能喜欢上你的,你也有可能喜欢上我。"

海棠微嘲地说道:"等我们都死了?"

"不。"范闲很认真地解释道,"等这个世界上别的人都死了。"

海棠无可奈何地说道:"所有人都死了,就剩我们两个站在河边吹风?"

范闲抬起头来,想了半天才点点头:"似乎确实没什么意思。"然后他从口袋里伸出双手,握住海棠的手,在姑娘微愕的目光中轻轻搓揉着,并温和地说道:"既然是没意思的事情,那就别想了,别冷着手。"

四手相握,坚定与温柔在一片暖意里融着。

海棠没有将双手抽出来,微微偏头,看着范闲说道:"故意给人看到?"

范闲轻声应道:"要说服我的皇帝相信我在江南带着你是有原因的,要让你的皇帝与我之间的信任有更坚固的基础,我们都必须更亲近一些。"

海棠似笑非笑地望着他。

最后范闲诚实地说道:"当然,握着你的手还是很舒服的,经常做农活,却……没有老茧。"

第四章 扼住命运的咽喉

苏州城内一片繁荣景象，四处皆见的青色与庆国别的地方倒也没多大差别。只不过林立的商铺、繁忙的码头、络绎不绝的人群；南城连成一大片的官衙，西城富气逼人的盐商皇商府邸，东城当街红袖招的姑娘、道上轻折章台柳的公子哥儿，北城那些悍意十足的道上兄弟，所有这一切构织成一种与世上所有地方不同的味道，那便是金钱、冒险、刺激、欲望的味道。

苏州码头靠下游的一大片都是明家的产业，好些汉子正老实地听着一位青年公子的训话。这些汉子一看就是精武之辈，在这个面相柔和的公子哥儿面前却不敢露出半点骄横，因为那公子哥儿便是明家老爷子的亲生儿子明兰石，这些在码头上厮混的人都是靠明家吃饭，甚至可以算作家丁。

等明少爷走后，汉子们扯着长衫擦着额头上的汗，窃窃私语不停，心里都在奇怪，为什么明少今天会专门来提醒自己这些人，最近这些天要在苏州城里老实些。难道明家还怕谁来？总督大人倒是有这个本事，但这几年难道明老爷子还没有将对方喂饱？有人忽然想到，只怕和马上到来的内库新春开门一事有关……没听说吗？堂堂崔家，与明家并称的崔家，在新年之际竟被朝廷一网捞光了！据说就是如今在江南的钦差大人办的！难怪少爷会如此谨慎，生怕被官府抓到什么把柄，原来是怕了那位六亲不认、油盐不进的小范大人。

"不是我怕他。"明兰石坐在车中,再也无法保持在外人和下属面前的镇定自若,沉声说道,"而是小范大人和朝廷里任何一位官员都不一样。"

如果让范闲看见此时听明兰石说话的人一定会大吃一惊。因为坐在明少爷对面的,赫然就是杭州西湖畔武林大会的主持人、那位江南路的官员!

这位官员姓邹名磊,是都察院江南路御史。只听他不解地问道:"表兄,钦差大人和朝中别的官员有什么不一样?"

明兰石冷笑道:"范大人如此年轻,手中却握有如此大的权力,别的官员能比吗?监察院和你们都察院可不一样。如今他又有钦差的身份,做起事来更是毫无障碍,总督大人都要给他几分面子。你应该也收到消息了,他一到内库便砍了五个司库的人头,里面还包括两个大坊主事。如今还将长公主放在转运司的官员全拔了!这样的强硬手段,朝中哪位官员有底气使得出来?"

邹磊叹道:"没有内应,以后族里再想求个方便就难多了。"

明兰石望着他嘲弄地说道:"我看你是当官当糊涂了,这是什么时节,还想求个方便?只求小范大人不要弄死我们就好。"

在西湖畔楼上楼中,明兰石对面前这位朝廷官员是何其尊敬,此时却是丝毫不给面子,看来邹磊却很习惯这种口吻,纠结地说道:"小范大人此次下江南,明显剑指族中,老爷子可有什么安排?"

明兰石苦笑着说道:"先前说过,如果是别的高官下江南,我们明家有的是法子对付,偏生落在这位小范大人身上,往常惯行的法子竟是一点作用也没有。"

邹磊试探着说道:"世上还没有不贪财的官。"

明兰石想到那件事情,叹道:"这是最俗的法子,也是往常最有效的法子，父亲看事极准，知道必须用开山金斧……结果对方根本不收，直接退了回来，也没有说什么狠话，只是像块冰似的。"

"送了多少？"邹磊根本不相信世界上有不贪银子的官员，就算你是皇帝的私生子，可也得有银子啊。

明兰石比了四根手指头。

邹磊小声问道："就四万两？"

明兰石压低声音骂道："四万两，你没看那位小爷衙里的箱子里就放着十三万两银子。这次父亲甚至把往京中的贡钱都压了下来，整整凑了四十万两！"

"四十万两！"邹磊心头一颤，这么大的价钱，一个小诸侯国都能买下来了，难道还买不动钦差大人的心？

明兰石声音微哑着说道："……还有两成干股。"

邹磊简直不敢相信自己的耳朵，这两成干股比四十万两更要可怕，族里往常供奉长公主也没有出手如此大方过——这甚至已经不能叫大方，完全是在割肉保平安！可就算这样，小范大人居然也没有应下？

明兰石沉默了很长时间，说道："我们都低估了他的胃口。不要忘记，他的那位父亲大人可是户部尚书，四十万绝对可以收买一位皇子，却收买不了他。"

"长公主那边呢？"邹磊恨恨地说道，"我们明家为她出了这么大的力，她总不能眼看着不管吧？"

明兰石说道："对付官员，收买不成，便是中伤，由中枢而发四肢，便要在京都下功夫，在朝堂上直接发力，可惜……这招应该也没作用。"

"为什么？"邹磊大惊。

明兰石自嘲着说道："他的背后有陈院长与范尚书，林相辞官已久，余威犹在，只要陛下没有说话，哪有官员敢依我们的意思上书参他？你们都察院倒是做过两次，却被陛下的廷杖打寒了心。"

邹磊想了想后说道："今时不同往日，如今范大人远在江南，不及自辩，又远离监察院，反应必不如往日快捷。就算他与陛下关系……就算是一位正牌皇子，也不可能在江南闹出大事而不被召回京都，为何不试试？"

明兰石面无表情地说道："你们这些官员看问题总是盯着官位品秩与身份。不错，就算是一位正牌皇子下江南，我们明家也有办法让他灰溜溜地回去。范闲只是陛下的私生子，我们似乎不应该害怕，但他有权、有兵、有钱，名声极佳，偏又下手极狠，就算他有些什么污点，却被朝廷负责放大污点的监察院全数抹个干净……这样一个光溜溜的鹅卵石，谁能咽下肚子去？如果真依你的意思煽动江南百姓闹事，你信不信他敢调黑骑入苏州，直接把我们明家灭了门！"

邹磊倒吸了一口冷气，震惊地说道："不能吧？难道他就真的一点不在意……朝廷的反应？庆律可不是写着玩的。"

"那是个疯子。"明兰石咬着牙低声道，"一个看似温文尔雅的疯子，能不招惹他，就不要招惹他，除非你有把握让他从这个世界上消失。"

邹磊忽然安静了下来，半晌后低声说道："武林大会？"

武林大会就是明家对江南武林的控制手段，只是披了件朝廷的外衣，没有太多江湖高手，也借由邹磊控制了一批亡命之徒，此时他心中生出了狠念。

"你难道不知道范大人自己就是九品强者？你难道不知道陛下派了一批最精锐的虎卫给他？你难道不知道监察院专司暗杀的六处剑手如今根本不离他身？你难道不知道那位北齐的海棠姑娘曾经与他在杭州一起住过一段时间？"明兰石像看白痴一样看着邹磊，声音越来越大，越发觉得平日里看似精明的表弟真的很蠢，"父亲从东夷城请来的云大家就在西湖边上现了一眼，不知道被谁刺了一剑！如今东夷城那些家伙被监察院追杀得如同丧家之犬……四顾剑的后人在范闲面前连出手的机会都没有，你觉得你可以杀死对方？"

邹磊面色一阵青一阵白，这才想到了范闲并不是一位权臣那般简单。在当今天下，范闲绝对算最有钱的人之一，而世上比他有钱的人绝对没有他有权，比他有权的人绝对没有他的武功高，比他武功高的人绝对没有他无耻，比他无耻的人绝对没有他靠山硬，比他靠山更硬的绝对还没有生出来。

送钱，他不稀罕；想在京中削他权，他不担心；想暗杀他，他不害怕；想搞臭他，他不在乎，他会直接用刀子割了你的脑袋发泄心中的怒气。

这是一个数十年前过往在数十年之后造就的畸形存在，他是一位隐性皇子，却拥有皇子根本不可能拥有的监察院与户部，就连影响朝局十余年的长公主殿下，想对付他都无从下口，明家又能有什么办法？

邹磊想了想，说道："郭大人如今也在苏州，看他的意思，长公主会在京都出出力，而且范闲如今这般嚣张，只怕太子爷与二皇子会有些不舒服。就算不能将他调回京都，宫里有人说话，总能压制一下他的气焰。"

明兰石知道如今的局面只能勉强维持，但听见那个……郭字，止不住额头青筋一现，急声说道："让你那位上司别掺和进来！当年他在刑部衙门里打了范闲一棍子，结果就被赶到江南来……难道他还想报仇？不要忘了，钦差大人才是最记仇的年轻人，我只求不要被他给拖累了！"

天下士民没有几个人有资格参观陈萍萍居住的陈园，所以在他们眼中，信阳离宫、东夷城剑庐、江南明家的明园便是世上最美丽、最富贵的三处所在。当然，这个排名不会将上京那座美如仙境的皇宫算进去。

离宫里住着贵人，剑庐里有位大宗师，都离普通百姓距离很远，只有苏州城外的明园给了天下士民近距离欣赏的可能。

明家名声向来不错，很少有什么仗势欺人的传闻，也没有刻意保持高门大族的神秘，许多江南读书人以及远道而来的游客在苏州城里逛完之后，都会沿着林间的宽阔大道走到城外，远远看几眼明园。

虽不能近玩，但如此远观一番，也足以娱目以及作为下半生的谈资。

修成四十年的明园，也有着明家的风格，一砖一瓦、一草一树、一阶一亭，并不如何华丽，沿山修葺而成的院墙也并不高大，游人们站在官道之上，便能看见里面的飞檐，站得近些，甚至能听到里面的淙淙流水之声。

亲近，不代表着家常。简约，当然不是简单。在真正懂行的人眼中，一定可以看出这座庄园里无可挑剔的建造细节，巧夺天工的设计与园景，而在军人的眼中，更能看出这座庄园看似没有防御能力，但只要加以简单改造，在极短时间内就可以成为一座易守难攻的城堡……

天气不是太好，初春料峭时候，细雨微蒙，明兰石乘着马车孤单地行在回家的路上，没有如往常那样看看三两游人与踏青的女子。

马车到了侧门外便有些奇怪地停下了，明少爷拉开车帘一角，沉脸看着自家正门处。那里似在送客，一位穿着官服的中年人正满脸怒容地走上自己的马车。明兰石放下车帘，回头看着邹磊微怒道："说郭铮，郭铮便到，你这个上司怎么就这么不知趣？"

邹磊默然无语。郭铮是他的直属上司，去年在京都任都察院左都御史。春闱案后，郭铮领头在刑部三司会审范闲，仗着有长公主撑腰，硬生生打了范闲几棍想来个逼打成招，哪里想到范闲的背景如此强大，没有整倒范家不说，得罪了林相爷、范家和监察院。事后三大巨头出手，也没有闹出什么声势，便简简单单地将刑部尚书韩志维搞丢了官，然后将他发配到了江南。

郭铮这一世吃的最大的亏便是因为范闲，因此一直记恨于心。如今范闲下了江南，他看样子是想挑动明家与范闲作对，所以明兰石的脸色才会如此难看。

"父亲，已经交代下去了。"明兰石恭恭敬敬地站在小院的石阶下。

屋内传出明家当今主人明青达略有些疲惫和欣慰的声音："好，怎么也要熬过这一年再说……兰石你向来沉稳，如今更要小心。"

明兰石赶紧点头应是。

"先前看见郭铮了？"

"是，父亲，他就这样堂而皇之地上门，只怕会落在钦差大人的眼里。"

"罢了,我们身上的烙印已经足够深,这时候再想与那方面撕脱关系,一来是不可能,二来也没有人会相信,不要再想这些问题。"

"他……是自己来,还是代表着京里那些人?"明兰石问道。

明青达从屋里走了出来,用热毛巾按了按有些疲惫发酸的眼睛,说道:"这些当官的,什么时候能有自己的身份?"

明兰石心头一紧,知道郭铮是来传达长公主与殿下的意见。

"你不要担心,也不用理会京里的意思,殿下让我们给钦差大人使绊……"明青达面无表情地说道,"这是要将我们当刀使,我能这么蠢?面子上的事自然要做,谁也不知道将来怎么回事,坐上那把龙椅的又是哪一位。"

明兰石说道:"各处都通知到了,只要钦差大人在江南一天,我们就安静一天,只是……老这样一味示弱,总不是办法。"

明青达说道:"范提司又不是吃人不吐骨头的魔鬼,明面上抓不着咱们的把柄,又要忌惮江南一地官员士绅们的反弹,他就不可能端一碗水来将咱们一口吞了……我们老实些,给足他面子,想必他也会给我们几分面子。"

"这位小范大人……可是连二殿下的面子都不给的。"明兰石苦笑着说道。

明青达说道:"商人的身份总是上不了台面,如今却恰恰相反,范大人是叶小姐的儿子,观他行事一向宁伤官而不害民,对商人也没有什么偏见。他不给二殿下面子,却不见得不会给我们面子。说到底,二殿下再如何反击,也不过是在官场上给他下套子,我们却有钱,能用钱使动江南万民。当然,只要事态没有发展到白刃相见的地步,一定不要去撩拨他。"

明兰石有些厌烦了,这几天里父亲不知道说了多少遍谨慎,他虽明白缘由却还是觉得不舒服,忍不住安慰道:"父亲,实在不成,咱们收手吧。"

这里是明园深处的小院，极是安静。

很长时间，除了风过青叶再没有别的声音。

不知道过了多长时间，明青达缓慢地摇了摇头。这位江南乃至整个庆国最富有的商人，带着疲惫说道："有些事情，不是为父想收手便能收手的。京里的贵人们占了那么多干股，就算咱们不做了，难道他们就不会向我伸手要银子？如果这次我们真的收了手，势头一起，谁知道他们做什么？永远不要低估皇族和官员们的贪婪程度。明家看似风光，其实还不是他们眼中一只会下蛋的老母鸡，如果老母鸡不下蛋了，那些本来支持咱们的大人物只怕会比小范大人更想宰了咱们，最后吃一顿香喷喷的鸡肉。"

明兰石恨色一现即隐，低声骂道："如果不是京里那些人每年吃银子太厉害，咱们就正正经经地代销内库出产，比如今也差不到哪里去。"

明青达摆摆手，说道："这些年我明家一直做那些见不得光的生意，就是为了填满那些人的胃口……今次小范大人下江南说不定也是上天给我的一个机会，让我趁机从那些事情里摆脱出来，从今年起逐渐削薄进京的份额，长公主她们也不好说什么。只要这次开门，中的标不低于去年的六成就好，免得重蹈崔家覆辙。说起正经做生意，难道我明家就做不得？"

"父亲说得有理。"明兰石心里有些不是滋味，舍了往东夷城走私的路子，斩去自家海外的那支海盗，这一年账外的银子肯定会少挣无数，京里那些干股依然要付红利，族里只得拿本金往里面填。如果钦差一直待在江南，自家便要一直往里面填银子，就算自家财雄势大，也禁不住蚂蚁搬山……

知道儿子在担心什么，明青达也没有解释与安慰。事实就是这样，如果明家要与过往割裂而自保，这两年的代价是一定要付的。

"孩儿这两天和大家见了见面。"明兰石开始禀报内库招标一事。这话里的大家，自然就是江南一带有资格、有实力参与到内库招标中的那些巨商豪富。

"岭南熊家、泉州孙家都知道眼下的情况,看模样他们很眼馋内库行销权,但目标还是在崔家留下来的那些份额,给孩儿做了保证,不会与我们竞标。"

明青达说道:"金饭碗谁家都想捧一个,不过我们既然打点在前,他们总是不好明着与我们作对,除非他们不想在江南做生意了。"

说到此时,这位明家主人才露出几分江南首富应有的自信与骄傲:"关键是那几家私盐贩子。那些盐贩子都是在生死间捞银子的狠角色,手头的闲钱也够多,如果他们掺和进来会有些麻烦。虽然不惧,只是又要多出些银子,朝廷规矩死,四成的定银……占得太多,只怕上半年会有些周转不过来。"

江南最富的便是所谓皇商与盐商,两边本来是井水不犯河水,但如今崔家已倒,谁知道那些盐商会不会眼馋内库的生意。那些盐商手中资金极为雄厚,而且在朝中也有靠山,明家担心那些人也是应有之义。

"苏州城里这几家盐商我都去拜访过了。"明兰石想到自己这两天的所见所闻,有些意外地说道,"他们说得极干脆,说今年是一定不会进内库之门……不知道这是怎么回事。"

明青达微微一怔,略想了想便明白了其中原由,自嘲地笑道:"看来所有人都知道小范大人今年要整治出销渠道,不敢在第一时间内抢这碗饭吃啊……这些盐贩子看来是准备看咱们与钦差如何收场,明年再进场了。"

明兰石不解地问道:"那些盐商可不像这么瞻前顾后的人。"

"他们的靠山是谁?"明青达冷笑道,"是咱们江南路的父母官薛清薛大人。薛清知道小范大人的意思,至少头一年会压制盐商,不让他们添乱,这是薛大人给小范大人、给京中的老范尚书,还有陈院长的面子!这样也好,没有人进场乱局,咱们也好筹划,将标书拿到,安稳度过这一年再说。"

"钦差大人……"明兰石欲言又止。

明青达说道："一切从明处来，我们何须忌惮。内库开门招标，价高者得，这是陛下定的规矩，到时候宫里要来人，江南路在旁监看，只要我明家肯出银子，内库转运司又能如何？"

"孩儿的意思是说，钦差大人会不会暗使别家故意抬价？这是最简单的一招，他们不用损失什么，却可以让我们吃一个大亏。"明兰石道。

明青达略略沉吟，接着说道："江南路没人敢得罪小范大人，但除了他也没人敢得罪咱们明家。如果是想找个傀儡抬价，投标需明银，钦差大人没有这么多银子，能抬多少？不要被那一箱子十三万两白银晃了眼，要用银子砸人，官员们哪懂这个？"

论起用银子砸人，这天下当然是明家砸得最为惊心动魄，豪气干云，一次就抛出四十万两纹银意图将范闲砸晕，虽没有成功，但这种气魄亦是举世罕见。

"钦差大人的父亲……老范大人可是咱大庆朝的户部尚书，手下管着国库。"明兰石苦笑着提醒道，"要说起银子来，他的银子可比我们明家还要多不少。"

明青达微笑着说道："户部不动则罢，如果钦差为了打压我明家而请动了范尚书，这事情就有些好玩了。相信我，公主殿下一直这么安静，也一定是在等着什么。"

明兰石闻言骤寒，才知道父亲大人看似步步退让，却早和京中贵人们议好了对付钦差大人的方法，内库招标一事的背后还不知隐藏着多少血光与凶险。他赶紧换了话题，禀道："依往年惯例，太平钱庄那边的银子已经备好，依您吩咐，这次又额外多准备了两成的银子，以免招标时措手不及。"

内库招标用的是明标明银，先不说成交后高达四成的定金，标银本身也要事先备好，或是真金白银，或是朝廷认可的钱庄银票，都必须在开门那天送到。

这是一笔无比恐怖的大数目，明家就算是江南首富也很难拿出这么多的现银，而且还有六成标银在中标后就可以马上回手，不想占用流水，自然会向外借调。明家每年投标需要的现银都是由太平钱庄筹措银两，以出产货物为抵押，已经形成了惯例。

今年预料到内库开门会有麻烦，所以明家今年让太平钱庄多准备了两成，不要小看这两成，已经是非常恐怖的数目，让明家多质押出去了不少。

"太平钱庄是信得过的。"明青达沉声说道。

双方已是老关系了，而且太平钱庄是东夷城的产业，那边也需要明家供货。

"是。"明兰石轻声应道，"而且咱们也不是平白调银子。如今江南有些白眼人想瞧咱们明家的笑话，这次中标也算是给他们一个耳光，同时也让钦差大人明白，能代理内库这么大笔生意的还是只有咱们家。"

明青达赞赏地看了他一眼，说道："朝廷要把这么大笔银子压在转运司，本意是想剔除那些实力不够的商人，天下能调出这么多银子来的已经倒了一家，那还有谁？除非钦差大人想看着明年内库的货没人接手，不然就只有给我。"

明兰石心悦诚服地说道："那还是依往年惯例？"

"确保价钱不要太离谱，别的都不变。"明青达道，"依往年规矩，十六项分成四份儿，六八一一，我们还是……只要那个八。"

一半的份额，却还是"只要"，明家的信心展露无遗。

明青达又道："海上的事情已经妥了。"

明兰石顿时放松了下来。那是明家最大的把柄，只要清除干净之后，依明家平稳的行事风格，范闲应该抓不住什么把柄——他不知道那些盘踞在岛上的海盗是如何被灭口，明家助力肯定有一部分是来自军方。只是父亲口风极严，就连他这个明家少爷都不知道，这次究竟是哪位大人物相帮。

明青达最后看着他的眼睛面无表情地说道："家里的事情你自己处理

妥了。"

明兰石闻言心底有阵寒意掠过,接着眼底又闪过一抹狠意。

海上的事情由父亲出面解决,家中的事情却只有自己解决。

入夜,苏州城一处偏僻的金屋内,明兰石躺在床上双眼望天,不知道在想什么。一个未着寸缕的女子像小猫般乖巧地伏在他的怀里,纤细的手指在他赤裸的胸膛上画着圈。

女子是明兰石的第三房小妾,因为身份特殊所以一直养在明园外。

"兰石。"这个小妾吐气微热,喘息着说道,"我还要。"

男人事后最厌听到这句话,明兰石冷笑道:"还要什么?不知道知足吗?"

这个小妾脸色一变,咬牙道:"你什么意思?是不是钦差大人查得紧,海上不敢出船,你觉得我们兄妹二人没什么用处了?"

明兰石轻声道:"小乖乖,这几年你给我明家挣了这么多银子,怎么会没用处呢?"

话语一落,他的手重重地拍到了小妾的雪臀上,震起白浪起伏,娇嗔连连。

小妾媚眼如丝,满怀期待。

明兰石满脸微笑,一掌砍在了她的后颈处。看着小妾嘤咛一声昏了过去,他那双手稳定而无情地扼住了那道自己舔过无数遍的雪白脖颈。

次日凌晨,苏州城外的码头上少了一块大石头,少了一条麻袋,有人听见了扑通一声重物坠河的声音。紧接着,便听说明少爷的第三房小妾回老家泉州省亲,归期未定。

泉州城外远方的大海里有一处岛屿,此刻也在晨雾之中。

趁着黎明前黑暗的掩护,许多凶残的贼鸥从天空里急冲而下,落到岛上,密密麻麻铺满了地面。贼鸥们贪婪地低下自己的头颅,用带着乌血的喙尖不停地啄撕着什么,因为数量太多,抢食格外惨烈。不时还有鸥鸟追逐撕咬,一时间,鸟羽乱飞,血肉四溅。

它们抢食的不是日常喜欢享用的小雏鸟与龟蛋,而是人类的尸体。

整座岛竟是尸横遍野!

刺鼻的血污气息冲天而起,好在初春料峭,没有太过腥恶的腐烂气息发出,饶是如此,这么多血肉依然惹来了方圆数百里之内的贼鸥们。

好一场盛宴。

岛上有不少建筑,早已全无声息,死去的人们睁着惊恐的双眼,泛白的眼珠无法动弹,蒙着一层死亡后形成的黏膜,似乎怎么也想不到会有人摸到岛上来杀了自己。

噗的一声,一只贼鸥准确无比地啄中那具尸体的眼窝,叼出一颗血糊糊的眼珠,骄傲地扭动着脖颈。旋即又低下头来,似乎害怕有同伴要和自己抢食,双翅一展,挪了一个地方,躲到礁石下面开始进食,却被噎住了,慌急中咯咯乱叫。

此时只见一只手艰难地扒开上方的尸体,无力地赶走那些可恶的贼鸥。一只眼睛从尸体缝隙里向外张望,确认上岛的官兵已经坐船离开,他才心有余悸地从尸体中爬了出来。

这人肩上挨了一刀,血肉模糊,如果不是因为他身份特殊,对那些官兵的杀意感知极快,抢先一步装死,并且用同伴的尸首掩护住自己,或许也早就死了。

那些官兵本应是这些海盗的同伴,忽然凶性大发,下手之狠实在是难以言说,直到岛上所有的人都死光了,想来海盗首领才会想到明家……这是来灭口的。

侥幸逃生的这个海盗面色黝黑,一看就是常年在海上生活。经历这等大难,他却不怎么惊慌,坐在同伴们的尸体中镇定了一下心神,撕下身边尸体上的衣服,包扎住伤口,起身在岛上寻找着清水与食物。官兵们离开的时候以为人都已经死光了,没有将清水与食物毁去,给了他一个活下去的机会。

恢复了一下精神之后,天,也就亮了。

迎着海上升起的那轮朝阳，他坐在码头上，看着不远处时飞时落的鸟群，看着那些常年相伴的伙伴们死后凄惨的模样，忍住心中的恶心，拿过一壶清水往干枯的嘴里灌了下去。

死的人都是他的伙伴，但他不会去安葬。一来是死去的人太多，他一个人根本不可能安葬这么多尸体。二来当海盗的人死后如果不能葬入海中，被这些贼鸥们带上天去，不见得是一个不好的结局。三来这些海盗平日里作的恶也不少，杀人奸淫的事情常常发生，如今先被人杀再被鸟食，也算是报应吧。

他叫青娃，泉州本地人，家世普通，能力普通，常年在海上当水手。去年他所在的大船被海盗劫了，不知道他用了什么法子竟然侥幸活了下来，还成为其中一员，在泉州之外的滔滔大海上做着那些丑恶的勾当。

这座岛上的海盗从实力与人数来看，都应该是海上最大的一股，不过奇怪的却是做生意不多，很是低调。直到后来青娃才发现，原来这些海盗只做一种生意——劫明家往西洋送货的货船。

每次劫船通通不留活口，尤其是船上负责押送的朝廷官员。

因为冷静与冷血，青娃得到头领的赏识，成为一个小头目，开始逐渐了解到更多的详情，并且有机会接触到一些重要的事物，很可惜⋯⋯就在这个夜晚，一支强大的水师找到了小岛，残忍无比地屠杀了岛上所有的人。

朝阳拂面，并不清爽，因为身旁全是死尸血肉，青娃的喉咙咕隆了两声，认出前方不远处正被贼鸥啄食大腿肉的那个海盗正是与自己同住一个山洞的才仔。

他的眼睛无力地眨了眨，有些困难地站起身来，走到才仔的尸体旁边，用手中的木棍赶走那些天杀的贼鸥，看着才仔的尸首，半响无语，最后哑声说道："我如果能活着回去，你的爹妈我会照顾好的。"

说完这句话，他扔下伙伴的尸体，沿着码头下的一条隐蔽小路，往另一个方向走去。岛上的大船已经全沉了，不过那里有首领留的后手——

一艘小船。

他走得不快，但格外坚定，因为他必须赶紧回到陆地上，后来的那几封情报并没有送出去，提司大人那边应该已经着急了。

他一边走一边抹泪，强忍着不回头去看。那些海盗都有取死之道，但相处半年，纵是铁石心肠，也禁不住有了些感情。

他的胸中升腾着一股名为愤怒的火焰。眼看着就可以拿到明家与海盗勾结的证据了。昨天夜里那批军队战力极强，究竟是哪个势力的人呢？只有军方的大人物才能调动水师……难道是叶家？不过他没有下判断的资格，只希望能赶紧通知苏州。

是的，正在哭泣的青娃，是监察院四处驻泉州巡查司外围乙组的一只乌鸦，也正是曾经向范闲禀明明家与海盗关联的那个密探。

离那座岛甚远的江南苏州城外，清美得似乎不肯沾染一丝世俗气息的明园内，明家家主明青达正恭恭敬敬地站在一把椅子前面，回着椅中老妇人的问话。

就算在长公主殿下的面前，明青达也没必要如此谦卑，但在老妇人身前，他必须低下自己的头颅，因为老妇人是明家真正最有权的太君，他的亲生母亲。

每次看到年迈的老母亲，他总联想不到"年高德劭"这四个字，而是想着老而不死是为贼……七弟大概已在某处化成白骨了吧？每每想到这一点，他便会心安不少却也要心寒数分。当年如果不是母亲心狠手辣，毒死了那个最得宠的外室，在老太爷死后又将老七追杀出了家门，明家这庞大的家产只怕早已落在那人手里，哪有他什么份儿？

"你的动作太慢。"明家老太君看着自己的儿子，毫不留情面，冷声道，"如果要将自己洗干净，两年前就应该动手。"

明青达问道："为什么是两年前？"

"因为两年前宫里决定要让范闲娶林婉儿！"老妇人寒声道。

明青达面露恍然，心里却另有想法：就算那时候猜到范闲会下江南掌内库，但谁知道他是皇上的私生子，还是叶家的后人？谁知道他日后会统领监察院？

老妇人骂道："这次如果不是老身请军方帮忙，如果让监察院查到了那个岛上，以范闲的性格，会怎样对付你？"

明青达恭敬地应道："让母亲烦心，真是孩儿不孝。"

"兰石怎么样？"明家老太君冷漠地看着面前的儿子，关心着自己的孙子。

明青达说道："孩子知道孰轻孰重，再说，这几年他对她也不错。"

"男人啊。"明家老太君讥讽道，"终究都是这个样子。"

"钦差大人那位门生在城里开青楼，兰石卖了竹馆出去，心里有些不舒服，正和袁梦筹划着破钦差大人的生意。如今既然拟好了章程，当然不能横生枝节。"

老太君继续冷声道："那是世子的女人，你让兰石少流些口水。再说了，范家对袁梦是恨到了骨头里，如果让范闲察觉到她在苏州城内，必会在第一时间内杀了她。明石与她来往，会多几分危险。"

明青达点头应下，又听到母亲忧虑道："我们的安排终究是我们的安排，我总觉得那位小范大人整治内库如此狠辣，此刻也不该如此安静才是。"

明青达应道："母亲放心，毕竟咱们家在天下也是有头有脸的大族，没有拿着实据，就算是钦差，也不敢胡乱出手的。"

明老太君满脸皱纹里都夹着世故与冷漠，只听她寒声说道："不敢？连四十万两白花花的雪银都不要，他要的定然更多。这天下除了我明家还有谁能给他这么多银子？"

确实如此。四十万两白银在这么短的时间内筹措出来，并且送到范闲的手上，这种能力真可谓惊世骇俗。虽然范闲不可思议地没有接受，但这笔世间最大的贿银足可以载入史册。范闲连四十万两白银都不要，所谋所求自然更大。

"儿子想过。"明青达稳声道,"钦差大人没有收银子,也不见得全然是坏事。去年九月间崔家曾经在一石居送出去了两万两银子,小范大人倒是笑纳了,可一回头就将崔家给剿了,收不收银子,并不表示这位大人有什么想法。"

从古至今,收银子办事乃是天经地义的事情。范闲收了崔家两万两白银,却一点好处不给,还雷霆一击将崔家扳倒,这种事情实在罕见,完全破坏了范闲在某些方面的信誉,江南商人对此忌惮极深。

明家老太君两颊皮肉无力,笑起来格外阴冷,嘲讽道:"崔家也是小家子气,他家那宝贝儿子在北齐上京得罪了范闲,被罚了半夜跪,就想用两万两银子抹平?小范大人收这银子不是为崔家办事,只表示对上京的事不再记恨……"说到此处,她忽然皱眉问道,"慧儿怎么样?"

明青达回道:"情绪好些了。"

崔明两家在长公主安排下联姻,慧儿就是明兰石的正妻崔芷慧。崔家被范闲整倒之后,那些头面人物虽在燕小乙的保护下活了下来,但是家破人散,万贯风流而去,刚嫁入明家不久的新妇难免心生惶恐惘然,日日以泪洗面。

母子略说了些家事,又将话题扯回正途。

"太平钱庄的掌柜前儿来说,银子这次备得差不多了,前些天你来和我说的招商钱庄……又是个什么来路?怎么从来没有听说过?"

"太平钱庄那边我有些担忧。听说先前提到的史阐立在钱庄里提过几笔大数目的银子,如果朝廷或者说钦差大人埋了什么手脚,我怕到时会出问题。"明青达继续说道,"招商钱庄去年才在东夷城那边出现,您也知道,如今的钱庄大多出自东夷。背后的股份和背景我托人查了查,应该没有问题。儿子想的是,如果此次内库招标被钦差抬了价,日后的流水总要有个保证,太平钱庄之外应再留条路子。"

明老太君睁开双眼,冷笑着说道:"什么背景竟让你如此相信?咱家做内库生意要的银子如流水一般,小钱庄哪里周转得起?一个范闲就让你乱了心思。"

明青达微生不悦,却依然保持着微笑说道:"您猜那家招商钱庄的背后是谁?"

"别和我弄这些玄虚。"明老太君厌恶地盯了一眼自己的儿子。

明青达干咳了两声后说道:"查得清楚,招商钱庄的股份大部分是沈家的产业。北齐朝廷追索得厉害,当年沈家管钱的先生逃到了东夷才开始亮明底细。"

"沈家?"明老太君眼里终于现出了一丝兴趣,"北齐镇抚司招抚使沈重?"

"正是。"

明老太君若有所思道:"当年沈重与崔家联手把持内库往北齐的走私,不知道存了多少银子,如果是他家的话,这家钱庄倒是有些财力。"

"沈大小姐逃走,沈家大部分财物都没有被北齐朝廷抄到。最关键的是,招商钱庄的真正靠山是东夷城里极有实力的一个家族。"明青达趁热打铁道,"沈重之死是北齐小皇帝与小范大人的手笔,招商钱庄肯定不会与朝廷和北齐通气。"

明家除了田地与庄园里藏着的现银,做生意的流水基本都存在太平钱庄里,从太平钱庄调钱的印章却一直掌握在明老太君的手中,明青达空有明家之主的名号,实际却只是个傀儡。今日他极力推荐招商钱庄,不知道是否与此有关。

明老太君或许察觉到了儿子的心思,冷冰冰地说道:"史阐立从太平钱庄里能调多少钱,难道你没有查到?"

明青达感觉到后背的衣裳被冷汗打湿,强自镇定地说道:"太平那边被我逼着给了个实数,史阐立调的那批银子来路不清,应该是范家的,总数目在五万两左右。"

明老太君冷哼一声,也不说话,只是盯着自己眼前的儿子。

明青达心里越发地紧张。

不知道过了多久，明老太君才叹了一口气，说道："还是先不要慌着和招商联系。史阐立能动的银子不多，不足以在招标上面给我们添麻烦。而且太平钱庄背后是四顾剑那个老怪物，最讲究的就是信誉，你让他们坏了规矩，那是因为四顾剑需要咱们明家往东夷城送货，如果你一转身就去和招商钱庄眉来眼去，他们心里哪里会舒服？"

明青达心头一愕，抬起头来，似没有想到母亲会这么温和地对自己说话。

明老太君摇头道："招商钱庄那边可以有往来，但内库这边必须还是走太平钱庄。"

明青达不敢再说什么，心里却有别的想法。

老太君最后道："如果钦差大人能容咱们家几年，那便依你的意思，就这么下去，如果他……一定要置我们明家于死地，你知道应该怎么做。"

明青达躬身应是，嘴里说道："君山会下月开，我怕来不及。"

明老太君冷冷地看着他："杀人又不是急活儿……我们明家将江南武林养了这么多年，在朝廷的目光下照顾他们的宗门，君山会难道不应该有些报答？"

杀人，自然指的是杀范闲。

君山会，也绝不是所谓的武林大会。

庆国有所谓江湖，但真正的江湖绝不是西湖旁边青石坪上那副模样。草莽之中自有所谓高手，像江南水寨老供奉那种层级的高手，不知道隐藏着多少。君山会便是这些真正强者聚会的地方，向来不为人所知，谁也不知道到底拥有多高的实力。

范闲真的要将明家赶尽杀绝，一个百年大族自然有办法反击。六处的影子与刺客们正满江南地与东夷城剑客们玩捉迷藏，范闲的防卫力量并不如看上去的那般严密。

明青达不赞同这个提议，摇头道："东夷城都杀不死的人，我可不相信君山会能做到。母亲不要忘了，钦差大人本身就是绝顶高手，他的身边还有陛下派来的虎卫，最关键的是……那位北齐圣女海棠应该也在他的左右。"

明老太君怜悯地看着自己的儿子说道："杀人就是拼命，不是一个讲究成功率的游戏，如果别人都要杀我们全家了，你还在考虑能不能杀死对方，那你永远都没有杀死对方的机会。"

明青达苦笑着应道："就算能杀死范闲又如何？陛下震怒，天下震惊，难道我明家还能活下来？"

"自然要做得滴水不漏，要给天下人一个信服的答案。"明老太君冷漠地说道，"如果能将范闲杀死，那自然是东夷城四顾剑做的，与我们明家有什么关系？"

明青达嘲讽道："您觉得这能骗了监察院与陛下？"

明老太君面无表情地回道："如果真的有那么一天，范闲死了……我相信英明的陛下，一定不会因为一个死去的私生子而动摇整个江南。"

明青达神情微变，不知该如何接话。

老太君继续道："一个活着的范闲比十个明家都有价值，但十个死了的范闲都比不上一个明家。陛下不喜欢我们明家，却不能毁了我们明家，陛下只是希望这次范闲能将我们明家完好地夺到朝廷的手中……你如果看明白了这点，这个家我也就能放心地交给你了。到时候我再把我这条命填进去，陛下有什么不满意的呢？"

"母亲这是说的什么晦气话。"

说这话时，明青达老泪纵横，却默然想着母亲果然是老了，居然糊涂至此。真依你的将范闲杀了，陛下怎还会给明家生路？填进你的命，真以为你的老命这么值钱？

第五章 要为天下谋银钱

史阐立从竹园馆里走了出来，嘘了一声，抹去额头上的汗珠。抱月楼开到江南的过程算是顺利，只是这两天在苏州城里买姑娘出现了一些问题，仗着三皇子的威势从别处请人很方便，奈何却没有请到几位红倌人。

思及此事，他便有些头痛，江南女子娟秀可人是出了名的，怎么苏州城却找不到像样的姑娘？他也去牙行里看过，只是牙婆们热心介绍的姑娘都是从江北逃难来的可怜小姑娘，虽说是父母在卖，但身条都没有抽出来，他哪里敢接，难道不怕被老师收拾？

说到老师，史阐立的脑袋就更大了，真不知道他在想些什么事情，前天从内库回来后便进了盐商让出来的华园，闭门不出，连内库开门招标一事也似乎没有做什么准备。

无数行人走过，就在这车水马龙的苏州城大街上，他忽然走神起来，望着面色安乐的江南百姓，回思这一年来的过往，对自己的选择生出了一些惶恐之感。

杭州那番谈话之后，杨万里等人以范闲为首，坚定地向着那个不可知的将来行去。但他与三位同窗不同，淡了仕途念头，开始为范闲打理一些隐秘事，知道得越多，越觉得范闲深不可测——自己这些人想济天下，养万民，可老师究竟是怎么想的呢？

他心里明白，抱月楼的扩张是为了范闲在监察院之外有第二个探知消息的途径，但更重要的目的，却是为了方便范闲日后洗钱。老师的所作所为或许是为了一个良好的目的，但是在达到这个目的的过程里或许要牺牲许多。比如无辜者的性命，比如读书人一直秉承的正道，比如似乎每个人都应该有的……良知？

他登上马车，向着太平钱庄驶去。看着窗外的街景，他默默希望，将来老师有足够的权力与金钱后，还能记得当初所想，为天下做些什么。

"我很清楚我自己在做什么。"范闲对身前的杨万里说道。

回苏州后他就将杨万里喊了过来。按理讲杨万里不能擅离职守，但他是钦差大人，想必富春县的官员包括上州的大人们，都不敢对此事有任何意见。

杨万里叹道："学生只是担心，这官场险恶，而且极其诱人……"

话没有说完，意思已经很明显了。

范门四子中，范闲最喜欢的其实是杨万里。因为他说话够直接，而且一直牢记童年寒苦，刚正清廉。他自己不是清官，但不妨碍他欣赏清官。至于史阐立心中自有清明，却只肯将事情闷在心里。成佳林过于中庸求稳，侯季常这位当年京都与贺宗纬齐名的才子，心思深刻，实在是做事的好人选。只可惜目前远在他州，他一时半会儿也用不上。

范闲笑道："我岂用你来担心？不要总怕我滑向邪恶的深渊，习惯了黑暗，便看不到光明。金钱只是工具。有些人需要金钱来换取生理或是心理上的快感，而对一个足够有钱的人来说，贪钱如果不是为了数银子，那么一定是为了某种目的。"

范闲经常蹦出些奇怪的词语，杨万里已经习惯，也能听懂大概的意思，摇头道："欲壑难填，世上太多这等事情。"

"我又不是太监。"范闲笑道，"对银子这种东西没有什么特别爱好。"

杨万里心想您若不爱银子，那何必用史阐立的名义经营青楼？尤其是此次针对明家与内库的行动，很明显是要截银子下来，而到时候交回朝廷手里的又有多少呢？

范闲不理会学生腹诽，直接道："这次喊你过来，是有些事情要向你交代一下。"

杨万里虽然对于范闲的某些行事手法极不认同，心里有些抵触情绪，但对范闲交代下来的事情，只要不违律乱法，执行起来是极为用心用力。他看范闲一脸正色，以为是政务，遂改了称呼严肃地应道："请大人吩咐。"

范闲斟酌了一下言语，道："京中会来任命将你调到工部，我先通知你一声，免得你到时候摸不着头脑，出什么误会。"

杨万里闻言一惊，还真有些摸不着头脑了。当初春闱后老师让己等三人下到各州郡，而不是想办法留在京都各部，是因为范家在京都势力已经足够雄厚，需要在外郡有助力，这就是他去富春县的缘由。如今他在富春县上做得好好的，依惯例明年就能入州，仕途看好不说，而且也是正途，为何忽然要调入工部？以自己的品阶在京外还可以帮着做些事情，回京后官卑位低，连话都说不上……

范闲盯着他的眼睛说道："从地方入工部，依惯例会上调半级，你不要以为这又是我做的手脚。至于为什么让你进工部，你也不用多加猜疑。工部下有四司，庆历元年新政时，水部司被改作了都水清吏司……这次，你要进的就是都水清吏司。"

杨万里以为自己猜到老师准备做什么事情，脸涨得通红，声音微颤道："大人，虽说河工修葺耗银无数，但是这个银子……可是动不得的！"

范闲怔了怔才反应过来，笑骂道："猪脑子！杭州城里那通骂还没有骂醒你？"

杨万里这才回过神来，老师就算要贪银子，放着屁股下面的江南明家与内库，怎么会将手伸到河工之上。自己肯定是想差了，一时间羞愧得连连请罪。

范闲没奈何地叹道："你这个莽撞性子也得改改，在我面前倒好说，入部后对着那些奸猾无比的官员，若还是这样……我怎么放心让你去？"

杨万里咬牙说道："学生日后一定沉稳，请老师放心。"

范闲还是盯着杨万里的双眼，一直盯到他的心里有些发毛了，才轻声说道："都水清吏司……负责审核发放朝廷发往沿江各州郡治河所需的银两，数目十分巨大。尤其是去年大江决堤，今年只要国库状况稍微好转，陛下一定会拨足实银。我让你去都水清吏司，就是要你……看着这笔银子。"

河工？大堤？洪水？洪水一般的银子？

杨万里愣在了椅子上，半天没有回过神来。庆国十几年来年年修河，年年决堤，数不清的银子不停往里灌，却没有听着半个响声。一方面是老天爷不给面子，另一面自然就是人祸了，从京都各部再从河运总督府往下的各级官员，不知道从这笔数量庞大的银子里捞了多少好处。贪腐之祸甚于洪水，古人诚不我欺也。

陛下当然也心知此事，四年前大河决堤，拿着监察院查出来的案宗在朝会上杖杀了那一任的河运总督。据说那个河运总督家中积产敌国，而且靠山竟是太后！便是如此，依然止不住沿河的贪腐风气，河运总督的位置已经空了四年，没有人接任。

加上这些年内库收益不停下滑，两线征战，国库空虚，大河两岸的水利设施年久失修，这才造成了去年大江决堤的可怕后果。

连陛下都没有办法解决的事情……让自己去做？

这个事实由不得杨万里不发愣，他有自知之明，治一郡一州的能耐或许是有的，但要治河，涉及天下万民生死，可不敢讲这个大话。

啪的一声，他跪在了地上，连声请辞。

范闲道："慌什么？只是让你去看银子，又不是让你上河填土。"

"为保大江，万里便是上河填土又有何惧？"杨万里急声应道，"只是河工干系甚大，稍有差错，便是水淹万民的惨事，学生实在不敢应下。"

范闲微微地嘲讽道："不是想做青史留名的清官？让你去咱大庆朝的

贪官窝子却不敢去？"

杨万里缓缓低下了头。

范闲也不说话，只是冷冷在看着他。

不知过了多长时间，杨万里用力地抬起头来，颤声道："属下遵命！"他心想就算到时候被阴死在河运衙门，总能出些力，正如老师所言，要为天下谋利岂能惜身？

范闲听后，有些欣慰，和声道："舍得一身剐，敢把……咳咳，总督拉下马。"

杨万里一愣，心想这句话听着有些古怪。

范闲掩饰着笑道："如今河运总督的位置一直空着，有我范家与监察院看着你，河运衙门虽深如龙潭，但那些贪官想用阴私手段对付你，也得看我答不答应。"

杨万里一想对啊，自己有老师这么个大靠山，还怕那些人做甚？他顿时站了起来，面上浮现出跃跃欲试的神情，似乎这时候就准备冲回京都报到。

范闲忍不住笑了起来，旋即正色道："但有一句话你得记清楚了。"

"请老师吩咐。"

"你……只能管银子，不能管河工。"范闲十分严肃地看着他。

杨万里一愣，心想修河之事利国利民，为什么自己不能做？

范闲说道："你只要保证银子用到了正途上，河工万万不能管……这世上，最害怕的就是外行管内行，你以为修河就是将堤岸填高这般简单？"

杨万里露出理所当然的神色。

范闲心里叹息一声，叮嘱道："我让你去工部，只是用你之清明诚恳，眼里容不得沙子，却不是倚重你连半吊子都没有的治河本事。"

他看着杨万里虽然应下，但似乎没怎么听进去，声音一沉道："莫要以为我这是在说笑……杨万里，你给我听清楚了！"

杨万里立即站直了身子。

范闲盯着他一字一句地说道："如果让我知道你敢对河工修葺的具体事务指手画脚，敢仗着我的名声乱出主意……我马上派人来将你斩成三十六段。"

杨万里被范闲刀子般的视线盯着，不由大惧，赶紧端正态度，诚恳应下。

范闲又交代了一番赴任后的具体细节，说道："我让你去都水清吏司，不指望你能消除掉河工一路多年形成的邪气。监察院在那边有不少钉子，但官员数目太多，与朝中的瓜葛太深，牵一发而动全身，总是不好处理。"

杨万里有些讶异，但终于学聪明了，没有发问，只是静静地听着。

"所以说朝廷拨到大江的银子……到最后总是不够的。"范闲轻轻嘲讽道，"不管你信不信，就算陛下拨下两百万两银子，工部依然会喊不够。"

"如果徐徐图之，也不是完全不能扭转局面，只是时间上有些来不及……去年大江决堤冲毁了不少堤坝，让常年失修的两岸堤防与水利设施愈发不堪，到了冬季水枯之时，正是修河的大好时机，偏生那时候国库里却没什么银子……那今年怎么办？"他接着说道，"今年如果不发大水，那是咱大庆朝的运气好。万一再发大水，可就抵不住了，河工一事还要倚仗那些官员，所以监察院不能有太大的动作。"

杨万里这才明白老师虽身在苏州，心却在天下黎民之上，由此心头一暖，试探着问道："国库调银不够，而且已经到了春天，就算能挺过春汛，可后面还是需要银子。"

"这就是我为何让你去工部。"范闲说道，"我会筹措一笔很大的银子，大部分经户部入国库再调往河运衙门。但先前说了，沿途克扣不知还能剩下多少。最关键的是，我怕时间来不及，所以另外的银子我会直接调往河运衙门，由你接手。"

杨万里震惊无语，老师眼里的很大一笔银子，数量肯定极为恐怖，想来应是从内库中索得。只是这笔银子理应归入内库，再依陛下旨意分拨至国库，直接调银……这往小了说是私动国帑，往大了说和谋反也没什么区别！

"时间太紧。"范闲也有些无奈，"往年的银钱调动要耗上大半年，到那时节大江早决堤了，娘的……官僚主义害死人啊。"

这般搏命，却没有任何收益，肯定不是为了自己的利益，而是一心想着修河。杨万里感动至极，更多还是担心老师，他焦急地劝道："万一被人知晓……那可如何是好？"

范闲冷笑道："怕什么，难道陛下还舍得将我杀了？"

杨万里一想确实是这么回事，这笔银子是用在河工上又不是用在私蓄死士上，陛下怎会与自己的亲生儿子过不去？

"那笔银子？"他小心翼翼地问道。

范闲回道："内库马上开始招标，银子你不用担心，关键是把这笔银子运作好。监察院四处会帮你处理具体事务，工部也有人会替你遮掩，你不用担心。"

杨万里一听这话就明白了，如此大事必然是朝廷高层默允，说不定幕后谋划便是老师的父亲——那位有些沉默低调的户部范尚书。

"我的银子会越来越多，会一年比一年更多，所以现在我愁的不是怎么挣银子，而是怎么花银子，怎么才能花得愉快。"

明家的银子还没有骗到手，他便已经开始想着怎么花，这话听着除了嚣张，不免还有些荒唐。接着范闲又说了句更嚣张的话："河运总督空缺四年，希望在不久的将来，你就是我大庆朝的河运总督，而且是有史以来……第一个，不贪的河运总督。"

杨万里闻得此言，胸中顿时生出一轮红日，还有豪情万丈。

杨万里急着回富春县办事，当即告辞。海棠推门走了进来，像看神仙一样看着范闲，半晌后轻声问道："问题是，你哪里来的这么多银子？"

范闲道："夏栖飞如果不是蠢货，一定能将价钱抬起来，四成定银不是小数目，明家奉上银子压在转运司里，我总得把它花出去。"

海棠不解地说道:"京中来了监察御史,江南总督府会派员旁听,这笔银子你根本动不了。就算夏栖飞那边能够接下崔家的线路,可是等货物变成现银至少还要七个月。"

范闲微微一笑说道:"往北边运货,反正你们皇帝要出银子,而且我这转运司衙门里压着足够的银子,事定后我从太平钱庄里调些银子先用着,想来你们不会有太多意见。"

海棠一听,叹道:"倒也不错,只不过七个月的时间,你总是能还得起……只是陛下并不知道你的安排,而且用我大齐内廷辛苦攒了这么多年的银子来给你们南庆修河道,这怎么也说不过去吧?"

何止说不过去,如果北齐小皇帝知道范闲如此玩法,只怕要气得吐血。

范闲望着海棠认真地说道:"朵朵,你曾经说过,天下子民皆是上天的恩宠,咱们要一视同仁。如果大江决堤,淹死的是我南庆人,他们难道就不是人?你忍心看着这一幕发生?北齐内廷的银子、明家的银子、朝廷的银子还不都是天下人的银子!我只不过冒着极大的风险用在天下人的身上,何错之有?"

海棠轻声说道:"天下人的银子用在天下人的身上,当然不错,只是日后若我大齐境内出现什么灾荒年景时,还盼范大人不吝支援才是。"

范闲想也未想,含笑回道:"这是自然。"

海棠没想到他应得如此之快,不由怔住,不知道对方是真这么想还是在随口糊弄,毕竟这世上真的没有国族概念的人实在是太少了。她转而说道:"不过你今天倒真是让我有些吃惊。贪银子的官员见得多了,没想到你贪银子居然会用在这些事情上。"

范闲很快回道:"其实很好理解,正如我先前与万里所说,银子只是工具,只是用来谋取生理与心理快感的手段。挣银子难,花银子更难,怎样才能花得舒爽?有人喜欢买马,有人喜欢买美姬,有人喜欢买庄园当地主,有人喜欢买官位。而这些对我来说都太简单。我既然要花银子买乐,就得花一笔最大的银子买一个世上最大的乐子。"

"什么乐子？"海棠静静地看着他的眼睛。

"独乐乐，众乐乐，孰乐？……"范闲开始用孟老夫子教育海棠。

海棠见状，感慨道："就像你在信中写的那样，你希望这个世界能更美一些，你生活在里面也会更自在一些。"

"不错。就算锦衣玉食，权富集于一身，一朝国破人亡，如何享受？就算高歌轻台，有美相伴，云游天下而不携半丝云彩，可身遭尽是饿殍腐尸，黑鸦啄食，如何能够快意？养狗咬人而哈哈大笑，这是很没有品质的纨绔生活，我却是乐不出来的。"

紧接着，他又说道："一人好，万人不好，这样不好……大家好，才是真的好。"

海棠有些无奈地问道："不知你哪句话是真哪句话是假，你到底是个什么样的人呢？"

范闲想了想后，很诚恳地说道："一直没人相信，其实……我是一个好人。"

听了他的话，海棠轻声道："明天内库开门招标，你打算继续做一个好人？"

范闲不假思索，立即回道："某些时候我不仅不是一个好人，更是一个恶人，两者并不冲突。"

海棠没有继续这个话题，似是随意地问道："真气的状况好了些没有？"

从杭州城西湖边开始，范闲每日晨昏之际的例行冥想便重新开始，只是不知道为什么，他总是下意识里避着海棠，似乎有些事情瞒着对方。

此时海棠当面问了出来，范闲也只是含笑摇了摇头。

海棠浅浅一笑，又问道："你先前说的花银子之论确实新鲜，不过天下多有不平事，寒苦待济之民甚多，为什么你第一项选了河工？"

范闲回道："各地善堂会逐渐开起来。江北一带的流民，朝廷会想办法安置。但内库的银子，至少有一部分我必须攥在自己的手里，然后用来做些合适的事情。"

"这是某位前辈的遗愿？"海棠认真地问道。

范闲没有回答，只是脑里凭空出现了一幅图画。那画上清丽的黄衫女子正站在河畔山石之上，满脸忧虑地看着河道中凶猛的洪水巨龙，看着对岸河堤上辛苦着的民夫们。

庆历六年三月二十二日，据说此日大吉。所以钦差大人巡内库转运司正使范闲，到江南后就把内库新春开门招标的日子选在了这一天。

这天春光明媚，微风送暖，苏州城的公子仕女纷纷往城外踏青，宽阔的官道上草未长已偃，莺未飞已惊。城里又是另一番景象，由江南总督府往南行七十四丈处，便是内库转运司常驻苏州府衙。平日里这里就戒备森严，今日更是只见军士手持长枪四处巡视，又有衙役强打精神，注视着各处的动静。

每年内库开门日都是这般情形。一来是各地来的巨商们手中带着太多的银子，二是主持内库开门的除了转运司的官员还有宫中派来的太监，江南总督也会到场旁听，更是少不了都察院在江南的御史。银子太多，大官太多，安全问题自然成了重中之重。

好在苏州在江南腹地，庆国武力强盛，没有什么势力敢做出任何的试探，就连苏州城里的小偷们都早已被清逐出了城外，正是一片清明时节好收钱。

转运司依惯例清理出了一座极大的院子，据说是大魏朝时江南的升学考场，后来庆国皇帝南巡内库时，发现这种格局恰好适合招标，便定在了这里，形成了惯例。

平日里这座宅院被转运司借给总督府衙门理账，到三月间再归还转运司衙门。十几天前就已经开始重新整修打扫，只见门窗明亮至极，地面清净无尘。

宅院外有兵士把守，院内堂边站着几个面容寻常的护卫，大堂间的光线有些阴暗，隐约能看见一排四个太师椅摆在桌案后方。

当南街京都新风馆苏州分店的接堂包子卖完之后，这座宅院的门终于开了。

来自各地的巨商们并不慌乱，极有秩序地拾级而上，对兵士们警惕的目光视而不见，十几年时间，大家对于这一整套程序早已熟悉，也没有什么惧意。

一个商人代表着一个家族以及家族身后的官场派系。内库开门之事极其重大，今日来的代表都是各族的头脸人物，带着亲信长随与账房先生，抬着箱子及相关物件。

走在最前的，当然是明家代表。明老爷已经很少出来抛头露面，让商人们震惊的是，今天这位老爷子居然亲自到了大宅院！

明青达微眯着疲倦的双眼，与众人拱手见礼。众人赶紧回礼，隐隐猜到今天的内库招标只怕不会如往年一般风调雨顺，也不会如今天的春光一般明媚喜人。

檐下的两排房间早已贴上了名字，明家排在左手方的第一间大房，他们带的人也最多，足足带了十六个掌柜伙计，一入房间，便有转运司安排的仆妇下人们端茶倒水，递上热乎乎的毛巾，摆上一些精致的小糕点。

开标的是官府，但也知道先把这些富人们招呼好。范闲知道往年安排后，曾经笑着说过一句话——要杀猪，当然得先把猪养肥了。

明青达坐在椅中，双眼微眯看着门外庭院里散下的清淡天光。入院前，他与那些商人有过眼神上的交流，知道大家想法极为一致，没有人愿意彼此将价钱哄抬起来。朝廷既然还是发明标，那应该和往年没有太多差别，但不知道为什么，或许是人的年纪渐渐老了，他觉得自己精神有些不好。想到这点，他心里涌起一丝莫名的情绪，母亲已经这么大年纪了，为什么身子骨还是那么康健？

他面无表情地望向庭院对面那些房间。不管那些房间里是哪家商号，内库十六标，崔家腾出来的份额可以抢，明家定死的那八项他们是断不能动的。只是……对面檐下最后的那个房间门依然关着，不知道是哪家递了标书人却还没有到。

明青达喝了一口茶，问道："乙四是谁家？马上就要开始了，怎么人还没有到？"

明兰石无法应答，他已经调查得足够详细，却依然没能摸清那个房间的底细。

范闲退回四十万两银票后，便没有任何动作，不知道在想什么。明青达心中生出警兆。看了身旁的儿子一眼，心中不免有些恚恨，说道："办事要滴水不漏，人都没有查清楚，待会儿出了问题，怎么办？"

明兰石一窘，赶紧认错，心里却有些不服，转念一想，说道："会不会是哪家盐商……他们做事向来古怪，指不定这次也是眼馋了。"

"不是盐商，他们给过我们承诺，薛大人也曾经向我做过保证。"

明家主人看着对过那个空无一人的房间，看着那紧闭的房门，看着玻璃窗里隐约渗出的寒意，心中的警惕越来越重，近乎不安。

江南总督府书房中，一位师爷叹道："崔家空出了六项，咱们却不方便插手，眼睁睁看着这么多银子又要被明家和那些土财主瓜分，实在可惜。"

江南总督薛清面带微笑，不言不语。

另一位师爷也是面露可惜之色，说道："杨继美前些天来了几次，指望大人能帮他在小范大人面前说说话……他家世代做盐，如今看着内库这块肥肉也馋得慌。"

杨继美是两淮一带最大的盐商或者说是私盐贩子，一向对总督府小心巴结。

薛清笑道："馋，谁不馋？杨继美这老杀才……我找他要华园，他都硬顶着不给，这次非要经我的手送给范闲，他想的什么难道本官不知？"

难道范闲心里不清楚？"

江南总督掌管天下七分之一的兵马民政，耳目自也众多，他想到一件事情，忍不住叹道："内库这边……杨继美是没什么机会了。"

师爷好奇地问道："钦差大人究竟怎么想的？空出来的六项他准备交到谁的手上？"

"问都不要问，陛下派他来江南，这六项自然是他准备自己得了。"

薛清似笑非笑道："别说这六项，明家那八项今天要保下来只怕也会非常吃力。"

师爷一惊问道："那这边小范大人会选谁家？"

薛清统领江南，自然知道范闲做的那些手脚，笑道："那个人你们谁都想不到，如果平日里那厮敢大摇大摆地走进苏州城，本官定要拿他入狱，索些好处才是。"

师爷不知内情，干笑了两声，心头却依然有些不舍，试探着问道："内库开门，钦差大人……没有和您说道说道？"

依官场惯例，内库这么大一块肥肉总不能由一个派系的官员独吞，尤其是薛清地位超然，又深植江南，范闲再如何嚣张，也要对总督府意思意思。

薛清笑道："小范大人年纪不大，行事却颇为圆融，范尚书和陈院长教得好啊……只是本官此次不得已，只好婉拒了小范大人的好意。"

师爷惊呼出声，婉拒好意？既然范闲开了口，这小小的好意只怕至少也有十几万两银子的份额，总督大人什么时候变得如此清廉自持了？

薛清起身说道："虽说离得近，还是先走一步。小范大人在宅院里等着，还有郭铮那个老白脸，宫里的公公也带着旨意来，我们不要太迟了。"

他没有解释为什么婉拒了范闲的好意——内库看似是范闲与长公主之间的较量，背后还有更深层的意义，那些皇子究竟该如何排序，已经变成一个极为棘手的问题。薛清的身份不允许他站队，不然陛下会很生气，所以他什么都不能做。

出了总督府正门,薛清下意识地回头望向府前的匾额,被初生不久的太阳晃了晃眼睛,心里涌起强烈的不安,陛下这几年行事愈发……古怪了,天下所有人都看着京都,猜测着将来,可是这样的动荡对庆国的朝廷来讲,绝对不是什么好事。

人心不定,官员如何自处?

陛下啊陛下,您究竟在想什么呢?

来内库竞标的商人们坐在各自的房间里等候。主持此事的范闲还优哉游哉地喝着茶,与他饮茶对话的是一位京都来的太监。

内库是皇室财产,依规矩由太常寺与内廷共同监核,由于范闲本身就是太常寺少卿,所以太常寺没有多事地再派人来苏州,给他减少了一些麻烦。

这位太监才是真正的麻烦。

"黄公公说得有理。"范闲将茶碗搁在案几之上,微笑着说道,"本官也以为,一动不如一静,一切依旧年规矩就好。"

这个太监姓黄,品秩极高,不然也不会被委以重任。此人生得肥头大耳,两颊边的肥肉都堆在一处,听着范闲应话,皮笑肉不笑地说道:"大人主持此事,咱家是放心的。"

黄公公一向深在内宫,虽然知晓范闲的来历,但心想自己身负圣命,倒也不怎么害怕,相反是他来苏州几天,范闲却没有请他过府一叙,这个被漠视的事实让他有些不舒服。先前的一番谈话,他给范闲带来了一个极不好的消息,准确地说,是传了太后老人家的口谕,让范闲主持内库一事,尽依旧年规矩,莫要乱来。

莫要乱来?旧年规矩?范闲在心里冷笑了一声,这自然是说该明家的归明家,其余的就自己慢慢折腾。看来长公主回京后,很快便重新得到了太后的疼爱。太后同时也是在警告他,做事不要太过分,总要为皇室子弟留些钱花。

自己那位皇帝老子号称一代帝王，怎么这些年却越活越回去了？任由老妈妹妹把家业往自己的儿子府上送？他越发不明白，皇帝造就如此局面究竟是为了什么。

"欲大治，必先大乱？"他下意识里喃喃道。

"什么？"黄公公问道。

"没什么。"范闲笑着说道，"辛苦公公传旨。"

黄公公微带骄意地说道："也是太后老人家信得过咱这个奴才，当然，也要谢谢小范大人卖咱家这个面子。"

范闲看着黄公公像猪头一样的脸，微笑着问道："你的面子？"

黄公公一怔。

"在本官的面前你最好收起那一套，老姚老戴老侯……"范闲敛了笑容，声音微冷道，"可比你会做人多了。"

黄公公大怒，旋又一惊，范闲提到的这三人都是宫中的实力派大太监，虽说老戴已经失势，可除了最近调往东宫的头领太监洪竹之外，老姚老侯可都比自己面子大！范闲的意思很清楚，姚公公侯公公在自己面前都得恭恭敬敬的，你又算作个什么？

"大人说得是。"黄公公总有几分城府，随即敛去怒容，堆起笑容，心里却对范闲看低了一线，一位年轻权臣如此嚣张，四处树敌，只怕难以长久。

范闲却没有就此罢休，继续道："在苏州城你给我老实一点。"

黄公公强抑怒气，勉强笑着应道："钦差大人这是说的哪里话？"

"说的京都话。"范闲沉声道，"本官最厌憎有人用宫里的人来压我，别人怕你三分，却不包括我。你回京后自可四处说去，且看到时又是个什么格局。"

黄公公大怒猛抬头，一位臣子竟敢对太后如此不敬，难道你范闲真的不想要小命了！

范闲如此说话自有他的道理，他起身离开房间，转过侧廊向宅院正堂走去，丢下最后一句话："搞清楚你自己的身份，你可不姓洪！"

范闲面无表情地站在正堂前的石阶上。

两边檐下房间的商人赶紧走了出来，对他躬身行礼。他用眼睛直直地盯着正门处，连离自己最近的甲字房的明家父子都没有看一眼。

大门吱呀一声被推开。一行人沉默着走了进来，身上没有商人常见的富贵气息，也没有官员的味道，反而充斥着淡淡的血腥味与江湖气，往院中一站，就像是羊群里忽然来了几匹恶狼，显得格格不入，突兀至极，而领头的，正是江南水寨大统领夏栖飞。

今日夏栖飞穿着一件淡青色的水洗绸，稍微掩了些平日里的铁血气息，面色虽然平静，眼底深处却能看到些兴奋与紧张。

夏栖飞抱拳，向范闲行礼说道："大人，草民来晚了。"

"不晚。"范闲冷漠地说道，"只要来了就好。"

江南巨商都有些见不得光的生意，也有很多地方要倚仗地方上的草莽力量，夏栖飞身为江南水寨的大头目，暗中与这些商人甚至明家都有来往。

有人见过夏栖飞的真面目，今日他领着手下兄弟往院中一站，立刻便有眼尖的人认了出来，一时间窃窃私语四起，逐渐变成了压抑的惊呼。

商人们满脸茫然地看着院中的夏栖飞，又忍不住去望向站在石阶上的范闲，无论怎么想也想不明白这件事情：水匪也来内库招标？这是准备经商？那咱们这些商人做什么？难道去当山贼？这世道……也太怪了吧。人们更不解的是，夏栖飞就算四处抢劫又哪里能筹足这么多银子？但江南水寨的人既然已经入了内库门，想必至少交齐了保证金……当水匪都能挣这么多钱，那自己还用得着辛苦做生意吗？

明青达看着那边低声问道："这个人是谁？"

"应该是夏栖飞。"明兰石附在父亲的耳边说道，"江南水寨的大头目，以往有过一些联系，不过没有见着本人，不知道怎么回事，他今天也会在这里。"

明青达眯着眼睛，快要看不见里面深寒的眸子，幽幽道："看来这人就是钦差大人预先埋下的棋子。"

便在此时，夏栖飞缓缓转头对上了明家当代主人投来的目光，微微一笑，笑容极为真诚地展露出无穷的敌意与噬血欲望——被杀母夺产的明七少爷，在范闲的帮助下，终于有了堂堂正正站到台面上复仇的机会。

第六章 乙四房的强盗

没等太久，江南总督薛清到，一直在后院避着的御史郭铮也终于走到了前厅。如今郭铮早已不是京中风光的都察院左都御史，但巡察各路还是有一定的权力，他与范闲旧怨未除，见面难免尴尬。总之，主持及监核内库开标一事的四方大员终于到齐。

从京里来的黄公公代表宫里，薛清代表朝官系统，御史大夫郭铮代表言官系统，而范闲……代表的势力却有些多，比如内库转运司，比如监察院，甚至也包括太常寺这个管理皇族的机构。当然，大家都是代表朝廷，代表陛下。

范闲坐在第二把椅子上，微笑地与薛清说着话，心知盯着内库的势力太多，不论是谁都很难一力完成台面下的交易，历史形成的内库开标规矩，颇为有效地保证了公平。至少是表面上的公平，只要商人有钱，都可以来争一争内库十六出项的代销权。

黄公公与郭铮互视一眼，隐有不安，但在他们看来，范闲当着众人的面总不可能玩什么花招，他们保证明家能如往年一样拿到那八项份额就好。

太监与御史在历史上向来水火不相容，今天却极为默契地站在了同一个阵营中。但他们不知道很多事情，没有对最后入院的夏栖飞投以足够的重视。

薛清不同。这位江南总督抱着看戏的心态，满脸祥和地注视着台下的巨商与身边的官员。一方戏台数人唱，看戏不怕台高，总比演戏的人要轻松一些。

内库大宅院的厚门缓缓关上。

轰的一声巨响。

范闲笑着捂着耳朵，看着宅院之外那道冲天而起的春雷。

春雷直冲天穹，在浅云之下炸开，声音清亮明脆，远远传到了地面上，令无数人心神为之一震。苏州城中昨夜辛苦的青楼姑娘们被这道雷声惊醒，骂了几句脏话，又钻进棉被里沉沉睡去。正在街上向父母讨大钱要买糖人儿吃的孩子，以为是老天爷说自己不乖，打雷罚自己，吓得哇哇哭了起来。后院里正跷着腿对老树根撒尿的那条黑狗，被这雷惊得浑身一哆嗦，前肢伏地，将狗头埋进毛茸茸的包裹之中，学起了鸵鸟。

人类的反应本就各不相通，这声春雷落在有些人的耳中却是另外的意思。不论是在苏州城北城码头上聚集待命的各家师爷掌柜，还是茶楼里议论今日开标一事的苏州城居民，都翘首望向了南城方向，望着那个看不见的宅院，知道内库招标已经开始了。

庆历六年新春的内库开标，一开始就进行得格外不顺利。

首先由内库转运司对去年各商号的盈余亏损情况进行了一下汇总，自然不乏勉励之辞，但负责演讲的转运司副使马楷最后严厉无比地通报了朝廷对于崔家的查处情况，警告阶下的那些商人，不要以为朝廷没有看着你们。这都是往日规矩，没有人在意，但当马楷说到今日招标的具体事项时，宅院里顿时炸了锅，商人们纷纷站出来表示反对，就连坐在正堂里的四位大员都开始争执起来。

转运司突然决定将原来的十六项细分成三十四个小项，并且不再进行捆绑式招标。这个变化看似不大，但对下面这些商人来说，却是根本无法接受的！

原因很简单，招标前的三个月，江南巨商们早已私下串联，议好了彼此的想法，井水不犯河水，以免彼此间伤了和气、因为抬价伤了财气。比如岭南熊家今年必争的便是酒水类北向的一标，而泉州孙家则是要拿瓷货的海外行销权。今天如果依着转运司的意思将十六大项分成三十四个小项，表面上看大家还是可以各持底线，但本该明家得的八大项被细化之后，谁能知道哪家商人会不会忽然红了眼？毕竟不再捆绑之后，那些最赚钱的进项需要的银子似乎也不是多到难以想象。

一旦有人对明家的份额动心甚至得了手，明家怎么办？肯定回头就要抢别人的份额，商人天性逐利，只怕今天内库开门招标会乱得一塌糊涂。

众人最怕的就是乱，明家已经说好原属崔家的份额他们不插手，他们今天可以多吃好几碗肥肉，当然不希望有人打乱局面。在他们看来，钦差大人之所以会有这样一个变动，目的其实很简单，一是想让大家伙在乱中杀红了眼，把价钱抬起来；二来就是想细分进项之后，摊薄每项所需要的定银，让最后进院的夏栖飞也能分一杯羹。

商人们明白了，一直沉默的乙四号房就是钦差大人属意的代言人。只是你钦差大人想挣钱，咱们都能理解，可是你不能用这种看似公允，实则恶毒的法子！

"范大人，此议不妥吧。"黄公公被范闲打脸后竟没有乱，肥脸上挤出笑眯眯的神情，说道，"往年规矩，十六项就是十六项，怎么忽然要细划？这事总得京里拿主意才是。"

范闲没有理他，回头与薛清低声说道："划成细项，不再捆绑，就是想让更多人有资格入场……这事对朝廷总是有好处的。"

薛清沉吟少许，有些犹豫地说道："理虽不错，只是此事非同小可，我看范大人还是禀明朝廷，交宫中议后，明年再缓缓推行不迟。"

见薛清也表示反对，范闲有些不悦，看着那些乱哄哄的商人，心生冷意。他今天要分项，根本不是这些商人所以为的理由。

的确，他是想试探一下，有没有可能从明家的捆绑在一处的八大项里面，挖出最挣钱的两项给夏栖飞，但最重要的理由倒是为这些商人着想。

商人们以为崔家留下来的那六项是他们的囊中之物，才不会与明家去争。可待会儿夏栖飞肯定要把崔家的六项全部吞进肚子里去，这些商人只有去吃那可怜的两项。

事前有情报，岭南熊家与泉州孙家这次都准备了一大笔银子，磨刀霍霍准备接受崔家的线路，如果一旦竹篮打水一场空，必然要吃大亏。

由于崔家倒闭，今天来内库开标的商人比往年多出了三倍，范闲本意是想他们也有口饭吃，才有细分这个提议，没料到竟是无人领情——明白这些商人是不知道此后的情势发展才会如此强硬反对，范闲依然难抑心头吕洞宾的憋屈感觉，

他与众人解释了一阵，发现商人们依然坚持依往年惯例办理，薛清等三位大员也死抠着"规矩"二字不敢松口，范闲也不多言，便挥手放弃了此议。

商人们大喜过望，纷纷长躬于身，言道钦差大人英明。

范闲忍不住摇了摇头，心想待会儿你们别哭就好。

内库转运司的官员站在高高的台阶上唱礼，各房开始出价。

出价自然不能像在青楼里标姑娘一样喊将出来，朝廷做事，总要有些规矩体面。如果有意某一标，比如棉纱北路的商家会在官员唱礼之后，通过核计去年的利润以及预计今年的走势，由老掌柜进行细致的计算，在纸上写下一个准确的数目，封入牛皮纸袋里，由转运司官员交到正堂左手边的花厅里。

商家叫价一共有三次机会，而且开的是明标，如果第一次有人喊价超过自己，商家还有机会再行加价，直至最后，中标原则很是简单——价高者得。

中标的商家则要在第一时间内，或欣喜万分或心痛肚儿痛地取出四成定银交到花厅里——花厅里是转运司的账房先生还有户部派来的算账

老官，他们负责比价，还要对中标商家交上来的银票进行查验，已经多年没有商家傻乎乎抬着十几箱银子来了。

宅院中，官员们忙碌着四处穿行，手里拿着各家交上来的信封，监察院的官员们警惕地注视着一切，防止在这种场合有可能发生的舞弊现象。

如范闲所愿，招标进行没有多久，已经有商人开始后悔，而岭南熊家的家主成为第一个险些哭出来的可怜家伙。

这时候开的是酒水类北向的标书，已经是第三次喊价。

岭南熊家的家主熊百龄抹着额头上的冷汗，看着前两次竞争者的报价，脸部肌肉忍不住阵阵抽搐，有种欲哭无泪的感觉。岭南熊家向来在庆国南方行商，由于地域与机遇的关系，一直没有机会将触角伸展到北方，打开新的局面，今年崔家倒台，给了众人夺取北方行销权的机会，熊家对这一标是志在必得，先前反对范闲也最起劲儿。

可谁能想到，他准备了如此多的银子，前两次叫价居然被人硬生生地压住了！

熊百龄双眼泛红，急火攻心。如果这一标拿不下来，不是今年少挣多少钱的问题，而是家族绕过明家这座大山向北方进军的脚步要被迫放慢下来，所以他对那个不守规矩、敢和自己抢标的人真是恨到了骨头里。当然在恨意之外还有无数警惧，他知道那人有钦差大人当靠山，问题是……对方哪里来的这么多钱？

"乙四！"他恨恨地看着最后方那个安静的屋子。

夏栖飞一行人很是低调沉默，抢起标来却是心狠手辣，最关键是对方不知道有什么高人助阵，竟是将酒水行北权一年的利润算得如此清楚，对熊家的底线也估得十分清楚，前两次叫价每次都恰好压了自己一头。

熊百龄无由生出一股挫败的情绪，难道世代经商的自己还不如一个强盗头子？身旁的老掌柜满脸丧败之色，提醒道："老爷，不能再加了，再加……可就亏大了！"

"直接报这个价。"熊百龄下了破釜沉舟的决心，比画了一个手势，咬牙说道，"当强盗的不心疼抢来的银子，可也没必要赔着本和我抢生意！"

院落无比安静，所有人的目光都盯着岭南熊家与乙四号房。

黄公公与郭铮心有疑虑，看了范闲一眼，但仍然没有生起足够的重视，心想也许只是范闲想捞些油水，只要不影响明家就好。

两个官员分别从这两间房子取出两封牛皮纸袋，默默地走进了花厅。

所有人都紧张地等待着结果，虽然这并不是十六项中最大、最挣钱的一标，但人们都察觉到乙四房的古怪，想看清楚乙四房究竟是来抢标的，还是钦差大人的托儿。

"乙四房，夏家，三十七万两，得……"

负责唱礼的转运司官员，站在石阶上面无表情地唱出了结果，唱得极为动听，甚至最后一个"得"字飘飘摇摇，唱出了几分戏台上的味道。

院落的安静顿时被打破，响起无数声惊呼。

三十七万两！只是往北方卖酒水……如果按往年算肯定是要亏本的价钱，岭南熊家报的三十万两已经是在砸锅卖铁，没想到居然还是输给了乙四房！

震惊之余，众商家也清楚了一个事实，乙四房的夏栖飞绝对不是钦差大人用来抬价的托儿，而是实实在在要与自己这些人争生意了！

一时间，众人竟不知是该喜还是该悲。

岭南熊家的房间中传来一声闷响，似乎是什么重物从椅上摔到了地上。

众人心有余悸地注视着那个房间。

熊百龄从地上爬了起来，颤着手拿起一杯冷茶灌进了肚子里，喃喃道："个烂仔……居然标三十七万两，强盗就是强盗，做起生意来还是这么匪气十足，算你们狠！"

范闲坐在太师椅里，微微挑眉，有些不乐意这个价格。前两次夏栖飞那边叫得极为漂亮，恰恰压过熊家一头，这最后的一口价却是生生多花了七万两银子。自己再有钱也禁不住这么花啊——他也清楚肯定不是夏栖飞做的主。乙四房里有好几位老奸巨猾的户部堂官，是他向父亲那边讨来的，看来那些堂官还是高估了岭南熊家的决心。

不一时，乙四房里取出一个锦盒，交由花厅审验，确实是足足的十五万两银票，由太平钱庄开出，印鉴无伪，童叟无欺。

至此时，所有人都知道乙四房中坐着的乃是个强盗中的商人、商人中的土匪，抢起标来是半分不给情面，只会霸道无比地拿银子砸人，而且……对方确实有这么多银子。

只是不知道乙四房里的强盗们……还准备抢多少标。

接下来发生的事情让明家以外的所有人都绝望了，江南水寨大头领夏栖飞完美地发挥了强盗的风格，以银票为刀，以绝妙的叫价为拳，生生在众商环伺中杀出了一条血路。官员唱礼声声中，锦盒不停往花厅里递着。人们似乎看到了无数张美丽至极的银票在空中飞舞，夏栖飞则拿着一把大刀不停地叫嚣着："谁比我有钱？"

两个时辰过去，除了漏了一个不太重要的小标，夏栖飞竟是连夺四标，其中包括了原属崔家的三标，不只杀得熊百龄跌坐于地，也杀得泉州孙家面色惨白，其余的那些商家更是魂飞胆丧，心想自己今天敢情不是来夺标，而是来看强盗杀人的。

直到这个时候，商家们才有些后悔，没有接受范闲最开始的提议，如果分拆开来，后面的还有十个大项，就算明家虎视眈眈，自己也有机会吃些进嘴。

范闲坐在太师椅上，与薛清有一搭没一搭地说话，心里却有些羡慕夏栖飞，心想这种拿银子砸人的可爱游戏，怎么就轮不到自己粉墨登场，却美死了你！

黄公公与郭铮已经从震惊里摆脱了出来，隐晦地互视一眼，心里想着同样的事情,你范闲的这些银子是从哪里来的?只怕与京都那位户部尚书脱不开干系吧?

第五标开始了,是原属崔家的玻璃制品行北权。

乙四房的房门被推开,又一封牛皮纸袋递了出来。

这时候已经没有商人愿意陪这个强盗玩,各自沉默不语。就在此时,一直安静异常的甲一号房门忽然被从里推开,明家……不知为何,提前出了手!

"不求中标,但要拖时间,至少拖到今天结束。"明青达闭着双眼养神,对身边的儿子说道,"对方声势已成,我们要小心一些,给自己留足一晚上的应对时间。"

明兰石默然,知道父亲也开始担忧乙四房似乎深不见底的银子数量,准备晚上再行筹措。明青达却在想着那个乙四房中的强盗,为什么会让自己如此的不安?那个叫夏栖飞的为什么看着有些眼熟?

听到明家叫价的消息,范闲微微皱眉,似没有想到对方的应对来得如此之快、如此老辣。其实他心里依然是一片平静,这本来就是预料之中的事,明家又不是一头待宰的猪。虽说事出突然,但老谋深算如明青达肯定有合适的应对方法。

黄公公与郭铮听到这个消息,精神为之一振,满怀期望地听着院中的声音。

只有薛清依然是一副老神在在的神情,品着碗中的佳茗。

第五标不是明家的目标,他们选在此时出价,自然是想在此时万马齐喑的场面下当一个出头马,压制夏栖飞一行人的气焰,更重要的原因,则是拖时间。

这种手段迹近无赖,却极为有效。

所以这一轮叫价就显得格外无趣,甚至是无聊,远远及不上第一轮时夏栖飞与岭南熊家针锋相对、双刀并火的激烈状况,连先前那几轮都及不上。

明家的叫价极低，看不出半分诚意。

一轮叫价就花了几刻钟的工夫，明家算起账来像初哥一样生涩，叫起价来像黄花闺女一样害羞，递起牛皮纸袋来像没牙老婆婆一般行动不便。反正是能怎么拖就怎么拖，由主人到账房，配合得极为默契，众人等得心焦不堪却也找不到什么问题。转运司负责唱礼的官员站在石阶上开始打呵欠，这第五标还没有结束。

夏栖飞的价一直压着明家一大截，但三轮叫价未止，谁也不能跳到下一个环节。

四周的商家们开始聊天喝茶，这些老狐狸们都看出来明老爷子的打算，知道今天之内，大概就只能开到第五标。

天上的日头缓慢而又坚定地往西边移去，庭间一只小鸟落了下来，好奇地看着四周打着呵欠闲聊的人们，似乎不是很明白，为什么这个院子里的一切都像是慢动作。

明家不急。

江南商人们不急。

黄公公与郭铮不急。

江南总督薛清更不急。

日头渐趋西山，将内库宅院大门的影子拖得有如姑娘的裙子，那只在石阶上连青草都没有找到一根的小鸟，抬头来看了看四周，满怀幽怨地咕咕了两声，振翅飞走。

当的一声锣响，代表内库招标成功结束的鞭炮没有炸响。

因为第五标的第三次叫价才刚刚结束，夏栖飞再次"艰难"地战胜了明家，获得了北方玻璃行销权，而内库新春开门招标的第一天就要被迫结束了。

众商人嘘了一口气，心有余悸地抹了抹冷汗，幸亏今天最后明家出手将时间耗了过去，不然以最开始乙四号房的气势，鬼知道内库十六标还能留下几滴汤水来。

黄公公与郭铮互视一眼，欣慰地笑了，夏栖飞的出手确实令他们意外，好在最后拖得对方气势全无，想必明家今天晚上应该会把明天的事情安排妥当。

　　范闲的视线越过大宅院那道高墙，眯眼看着天边的一抹红，却已经看不到夕阳，心里对明家的应对以及无赖颇为佩服。

　　宅院开始清场封标，商人们带进来的银票与一应工具都不用再带出去，一来是为了方便；一来是为了安全。今天晚上由江南路、监察院、转运司、苏州府四衙联防，会将这座内库宅院紧紧看守起来，这里可以说是世界上最安全的地方。

　　官员开始在廊下的房间与花厅外面贴封条。商人们已经出来，站在院落中三五凑在一处聊着天。大家说话的声音比较低，说的自然是那个乙四房中的强盗，待看见明家老爷子与明少爷从甲一房里出来，众人赶紧过去问安行礼。

　　夏栖飞领着手下站在离宅院大门最近的墙下，那处一片阴暗。

　　众人看着阴暗处的那群人，想到先前这些强盗的手段，百感交集。

　　正堂里的四位大人物也走了下来。

　　"见过黄公公。"

　　"见过薛大人。"

　　"小范大人，可得给小的留口饭吃啊。"

　　商人们拥上前来，见礼的见礼，诉苦的诉苦，热闹至极。范闲对熊百龄安慰了数句，又取笑说道："还有十一标，你们着什么急？"

　　众人心中叫苦，心想里面有八项是明家的，哪里有自己的饭吃。

　　范闲又道："分项太少总有人会轮不到，朝廷规矩，我可没有办法。"

　　众人一听这话马上想到范闲最开始的提议，又听他说着"规矩"二字，眼睛不由一亮，熊百龄嘿嘿一笑，压低声音说道："这规矩……还不是人定的。"

　　这些商家今天没有争到好处，当然对明天的标项产生了强烈的想法。

人群外冷眼旁观的明青达皱了皱眉，知道钦差大人这是在暗中诱劝那些商家与自己家争份额，心里冷笑一声，不易察觉地看了黄公公一眼。

黄公公会意，微笑道："诸位，咱家也是这般想法。"

众人不由一喜，心想连宫中的代表也同意细分标项的提议，这事看来可成。没料到黄公公接着叹息道："只是朝廷规矩在此，谁也不敢擅动啊……这事只能待咱家回到京里，去太后老祖宗和陛下面前为诸位说项，咱家敢说，明年肯定会比今年好。"

众人尴尬万分，在心里痛骂着这阉人只会说漂亮话。

范闲与众人说着话，心神却在明家那边，发现那位明老爷子心神依然清明，情绪也没有受到什么影响，不免有些担忧。既然是要逼明家昏头，看来是要再加筹码了。

封库布防安排妥当，内库宅院大门缓缓拉开，众人向外走去，决定晚上回去好生商议，明日再来夺标。到了这个时节，管你什么明家范家，总得抢几笔生意来做。

众人已经看出来朝廷某方势力就是想针对明家。有利诱之，有势导之，以岭南熊家、泉州孙家为首的几位巨商互视一眼，欢笑间便拟定了晚上在江南居一道吃饭。

既然要商议抢明家的标，当然要注意明家的动静，大家发现明家老爷正在与钦差大人说话，老少二人面带微笑，亲热无比。

官家与商家都是虚伪到了极点的职业，这种表面功夫自然擅长，众人也不奇怪。正要离开的时候，却见钦差大人轻轻招手，将墙角阴暗处的夏栖飞一行人唤了过来。

商人们停下了脚步，好奇地看着眼前这一幕。

范闲望着夏栖飞挥了挥右手，比画了一个只有他们两人才懂的手势，说道："夏先生，今日你可是大出风头啊。"

夏栖飞一笑，拱手往四周行礼道："全靠诸位老板谦让。"

众商家再如何恨他，但知道对方是钦差大人的心腹，而且毕竟是江湖大豪,自然不愿意当面得罪,便回了几句"夏先生十年不鸣,一鸣惊人",如何云云。

明青达忽然微笑着问道:"夏当家的怎么忽然有兴趣做生意?"

场间顿时变得无比安静。

夏栖飞看着这位明家家主,似笑非笑地说道:"夏某虽久在江湖,家中却是世代经商,有了机会,总想试着继承一下先父的遗志。"

明青达眼角忽然抽动了一下,声音微哑着问道:"原来……夏当家也是商家出身,却不知在何地经营?说不定当年我与令尊也曾有过交情。"

众商人也有些吃惊,心想夏栖飞到底是什么来历?

夏栖飞静静地看着这张时常在噩梦中出现的脸,心里涌起不知道是怎样的情绪,片刻后平静地说道:"交情这词不妥当。我的父亲便是你的父亲,你怎会不认识?"

街上微冷的空气进入宅院里便成了微寒的风,在所有人的身边轻轻缭绕着,于耳边带起轻微的啸音,与这句话混在了一起。

很长一段时间都没有人说话,大部分人都觉得自己听错了什么。

夏栖飞不知道钦差大人为何提前让自己暴露身份。重新站在明家人的面前是他这些年来的最强烈愿望,今日梦想成真,心情自然激荡。但他表面依然保持着平静,望着明青达轻声道:"大哥,十几年没见,难道就不认识小七了?"

这句话就像一声惊雷,打破了院子里的死寂,所有人都被震撼得无法言语。难道夏栖飞就是传言中那个本该继承明家产业,最后却离奇失踪的明家七少爷!

人们不可思议地看着夏栖飞,像看见了一个自地狱里爬出来的猛鬼。江南人都隐约知道那位明七公子是被明家老太君杀死的,他怎么可能还活着,还变成了江南水寨的大头目?

明青达盯着夏栖飞的脸不知道看了多久,终于看到了一丝熟悉的影子,想到了当年那个惹人憎的兄弟,那具被自己用鞭子毒打的瘦削身体……

明兰石无比震惊恐惧，像白痴般盯着夏栖飞，心想难道这就是传说中的小叔？忽然发现父亲的身体颤抖起来，有些摇摇欲坠，赶紧扶住了他，喊道："父亲！"

在明兰石看来，今天这个内库宅院就像是阴宅一般，根本就不能久留，他扶着一瞬间似乎苍老了许多的父亲，便准备向院外走去。

出乎所有人意料，明青达挥手摆脱了儿子的搀扶，转过身来。他的脸色有些苍白，却已经回复了暂时的平静，望着夏栖飞道："夏当家的说笑了，我那可怜的七弟十几年前就已经不幸病故，请不要说这种话来乱老夫之心。"

商人们很是感慨，心知幸亏他这时候说了这么句话，不然没有明家人当场反驳，这个消息必然会更快流传开来，事态非常不好控制。

范闲微微偏头看着苍老的明家主人，心里叹道："可惜，佩服。"

他可惜的，自然是明青达没有在自己隐藏许久的突然一击前乱了方寸。佩服，自然也是因为同样的缘由。

夏栖飞的身世无人知晓。明家根本不知道这位明七公子被当年江南水寨老寨主救活之后竟成为水寨统领，甚至和江南水寨还有些生意上的往来。

明家在京都里关系颇深，也没有可能知道这一点。范闲是在去年秋天拟定计划后，才开始有针对性地对明家进行研究，才在江南这块铁板之中找到这丝可以利用的缝隙。

当然这要归功于小言公子的资料归纳、情报分析能力，成功挖出了夏栖飞的存在。如果没有言冰云事先打好了基础，范闲此次下江南绝对不会如此轻松与成竹在胸。

但今日面对着像鬼魂一样出现的明七少爷，明青达竟没用多长时间便至少回复了表面的平静，这等养气功夫……果然不愧是江南首富，明家的当家人。

明家一行人沉默地离开了内库大宅院,上了马车往城外明园驶去。不知道今天夜里,明园会因为明七少爷复活的消息乱成什么样子,又会做些什么样的应对。

范闲站在大宅院门口,平静地看着明家的马车消失在暮色之中。

第七章 江南居暗杀事件

官员与江南众商绅们看着这一幕,不由心生寒意,知道这一切都是钦差大人的手笔,禁不住再次望向夏栖飞,实在很难将江南水寨的寨主与那位明七少爷联系起来。但不管如何,有钦差大人做靠山,如果还有那封传说中的遗嘱,明家只怕会动荡起来,而自己这些江南商人们又可以从中获取什么样的好处呢?

熊百龄与泉州孙吉祥老爷子互视一眼,心想晚上江南居的聚会……是不是应该多请一个人?

风险与机遇向来是一对双生子,而商人们先天就爱冒险。只是夏栖飞不知道大人今天让自己提前亮明身份究竟是何想法,对熊、孙二人的温和视线不知该如何应对。

范闲对夏栖飞笑了笑。

夏栖飞明白了,走到熊百龄与孙吉祥二人面前,轻声说了几句什么。接着商人们都轻声笑了起来,似乎在说一个非常有趣的话题,然后就此分散离开。

范闲回身与薛清、黄公公说了两句,便先行离开。

明家正在被疯狂进攻,黄公公与郭铮却似乎并不怎么在意,微笑着向薛清行礼,轻声说了几句什么。薛清摇了摇头,将手负在身后,上了官轿离开。

大宅院门前就只剩下黄公公与郭铮,他们看着官轿转过街口,脸色顿时难看起来。

郭铮有些气愤地说道:"总督大人做事也太过小心了,联名上书有什么好怕的?"

黄公公苦笑道:"郭大人,这世上又有几位大人能像您一样做到铁肩担道义?想去年在刑部大堂之上,您不惧权贵,严审范闲,宫里的贵人们可是相当欣赏。"

郭铮自嘲地笑道:"莫提那事了。"

黄公公又道:"薛大人一向深得陛下信任,行事却极圆滑。今次范闲暗使夏栖飞出来夺标,您是御史大夫可以风言上书,但没实据,他是断然不会掺和的,咱家先前一问也只是试探一下他的态度。您也知道,咱们看的地方本来就不在江南。"

郭铮微笑道:"这是自然。官员不许经商,朝廷这条规矩定了这么多年,又有哪位大人真的遵守过?就算夏栖飞是范闲的卒子,咱们抓实了证据,捅到朝会上,只怕陛下也会一笑了之。但江南的事情,总是要在京都结束,公公您说范闲是从哪里来的这么多银子呢?咱们虽然查不到银子是怎么来的江南,但总可以查查本来应该放满了银子的房间……这时候是不是被范家给搬空了。"

黄公公嘿嘿笑道:"宫里的贵人们本就是这般想的。江南一地就由着钦差大人折腾吧!过两天,京里那位老大人只怕就不怎么好过了。"

范闲站在华园书房里,看着书案上那只小手捏着毛笔认真写着字。同龄人里,三皇子的字算是写得相当不错,娟秀而不柔媚,骨架有力。以字观人,范闲心里清楚,这个像自己往时一般面上总喜欢挂着羞涩微笑的殿下,实在不是一个简单角色,毕竟年纪尚小,有很多事情看得不是很分明。

前些天薛清好心好意请了江南著名的夫子来给三皇子上课,却被三皇子踹出了门。处理江南事宜之余，范闲最重要的工作便是要履行太学司业的职责，负责三皇子的学业与修身。回到苏州听闻三皇子脚踹先生之事后，勃然大怒，亲自领着三皇子去江南书院赔礼道歉，好言好语请回那几位先生，然后将三皇子锁在书房里，狠狠打了几记手掌心。

戒尺落在手掌之上，声音很清脆，尤其是落在了三皇子的掌心上，戒尺更觉嚣张得意。等薛清听闻此事赶过来时，掌心已经打完了。总督大人看着双眼泛红，但依然服服帖帖的三殿下，不由心头大震。虽说范闲是陛下钦点的皇子老师，可是真下得去手打……这家伙果然胆子不是一般的大！

这件事情宣扬出去后，江南士子齐赞钦差大人如此尊师重道，不愧是庄大家的继承者，却不知道范闲教三皇子与皇帝无关，纯粹是不想误了宜贵嫔所托。

"殿下，差不多了。"范闲望着伏案认真书写的三皇子和声说道。

"老师，还差两页。"三皇子愕然回首，没想到范闲今天会这么温柔。

"手掌还在痛吧？明天再补就好，今天先休息一下，出去玩吧。"

范闲笑着揉了揉三皇子的脑袋，这个动作有些过于亲近，就算他是老师，按理讲也应该端然高坐，不苟言笑才是，偏生三皇子就吃这一套。或许在宫中长大的孩子都有些接触缺乏症，不论是身体上，还是心理上。小家伙笑眯眯地行了礼，便往房门外跑去，跑得如此之快，不知道华园之中有什么好玩的在等着他。

看着三皇子离开的背影，不知怎的，范闲心里有些发空，开始想念远在北齐上京的弟弟。王启年来信说思辙最近正在监察院的帮助下收拢崔家在北方的线路，七叶没有办法出国，他一个少年郎要主理这么大的事情，确实有些辛苦。

书房外传来敲门声，范闲抬头望去，只见来的是史阐立。他对范闲行了一礼，苦着脸说道："今天杨继美又来了，非要请我吃饭。"

杨继美是两淮一带最大的盐商，范闲如今居住的华园就是杨家的，范闲知道他是薛清的近人，给对方留了几分情面。一听史阐立这般说，就知道杨继美虽然今年没机会下场，对明年的内库却企望颇大。

"这园子本就是他家的，他要来看看怎好拦他……他这是知道巴结不上我，只好来巴结你，吃就吃吧，你日后要在江南做生意，这种人认识一下总是有好处的。"

范闲问道："他准备在哪里请你？"

"江南居。"史阐立道。

苏州城里最高级的酒楼就是江南居与竹园馆，范闲到苏州时，江南官员为他接风就是选在江南居。如今明家的竹园馆被三皇子半买半吓捞到手里，准备改造成抱月楼分号，杨继美请客当然只好在江南居。范闲心想自己这话问得有些多余，沉吟片刻后说道："今晚江南商人们也是在江南居聚会，杨继美非要今天请你吃饭，也是想借此与那些皇商们攀上。这个机会你给他，到时候带他入席。"

如今苏州城的人都知道，抱月楼分号掌柜史阐立就是范闲的心腹，有他介绍，那些皇商一定乐意接受杨继美，当然，范闲做此安排还有别的想法。

"在席上你仔细听着。"范闲说道，"明家不在场，那些皇商不会避你，甚至会刻意通过你把他们明天的安排传给我。"

史阐立还是有些紧张："那要不要盯着夏栖飞？"

与范闲在一起久了，往日只知苦读圣贤书的他也开始习惯用阴谋论的眼光看待世上一切，这句话的意思明显就是不信任夏栖飞。

范闲微笑道："夏栖飞是个聪明人，不会傻到这时候背叛我。"

史阐立傻笑了两声，又问道："大人有没有什么话要带给那些江南皇商？"

范闲想了一会儿，说道："就说本官支持他们放手去做，就算今年全盘放空，明年本官自会补偿……当然，这话你要修饰一下，别像我说的这般俗气。"

史阐立领命准备离开，忽想到一件事情，犹豫了一会儿还是说道："杨继美先前说，江南有个叫君山会的组织，实力神秘莫测，请大人留些心。"

范闲想了想，觉得君山会这个名字很陌生，监察院的案卷里都没有什么记载，摆手道："神秘并不见得强大，我知道了。"

等史阐立离开之后，他却皱起了眉头——一个连自己都不知道的组织代表着什么？思忖片刻后，他把门外的高达喊了进来。

如今他做事越来越少避着高达与虎卫，一方面是想以此向京里的皇帝老子展示坦诚，另一方面则是想尝试一下以情动人，看有没有可能将对方变成真正的自己人。

不多时六处头目也来了，范闲直接问道："苏州城里还有多少人？"

陛下派过来的虎卫只有几个人，要不离范闲身边，又要有人留在三皇子身边，断然不能调动。监察院六处剑手大部分在影子的带领下，与东夷城那批剑客在江南各地彼此追杀，他可以用的人一时间竟有些不趁手。

"六处还有七个人……四处驻苏州巡察司的人倒不少。"那个头目应道。

"四处人的不要调了。"范闲叹息着说道，"他们不擅长打架，万一有什么折损，以言冰云的性子，还真不知道会怎么反应，回京后我可是要挨批的。"

高达与那个头目都笑了起来，接着那个头目问道："今日有什么行动？"

范闲沉声道："你带着那七个下属到江南居找夏栖飞，直接告诉他是我给他的护卫，让他不要疑心，内库招标一结束，我就会收回来。"

疑人不用，用人不疑，谁也不知道范闲在夏栖飞身边放了钉子没有，但至少表面上监察院对夏栖飞没有太多监视，范闲忽然决定调人去他身边，总要解释一两句。

那个头目心头一惊问道："全调过去，那您和三殿下身边怎么办？"

范闲看了高达一眼,笑道:"我的安全自然有高大人操心,你们的任务就是保证内库开标前,夏栖飞本人不能有半点折损。"

高达提起刀柄行了一礼。

那个头目不再发问,平静地接受命令,准备离开。

范闲忽然说道:"注意安全。"

今天明家老太君心情似乎非常不好,每日一例的温补鸽子汤没有动一口,原封不动地送回了小厨房。明青达从苏州城回来后,直接进了后园,一直没有出来。

各房的人得了命令,忧心忡忡地穿过行廊湖亭,往老太君的院落赶去。丫鬟下人们看着只爱遛鸟的四爷、只爱娶小妾的三爷、只喜欢和武师们练跤的六爷匆匆行走,平时极难聚集到一起的人都到了,不由好生吃惊,心想到底发生了什么大事?

一时间,整座明园都笼罩在一股紧张不安的气氛之中。而流言这种东西的传播速度,总是比庆国引以为傲的邮路系统更要迅捷,没过多久,明园所有下人都知道了一个惊天消息,原来今日苏州城内库开标出现了一个敢和明家对着干的敌人,而那个敌人竟然就是传说中已经死了多年的明七少爷!

当年明老太爷最宠爱的便是明七少爷的母亲,据说遗嘱里也将大部分产业留给那位明七少爷。多年过去,明家尽归长房,突然冒出这样一个人,接下来会发生什么事情?

"都镇静些。"明老太君神情漠然地看着满满一地的明家男丁,心里涌起一股愤怒,遇到这么点小事便如此慌张,自己百年后,怎么安心将这么大的家业交给他们!

"姐姐,突然出了这么个流言,也难怪孩子们惊慌。"老太君身边坐着的是当年明老太爷的小妾,因为对正妻巴结得好,一直活到了今日,她颤抖着声音说道,"如果那个……姓夏的,真是小七,这可怎么办啊?"

"既然知道是流言，那有什么好慌的！"老太君愤怒地尖叫着。老妇人的声音因为某种奇妙的屈辱感格外尖锐，就像是刀尖在瓷片上面划过一般可怕。

那位老姨奶奶被吓得浑身一激灵，再也不敢多说一句话。

老太君善妒心狠，当年明老太爷只娶了三房小妾，如今就只剩下了她一个。好在明家男丁兴旺，如今正在江南居喝酒的夏栖飞不算，还有六人。明青达长房长子，是如今的明家之主，老三老四则是这位老姨奶奶生的。见亲生母亲被老太君这般教训，两人心里自然不怎么舒服，但老太君积威日久，谁敢分辩什么？

明青达身为长子，自然要出面开解两句，不料明老太君竟是连他也不怎么理会，寒着一张老脸道："都给我记住了！小七十几年前就已经死了，如今苏州城里那个什么夏当家的……想用十几年前的传闻来闹事，我明家可容不得他。"

明青达被驳了面子，依然挂着微笑，和声道："母亲，这么荒唐的传言自然没有人信，只是……万一朝廷就是要信怎么办？"

这话说得很直接。夏栖飞是范闲的卒子，如果范闲代表的朝廷势力就是想借这个机会，兵不血刃地将明家收入囊中，局面确实极为危险。

老太君厌恶地说道："范闲说是就是？难不成这朝廷就不讲理了？"

明青达苦笑着，心想朝廷什么时候讲过理？只不过以前朝廷站在自己家一边，所以满天下道理和拳头最硬的都是咱们明家，可如果朝廷不站咱们这边呢？

看今天招标的情形，夏栖飞来势汹汹，银钱雄厚，又有钦差大人支持，明家该怎么应对，总需要明老太君定夺。

老太君内心深处并不见得像表面这般理直气壮与霸道，她盯着满院的明家子弟，沉声道："时局和往年不一样了，前些日子我让兰石去各房见过你们这些当叔叔的，让你们老实一些……今天老身再重复一遍，这个时候，你们莫要给明家带来什么麻烦，遛鸟就在家里遛，把那些只会摔角的鲁汉子都赶出园子去！还有，这件事情不准任何人传！如果让我听到谁还在背后嚼舌根子，当心我将你们的口条抽出来！"

老太君一番话说得又急又怒，咳了起来，身后的大丫鬟赶紧给她轻轻捶背，长孙明兰石赶紧递了碗茶过去。

庭中的明家子弟们齐齐俯身，不敢有违老太君之命。

明青达看了母亲一眼，欲言又止。

老太君心知这个儿子做事就是缺乏决断，坏人总是要自己来做，饮了口茶，又道："明天是开标第二天，你们也知道钦差大人是冲着咱们家来的，后面八标分两批捆绑，价钱应该比往年高太多。只有一夜的时间，临时找钱庄出票只怕是来不及了，你们哥几个回去，把自己的私房钱拢拢，待会儿交给账房。"

那些明家的爷们儿顿时傻了眼，心想不让自己遛鸟摔角，只是暂时的无聊，谁都能忍下去，可是……怎么还要自己拿那些少得可怜的私房银子来往公里填？每年内库开标，家里都会备足银两，如果那八标价钱高得离谱，不抢就是了，还用得着这般拼命？朝廷可不会设上限，谁知道要填多少银子进去？

他们含着金匙出生，却没有继承权，只知道享受人生，哪里知道内库招标对明家的真正意义，背后隐含着的朝廷内部争斗，听着老太君这话从心里便不想应。

明家六爷年纪最小，平日里喜欢摔角，胆气也壮些，说道："母亲啊，咱们兄弟几个向来不能参与族里的生意，都按月例过日子，各自有一大家子人要养，就算存了些私房钱……那点儿可怜的银子往里面填，只怕也没什么用处，还不如……"

话还没有说完，一只茶杯已经在他的面前摔得粉碎，发出清脆的一声响！明六爷吓了一跳，看着上方老太君的神色，竟是吓得双腿一软，跪了下去。

老太君幽幽地看着他，说道："那点儿可怜的银子？你当我不知道这些年你们从公中捞了多少好处？你们的那些妻舅如今个个都是苏州城里有名的富豪！以前我当看不见，因为你们毕竟是明家的血肉，依祖例又不允许你们参与族里生意，瞧你们可怜，捞些银子就捞些银子……可现在是什么样的状况？都给我跪着听话！"

包括明青达在内的所有人，都跪在了两把太师椅的前面。

老太君寒声道："大树垮了，你们这些猴儿难道有好？我就明说了，明天的标如果中不下来，我们明家就算能再撑几年，终究也只有败成散灰。这个时候不能允许我们退，我们只能进，在这个关节，你们莫想还要藏着掖着！"

姨奶奶心疼地看着庭间的儿子，劝道："姐姐莫要生气，他们知道怎么做的。"

各房的明家爷们儿吓得不轻，磕头如捣蒜，连连认错。

"知错就好。"老太君靠回椅背，淡淡道，"不论你们用什么方法，明天天亮前把银子交到账房，每房二十万两，老六十五万两。"

老二老四老五听着这安排依然心疼，却不敢说话，老三却不干了，直着脖子说道："母亲，凭什么老六只交十五万两？"

老太君瞪了他一眼，说道："老六年纪最小，这两年又常和守备大人来往，安排摔角这些事，花的银子多些，你个做哥哥的和他计较什么？"

老三鼻子里喷着粗气，不服地说道："难道我平日里就没有花银子？"

所有人都知道这是老太君心疼自己亲生的幼子，但这话不能老三说，因为老三是姨奶奶生的。姨奶奶连连给老三使眼色，但老三最近银子确实不趁手，竟是不肯低头。

老太君被这个倔强的家伙顶得有些头晕，拍着扶手骂道："你就知道在青楼里花银子，还把那些婊子买回家里来，难道这银子花得还有道理了？"

"那大哥呢？"老三把头一缩，仍然不肯放弃，咕哝着问道。

"我是长房。"明青达平静地说道，"自然要多尽一分心力，我认

125

五十万两。"

听到这句话，兄弟几人也不好再说什么了，赶紧出园去筹措银子。虽说他们确实藏了不少私房，可要在一夜之间将银子拿出来，难度确实有些大。

明家老三一面跟着兄弟们往外面走，一面哭着穷，指望着哥几个能帮帮手，但这时候大家都自顾不暇，哪里还顾得上他。

姨奶奶回了自己的院子，老太君院子里就只剩下长房一支。明青达皱眉道："时间太紧，钦差大人这一手来得突然，竟是没有给我们太多的反应时间。"

明老太君看了儿子一眼："今天你的应对不错，至少多争取了一夜的时间。"

明青达苦笑着说道："一夜太短，而且看今天夏……栖飞的出手，只怕还留有不少余力。明日一战凶险极大，就算兄弟们将银子凑足，也不过多个百多万两，只怕还不够。"

明兰石震惊道："父亲，往年八标连中，四成定银也就是五百万两的份额，今年我们本来就多准备了两成，这再加上叔父们筹的一百万两，难道还不够？"

明青达摇头道："最大的问题在于，钦差大人知道我们一定要拿下这八标，所以夏栖飞可以随意喊价，谁知道最后会喊出个什么价？"

明兰石是个聪明人，没有问为什么自家一定要争下这几标。

不论所谓势的问题，只说东夷城那面，也要求明家把八标拿下，不然东夷城一年为了内库商品付出的代价，必然要远远超过好几个一百万两。

"太平钱庄那边有消息没有？"沉默了一会儿，老太君忽然问道。

明青达应道："他们也没有料到这个情况，准备有些不足。夏栖飞的银子全部是从太平钱庄调出来，如今他们只能给我们开期票，已经开不出现票……您也知道，他们也有忌惮。先前他们掌柜的已经回过话了，最多还能再给我抽出三十万两来。"

明老太君明白这是为什么，钱庄的银票契书开出来总是需要兑现的，夏栖飞已经开出了极大数额的银票，太平钱庄再敢往外开的现票自然就会少很多，因为随时要防备着没有足够的现银支付。要知道，这可是钱庄最要命的信誉问题。

以东夷城与明家的关系，如果不是在这样紧张的局面下，太平钱庄完全可以虚开银票，只是风险太大，而且手法太粗劣。将范闲得罪很了，内库转运司完全可以用开标后夏家与明家交上来的银票玩一招最狠的挤兑。这么多银子，太平钱庄就算是神仙也不可能在短时间里调到苏州，如此一来，那就算是毁了。

太平钱庄与各国经济关联极为紧密，一般而言，没有什么朝廷会做这种会引发极大动荡的动作，但此次主持内库开标的是范闲，是那个最摸不清脉络、行事最为阴狠霸道的范闲，太平钱庄打死都不敢冒这种风险。

明园庭院陷入死般的静寂，老少三代都开始有些紧张，难道明天……真的要眼睁睁看着那个夏栖飞得手？失去了内库的行销权，明家便等于丢掉了最大的护身符，徒有万贯家产与万顷良田，却只能等着被人慢慢地搓磨成泥。

这个可怕的事实，让老太君的眉头皱得越发深了，她忽然想到一个名字，问道："最近这些天，那个招商钱庄有没有来人？"

明兰石摇了摇头："他们知道我们是太平钱庄的大户，试探了几次就知难而退了。"

明老太君下意识里点了点头，说道："看来……并不像我想象的那般。"

太平钱庄那边的银钱一直掌管在老太君手中，明青达一直主张与招商钱庄合作，听着母亲的话语有些松动，心头一喜，面上却平静如常地说道："确实，如果真有问题，应该不是这种行事手法。"

明老太君皱着眉头，似是在思考一个很为难的问题，许久后才说道：

"派人去招商钱庄,不,青达你亲自去,看看他们今天夜里能调多少现票出来。"

"是,母亲。"明青达接着问道,"夏栖飞那边怎么应对?"

明老太君的脸寒了下来,说道:"那个人我不认识,你也不认识,咱们明家都不认识,既然如此,要什么应对?这件事情你不要插手了,免得被钦差大人借题发挥……他越希望咱们明家反应激烈,咱们就更应该安静。"

明青达长揖及地道:"母亲英明。"

今夜事多,明老太君看着儿子和孙子走出了小院,眼神从先前的严厉渐渐变得疲惫起来,有些无力地翘起尾指,敲了敲椅子的扶手。

那个贴身大丫鬟凑到了老妇人的身前。

老妇人闭着双眼,尾指一直翘着,许久没有放下去,也没有说话。

一幕幕画面在她的眼前出现。那个满脸狐媚的女子正在熟悉的男子身下辗转承欢,在自己面前自矜而骄傲地笑着。画面一转,那女子生了个孩子,她抱着那个年幼的婴儿在明园里四处招摇,笑声就像银铃一样……飘啊飘的,一直飘到了天上。

老妇人霍然睁开了双眼,眼神冰冷至极,尾指颤动了起来。

在这一瞬间,她还想起了很多当年的事情,比如那些重杖落在那女子身上时,血花飞绽的美丽景象,那女子被自己沉到井底,那天的雪花也是飘啊飘的,一直飘到了天上。那个女子的尸首想来早已成了枯骨——老鼠在里面不停穿行,只会发出难听的声音,再不可能发出银铃般的笑声了吧?

那个老东西死了之后,家里就是自己说了算,只是那个女人好杀,她生的孩子却不好杀,毕竟是明家的血肉。好在青达明白她的意思,心也极狠,天天用鞭子不停地抽打,终于逼得那个孩子受不了这种屈辱与痛苦,在一个清晨偷偷跑出了明园。

或许那个孩子永远不知道,当时自己就在假山上的亭子里冷冷地看着他。那个孩子更不会知道，早就有杀手在明园外面等待着送他下枯井，与他的母亲团聚。

可是，那个孩子怎么没死？怎么没死！她的眸子里闪过一抹惘然与怒意，颤抖的尾指终于安静下来，双唇微启，对大丫鬟轻声说道："请周先生。"

当明老太君终于下定决心的时候，她并不知道自己的儿子与孙子在进行一场谈话。

明兰石微惊道："您是说，奶奶一定会对那个混账东西下手？"

"什么混账东西？"明青达正色道，"虽说是咱们的敌人，但总是你的亲七叔。"

明兰石勉强笑了笑，继续说道："杀了七叔固然可以将这件事情了结……可钦差大人那边会怎么反应？君山会再有实力，也不可能造反。"

"所以说你奶奶老了。"明青达轻声感慨道，"不过她的错误并不代表明家的错误……如果这次你七叔不再那般好命也不见得全部是坏事。"

他默然想着，就让那个自己永远无法控制的君山会与监察院去对着干吧，就算会引发轩然大波，他也已经想好了平息风波的手段。

"六叔这次又讨了个好。"明兰石的语气里带着微微的嘲讽。

明青达拍了拍儿子的肩膀说道："老人家总是最喜欢最小的儿子……当然，必须是她亲生的。"

明家这边乱成了一锅粥时，当年明老太爷最小的儿子明青城，如今的江南水寨统领、监察院四处驻江南巡查司监司夏栖飞正站在苏州城内江南居最高的那层楼上。

站在楼边，他轻抚木栏，若有所思地望着城外某处，那里曾经是他的家，已经很多年都没有回去过的家——明园。

江南商人们的聚会已经结束了，没有定下什么章程，但看着岭南熊家与泉州孙家贪婪的眼神，夏栖飞就知道提司大人的计策已然奏效，明天明家不仅要面对自己的进攻，还要面对类似熊、孙两家的攻势。商人总是要吃肉的，饿得慌了，管你是谁家的肉！

只可惜明园太远，他站在高高的江南居楼顶，也没有办法看清楚其间的灯火。

今天，他终于当着所有人的面，骄傲地说出了自己的名字。与此相较，拿银子砸人的快感，脱离江湖人的身份，站到庆国的台面上来，这些事情都算不得什么。说出自己的真名字，就等于扇了那个恶毒的老妇一个耳光。这种报复的快感遮掩了一切，让他无比感激范闲，就连范闲今夜派了七个剑手来，他也没有一丝不愉快的感觉。

他陶醉于、伤心于今天发生的一切事情，以至于这位江湖枭雄也没有注意到，对面的街上出现了几个奇怪的人。

夏栖飞离了江南居，只身来到大街前，看着在夜里过往的人们，忍不住微微低下了头，不知道在想些什么。

"大哥。"十几条汉子围了上来，带着一丝敬畏一丝陌生地看着他，恭敬行礼。

这些人都是江南水寨的好手，随夏栖飞入了苏州城。苏州城一向看防极严，这些水匪有几人还在海捕文书的画像上，以往断不会如此冒险。他们哪里想得到，今天自己不仅可以光明正大地在苏州城里逛着，大哥甚至可以与江南最有钱的几大家同席而坐。那些商人平日里只会用银子买兄弟们的性命去搏，哪会像今天一样对众人如此客气。

看着众人慌乱兴奋的复杂神情，夏栖飞忍不住笑了起来，说道："兄弟几个都要多学着点，平时有闲的时候多向几位先生请教。"

话里说的先生，就是范闲派给他襄助夺标的户部老官。江南水寨要渐渐往商行方面发展，夏栖飞也希望自己的心腹能够尽快地掌握做生意的技巧，至少算账总要会。

一片其乐融融的氛围中，夏栖飞忽然感到了一丝凉意。他抬头望去，明月正在青夜穹顶，仍是春时，夜间果然更冷一些。

他收回目光，看见街对面站着三个奇怪的人。

之所以说奇怪，是因为那三人很突兀地出现，很冷漠地看着街这边。不是夜归的游人，不是酒后寻乐的欢客，衣服寻常，中间那人却戴着笠帽。

自幼便在生死间挣扎求存，长年在江湖里厮混，夏栖飞不及思索，那抹寒意与对危险的直觉，让他清啸一声，脚尖在地上连点三下，向后方江南居的门口掠去！

街对面三人中间的那人，将手放到身后的笠帽下，握住了什么东西。

一片泼雪似的刀光洒了下来！

"杀！"

刀光起时，江南水寨的汉子们也反应了过来，凭着骨子里的悍勇，想挡在大哥与那追魂似的刀光中间。只是他们的反应根本及不上那人的刀光，只有离夏栖飞最近的那个亲信，狂喝一声，拔出衣间藏着的直刀，力贯双臂，用力一挡！

咔的一声脆响，他手中的直刀像江南脆嫩的莲藕般，被刀光斩成了两半。哗的一声，他的身体被狂暴至极的一刀生生从中劈开，变成了两片恐怖的血肉。鲜血迸射中，内脏流了一地，握着刀柄与刀尖的两只手，无力地在夜风里分开。

刀势未止，已于静夜之中，杀到了江南居的楼前。

夏栖飞刚刚落地，那道刀光化作一道直线，落了下来。

哧啦声里，刀意破开街面上的青石，露出里面的新鲜石碴儿。

夏栖飞厉喝一声，双掌齐封。轰的一声巨响，江南居楼前乱石飞溅，灰尘渐起，刀光忽敛，灰尘渐落。夏栖飞满脸是血，双掌颤抖，震惊地看着街对面那个戴笠帽的人。

这一记狂刀隔着一条长街斩了过来，途中破开一个人的身体，还让自己受了内伤，这等恐怖的境界，只怕已经是九品高手！

问题是东夷城的剑客正在被监察院追杀，江南哪里还有这样的绝顶高手？

此时众人才瞧清楚了那个戴着笠帽的人。

那人身材高大，手中拿着一把长刀，刃口雪亮，刀柄极长，合在一起足有八尺，竟是一向只在戏台上或是战场上才能看见的长刀，也不知道先前是怎么收在身后的。

一切发生在电光石火之间，夏栖飞心神稍定，便发现了更大的凶险——街对面另外两个人已经消失无踪，不知道去了哪里。

就在戴笠帽的那人拔出身后长刀，隔着一条大街霸道无比地砍过来的时候，另外两人已经飘然而起，避开江南水寨的一众汉子，身姿像飞燕一般划出两道极优美的弧形，如两个黑暗的箭头，刺向了江南居楼前的夏栖飞。

以长刀为雷开山，隐以双燕齐飞之势合杀，如果不出意外，惊惶未定的夏栖飞在先前那一刻就已然死了。他之所以没死，是因为长街上出现了新的变化。

在江南水寨汉子们想要拦住那片刀光的时候，却有四个人诡异地往两边移去，当那两个高手自两旁掠过时，四人手掌一翻，取出了长衫之下的铁钎刺了过去！

简单利落的一刺，却直指那两个高手的薄弱处，对方不得不避。

这四人自然就是范闲今夜匆忙派过来的六处剑手。

六处剑手的水准或许不如今夜前来杀人的三个高手，但他们对局势的判断、对杀人可能选择的路线，却在长年培训后有了近乎天生的敏锐。

叮叮叮叮，无数声轻微脆响，在江南居前的大街上响了起来，密密麻麻，似乎永远没有中断的那一刻，就像春和景明的苏州城里忽然下了一场雹子。

两只像燕子一样的高手手里拿的是两把短剑，上面淬着毒，在夜色中泛着幽光。

六处的刺客剑手手里拿的是铁钎，上面也淬着毒，与夜色融为一体。

刹那后，数声闷哼似乎同时响起。

两个前来杀夏栖飞的高手颓然掠回街对面，身上衣衫被铁钎划出了十几道口子，有几道深的地方，似乎已经划破了皮肤。

六处这边也付出了极惨重的代价，一人的左手被齐齐削去，露出里面的白骨，又有一人肩上被刺了一刀，鲜血泛着怪异的颜色，更有一人已经倒在了血泊之中。

初一照面，双方均受到了不可弥补的损失，那些细碎的声音里不知有过怎样的凶险。

受了如此重的伤，六处剑手们只是闷哼了数声，心志之坚毅果非江湖人士能比。还能行动的三人一边吃着三处配制的解毒丸子，一面退了回去，务求保住夏栖飞的性命。

退回街对面的那两只燕子，也没有想到夏栖飞身边竟有这样一群专业刺客，让自己也受到了不小的伤害。二人知道对方肯定是监察院的人，无论是哪方势力的人都知道监察院毒药的可怕。费介老先生的手段，世间有几个人能接得下来？这二人竟是毫不恋战，转身而起，脚尖在墙上一点，掠入夜空中，消失不见。

他们都是江南武林真正的高手，今日受托前来杀夏栖飞，却根本不舍得将自己金贵的性命填在这里。但就在他们离开后不久，远处的夜巷里忽然生出一声轻响。

三个高手走了二人，夏栖飞却觉得情形没有丝毫好转，压力甚至更大了一些——因为那把戏台上才能看到的长刀，又杀了过来。

戴着笠帽的人走得如此坚定与执着，就像是一位佛，又像一个魔。

刀前无一合之敌，刀下无全尸之鬼。

泼雪似的刀光将那些悍勇可敬的水寨汉子肢解、分离、斩首，泼出一条血路，在满天残肢乱飞里，离夏栖飞越来越近。

看着兄弟们惨死在街上，听着惊心动魄的刀声与惨叫声，嗅着浓烈的血腥味道，看着一路踏血而来的戴笠帽杀手，夏栖飞的心凉了，血却热了，想冲上前去，与这个戴笠帽的高手轰轰烈烈战上一场，哪怕死在刀下，又如何？

可是，他不能动。

他悲哀但坚决地往江南居里逃去。

因为他知道对方的目的是要杀自己，而自己这个名字、这个人是很有用的，如果要报仇，要让敌人寝食难安，自己就必须活下去！哪怕是这么屈辱地活下去。

戴笠帽的人离夏栖飞只有五步远了。

三个六处剑手敌不住惊天的刀势，铁钎断成数截，都被震飞了出去。

江南居近在眼前。

夏栖飞逃上了台阶。

楼门口的小二食客们惊慌尖叫，却像是中了魔一般，被这血腥恐怖的一幕震骇住了心神，双腿发软，根本走不动道。

戴笠帽的高手离石阶五步，已是一刀斩下，刀势所向，正是狼狈至极的夏栖飞后背。

一个被吓呆了的食客，正扶着江南居的廊柱发抖，忽然，他抽出一把铁钎，阴狠无比地向笠帽高手的大腿根扎了过去！

这个隐藏着的六处剑手没有信心刺中此人要害，所以选择了大腿根。

谁也没有料到，戴笠帽的高手竟像是没有看到这一刺，刀势不止，继续下斩。

哐的一声响，铁钎刺中了他的大腿根，却像是刺中了一块铁板！

那个六处剑手心头一寒，知道这是江湖上已经没有人练的傻笨功夫——铁布衫。

可是对方既然练了，而且根本不避，这就说明对方很愚蠢地花了数十年的苦修，摒弃了所有的男女欢欲，将这门功夫练到了极致！

他知道自己挡不住这一刀了，但提司大人严令一定要保住夏栖飞的性命，他悍不畏死地跳到了空中，自靴间抽出小匕首，狠狠地扎向一直被笠帽遮住的那双眼睛。

刀光离夏栖飞的后背已经不足一尺，两把铁钎不厌其烦地再次出现。

范闲派来保护夏栖飞的共有七个六处剑手，已经出现了五位，藏身到最后的这两人本也是准备如头目一般，攻敌之必救来救夏栖飞的性命。但发现对方一身极其变态的横练功夫后，他们知道那个方法行不通了，而且那把刀已经到了，只好与之硬拼。

两声极难听的声音响起，两把铁钎没有断，却被震得脱了手。

夏栖飞趁着这一挡，像只可怜的小狗一样往前一扑，十分凶险地躲过了这一刀。

刀光落地，竟是直接将江南居的石阶劈开了一道大口子！

夏栖飞哇的一声，吐出了一口鲜血。他始终被这个高手的气机锁定，虽没有中刀，却受了极重的内伤。

吐血的同时，他的右手悄然从左腋下伸出，射出了袖中藏着的弩箭。这是钦差大人赠给他防身用的东西。

弩箭去时，那个六处头目也已经扑到了笠帽高手的身前。

笠帽高手长刀不及收回，左手握拳横击，轰的一声，将他打得横飞出去，而如此一来，他的面目之前也露出了一个空门。

弩箭到来。

那人终于有了一丝正常的反应，向后仰头。

再霸道的功夫，依然有薄弱处。

啪的一声，弩箭扎进了笠帽上缘！

笠帽下面系着带子，没有被弩箭带走，这个高手的真实容颜依然没有露出。

下一刻，街上响起一声轻响。

就像是顽童们在玩爆竹，又像是烧湿柴时所发出的噼噼啪啪的声响。

扎在笠帽上缘的弩箭……爆了！

一道火光闪过，笠帽高手的颈上生起一团烟尘，看上去诡异无比。

三处没有办法发挥火药的真正威力，燃烧之势不够猛烈，但依然瞬间将那顶笠帽烧得干干净净。

那个高手手握长刀，双脚不丁不八，沉默地站在江南居酒楼之前，脸上一片漆黑，密布着恐怖的水泡，双眼紧闭，不知道是生还是死。

陡然间，他睁开了双眼，眼中闪过一丝暴怒。这个神秘的高手依然没有死。更让所有人震惊的是，这个一直戴着笠帽的高手竟然是个光头！

如今天下讲究孝道，所谓身体发肤受之父母，没有人会随意剪发，更不用说光头。这个世界上唯一被允许以如此面目行走的人，就是信奉神庙的苦修僧侣。

世人皆知，苦修士一向爱民惜身，从不与世俗间的争斗发生关联，可为什么今天，这个厉害到了极点的苦修士会来杀夏栖飞？

来不及思考这个令人震惊的问题了，那个苦修士双手再次擎起了令人恐惧的长刀，闷哼一声，向着台阶上的夏栖飞砍去。此番场景真可谓势若疯虎，千军难当！

第八章 不愿跪以及不得不跪的人们

千军难当,一花可当。

石阶上绝望的众人突然感觉到面前一阵清风掠过,一片花的海洋盛放在自己的眼前,片刻间便驱掉了酒楼前、长街上的血腥气味,清香朵朵,沁人心脾。

一双稳定而温柔的手,提着一篮从梧州买来的廉价绢花,迎住了一往无前的长刀。

刀来得极快,那双手更快,不知为何,下一刻花篮就挂在了长刀上。

刀势极猛,花篮极轻,但当花篮轻轻挂在刀尖上时,那柄一直稳定的令人生惧的长刀不由自主地往下一垂,似乎那个花篮重得无以复加。

苦修士暴喝一声,双臂真气狂出,长刀向天挑起!

花篮承受不住两道恐怖真气的对抗,整个散了架,葛藤编成的花篮仿佛在停顿下来的时光中被丝丝抽离,根根碎裂,化作无数残片迸射而出,击打在地面上啪啪作响。

篮中的绢花却被劲风一激,飘飘扬扬地飞了起来,点缀着有如血腥战场的长街。

花瓣雨中,那位穿着花布棉袄的姑娘家,像是一阵风,沿着长刀攻向对方。

苦修士出掌,掌风如刀,却阻不住她飘摇的身影。

片刻后，那双温柔的手掌轻拍刀柄，再弹指而出，直刺苦修士巨掌边缘。

苦修士怪叫一声，被烧伤后的脸颊露出真气激荡而形成的诡异红色，往后退去。

只是一个照面，这个神魔般的苦修士便被那个小姑娘击退了。

漫天花雨还在下着，与苏州城上方青夜明月一衬，显得格外清美。

花瓣雨纷纷落下，海棠姑娘没有追击，有些忧愁地看着对面那个苦修士。

村姑，偶尔也有最美丽的一瞬。

"庆庙二祭祀，为何你在这里？"海棠问道。

那个苦修士认出了她的身份，喝道："海棠朵朵！你为什么在这里？"

海棠轻声说道："我和范闲在一起。"

苦修士怔住了，没想到北齐圣女竟会将这个理由轻易地说了出来，他深深吸了口气，道："今日我要杀人，你莫阻我。"

海棠看着江南居石阶上下、长街中央那些死去的人们，那些破离的残肢还有刺鼻的血水，认真地说道："今夜你杀的人已经够多了，不要杀了。"

不是请求，也不是劝说。范闲不放心这边，临时起意让海棠过来看一眼，就代表着对她的绝对信任。除了传说中的四位大宗师外，她说不要杀人，就没人再能杀人。

苦修士被烧得不轻，脸上却依然能看到那一抹坚毅之色。他用很奇怪的眼神看了海棠一眼，然后转身离开。

离开不需要道路，轰隆声中，他直接撞破了街旁的一道院墙。他的身影就消失在这个洞中。

花瓣刚刚落在地上，海棠飘了过去。她掠入街旁的院落，看着那个果然没有离开的苦修士，轻轻捋了捋鬓角的发丝。

街对面酒楼的灯光顺着墙上的大洞投了过来，也照在此人受伤后格外可怖的脸上。

海棠看着他,微带忧愁地问道:"这是为什么呢?"

苦修士只是安静地望着她,没有回话。

海棠并不着急,虽然远方已经隐隐传来苏州府官差们铁链大动的声音。

天下的苦修士并不多,庆庙大祭祀为首的苦修士们一贯在各地传道,这些苦修士默诵经文妙义,体行善举,从来不是以武力著称的势力。但这几十年间,庆庙也出了一位异类,那就是三石大师。此人天生神力,内外功夫都修到了顶端,性情暴戾,疾恶如仇。不过由于祭祀身份,极少人见过他出手,也没有几个人知道他的真实面目与实力。当然这也是因为往年庆庙大祭祀一直以经文劝谕,看管得紧的缘故,不然这位三石大师早已成为天下极出名的人物。

庆庙与北齐天一道都供奉神庙,算得上是一脉相传,海棠往年也曾经见过对方一面。她清楚这位庆庙二祭祀三石大师,纯以身份论是极为尊贵的人物,以心性修为论也不是个噬血之人,她很是不解,他为何会加入到内库或者说朝局的斗争之中。

"君山会……"海棠像是在自言自语。

二祭祀看着她漠然说道:"不错,我就是君山会的一员,君山会是一个松散的联合体,没有具体目标,而一旦大家找到了某种目标,就会朝着那个目标一同前进。"

海棠轻声问道:"那您的目标是什么?"

"杀死夏栖飞。"二祭祀回道。

"只不过是些商人间的争执,怎么会引得您出手?"海棠平静地问道,"夏栖飞今日已在内库夺标,您选择在大街之中狙杀,难道不怕南庆朝廷震怒?"

二祭祀面无表情地说道:"杀死夏栖飞,只是为了让事情回归到原本的模样。"

海棠立即反驳道："这不足以说服我……我了解您以及大祭祀都不是贪图名利富贵的人。"

二祭祀微微低头，沉默不语。

海棠又轻声说道："明家也没有资格能请动您。"

二祭祀缓缓抬头，沉声道："先前说过，这只是一种松散的合作，只不过我的目标与明家的目标恰好可以算是一件事。"

"您想对付范闲？"海棠挑眉问道。

二祭祀冷漠地摇了摇头。

海棠猜到了事情的真相，很是吃惊。对方身份特殊，不可能被人指使，却要在内库招标一事中插手，目标又不是范闲，那么源起便浮出水面了。她喃喃道："真的很难令人相信，庆庙的祭祀，居然会暗中对抗庆国皇帝……"

二祭祀的脸上被烫出了无数细泡，黑灰里夹着血丝，眼瞳泛白，只听他幽幽道："圣女聪慧，钦差大人领了圣命前来整治内库，我就是要让这圣命落空。"

海棠默然，原来南庆朝廷内部出现了一股暗流，暗流所向自然就是那位端坐于龙椅之上的男子，范闲作为如今最受宠信的权臣，自然会面临着极大的凶险。

二祭祀说出这个秘密，自然是因为海棠是北齐人的身份。就算海棠与范闲走得再近，身为北齐人，知道南庆内部有人准备对皇帝不利，就一定会保持沉默。

海棠轻声道："大师，与虎谋皮，殊为不智。"

松散的君山会，因为那个不可告人的原因更加紧密，这样的大事一定有人领头。在她看来，或许就是一直没有什么厉害表现，范闲却一直小心提防着的长公主……

"花眼中，虫是虎；竹眼中，火是虎；河眼中，日是虎……"

二祭祀沉声道："我眼中，陛下是虎。"

海棠立即追问道："究竟发生了什么？"

什么样的事情才能让这位庆庙二祭祀决然地投入这个浑杂脏乱的人世间？让一贯慈悲怜惜世人的苦修士变成了一个嗜血乱杀的魔头？

二祭祀的眼眸中闪过黯然与追忆，片刻后温柔地说道："师兄去了。"

庆庙大祭祀去世的消息几个月前就已经传遍天下，南庆朝廷明旨里说的是大祭祀常年在南方传道，久入恶瘴，积劳成疾，回京不久便病逝于床。此时二祭祀如此说，海棠才知道另有内情，说不定庆庙大祭祀的死与庆国皇帝有莫大的干系。

"先前您为何不阻止我点破您的身份？"海棠沉默片刻后说道，"今番大街杀人，难道您就不担心打草惊蛇，被庆国皇帝察觉到蛛丝马迹？"

"山有三石，一名明，一名正，一名弃。"

庆庙二祭祀竖起三根手指，声若洪钟般喝道："三石自幼异于常人，被村人逐于荒野，若非师兄故，早已葬身野狗腹中。世人夺我师兄命，我当乱世人心，以明技杀人，以正声欺人，以己身为弃子，杀一乱君而安天下万民！"

海棠明白了他的意思。

庆国朝廷内部已有分裂之迹，但只要看看庆国皇帝对七路总督及军方的强力控制，就知道庆国的统治根基没有出现真正的问题。三石大师今夜临街杀人，不外乎就是以明技正声，向世人宣告，庆庙的祭祀与朝廷已经不是一体——虽然他不足以代表整个庆庙与天下间的信徒苦修士，但这种表态依然有着极强大的象征意义。

最后那个"弃"字她也明白。三石大师也清楚君山会的幕后主使者比皇帝也好不到哪里去，今日一方面是借杀夏栖飞破坏皇帝的施政，二也是决然地舍弃了自己。

失去了大祭祀的教诲与约束，三石大师又没有办法杀死皇帝，而且庆庙祭祀根本不想因为复仇一事，而让天下黎民受苦，所以连他都不知道自己应该如何做。但对他来说，江南水寨众人本就是满身血污的歹徒，杀便杀了，没有丝毫怜惜之心。

内心强烈的复仇欲望与对局势的判断、对天下黎民的担忧，让三石大师很茫然，所以他才会将这些讲给海棠听，同时告诉她自己只是心甘情愿当一个弃子。

"我回京都杀人，请转告苦荷国师我今天所说的话。"

说完，三石大师转身离开了院落。

海棠站在原地没有任何动作，心想二祭祀就这样舍弃了自己，君山会接下来一定还有后续动作，却不知道是针对在江南的范闲，还是针对在京都的庆国皇帝。

看来天底下有很多人都不希望庆国皇帝过得舒服，那大齐该如何应对呢？

"弃子？"范闲似笑非笑地看着海棠，眼底深处满是寒意，"我听不懂你们这些人阴阳怪气的对话，我只知道如果他真的是想舍弃自己，就应该直接杀入皇城正门，与大殿下领军的禁军、与洪老公公大杀一场，而不是跑到苏州城来坏我的事，杀我的人！"

说到最后两句时，他的声音高了起来，而且十分寒冷。

"至于'弃'字，"海棠轻声解释道，"君山会肯定不希望二祭祀这么早就暴露了身份。今天如果不是我在那处，大概也没有人会知道这个秘密。"

这话里含的意思很清楚，二祭祀杀人未果，干脆将弃就弃，将一切问题在海棠面前挑明，让自己去吸引庆国皇帝的注意力，而隐去君山会其余人的存在。

"只是说几句油盐不加的淡话，便似乎说服了你，这位二祭祀看来还真有当说客的本事。不过他还是将自己看得太重要了些。"范闲面无表情地继续说道，"陛下的那种自信不知从何而来，却无比强大，就凭他便想吸引陛下的所有视线？真是荒唐到了极点。"

这话很是诛心，范闲愤怒之余直接挑明，海棠肯定没有把所有情况都说出来。她身为北齐人，为了自己国家的利益会做出什么事情，谁也说不准。

海棠也不生气，轻声解释道："君山会要保明家，那位老太君也中了你的激将之计请人来杀夏栖飞……这不都是你意料中的事，为什么还会如此生气？"

范闲没想到她竟然猜到了自己的真实意图，说道："不错，我是想逼着明家出手，但没有想到能请得动这等高手……看来，我还是小看了所谓的君山会。"

今夜在江南居死伤惨重，那些江南水寨好汉死了八九成，监察院的六处剑手死了一人，还有四人重伤昏迷，不知道能不能活下来。

这是范闲接手监察院后损失最大的一次行动，他很是自责愤怒，明明是自己计算中的事情，却由于低估了对方的实力而变成现在这样。最让他生气的是，计划中一旦逼得明家出手，自己就可以大势出击，但所有这一切都毁在了海棠的那一声喊叫中。

现在所有人都知道刺客是庆庙的二祭祀。他想借此查到明家身上根本没有可能，就算用监察院的手段进行栽赃，也无法说服朝廷以及天下百姓。

没有人相信，明家可以使动庆庙二祭祀来当杀手。

这让范闲生出一种荒唐的挫败感。以往就算不是敌人做的事情，自己也可以栽赃让对方承认，如今明明是对方做的事情，自己正大光明地追查，却没有人会相信！

他说道："你先去睡吧，先前我心情不好，莫要在意。"

海棠有些意外地看了他一眼，问道："今天晚上？"

范闲压下心中那股灼热的感觉，面上重新现起温柔的笑容，轻声道："很晚了，什么事情都明天再说。"

为了今天晚上他已经准备了许久，此时突然放弃，谁也不知道他心里在想什么。

海棠情绪复杂地离开了书房。

范闲坐在书桌前略想了想，提笔在纸上写了起来。他必须把今天晚上发生的情况向皇帝陛下做汇报，虽然他并不以为二祭祀出现是个多么了不起的事情，但身为臣子，哪怕同样是不怀好心的臣子，也要在这时候表现出因为关心而惶恐焦虑的态度。

写完了密信，他忍不住又拿起了旁边的一封信。

信上的字迹十分干瘪难看，正是那位叫作陈萍萍的老人亲手所写。

陈萍萍没有说任何有关朝局的事情，只是讲了一个乌鸦喝水的小故事，告诫范闲，不论什么事情，做起来都不能着急，越是心急，有时候反而就越没有水喝。

乌鸦为什么要往瓶子里扔石头？这是一个欲夺之，必先予之的游戏。

范闲看完这封信，沉默不语。

今天在内库大宅院里，明青达给他留下的印象极为深刻，对方处乱不惊的本事很是了得。相较而言，被自己成功撩动情绪、请君山会当街杀人的明老太君，似乎就有些不足为患了。明家如今还是那位老太君掌权，这个事实让他心里轻松了少许。

他做出了决定，决定今夜不再动手，往后推几天。

夏栖飞命大没有死，明天内库的开标依然要继续，生活也要继续，日子也要继续。等一切平静，石头塞到瓶颈的时候，自己再开始喝水吧。

"出门。"他从思思手中接过一件大氅。

思思诧异地看了他两眼，心想已经快子时了，出门到哪里去？但她心里清楚，少爷这时候急着出门，一定是有大事，因此没有再问。

范闲披着鹤氅，匆匆往华园前门走去，对身边的下属说道："事情闹大了，马上发一级院令，在东南一路严加搜索那位二祭祀的下落。"

下属皱眉应道："大人，庆庙向来归宫中管理，咱们不便插手……"

范闲微怒斥道："都杀到我们头上来了，我还不能杀他？"

那个下属赶紧住嘴,发下了命令。

范闲这句话明显存了别的心思。海棠先前说,二祭祀应该是准备往京都刺驾,他却是让监察院在东南一路查缉。影子不在苏州,监察院目前的人手根本不可能留下那位三石大师,他只是做个姿态,避免手下受到折损,而且又可以放二祭祀入京。

二祭祀准备入京屠龙,他却这般安排,到底在想些什么?

走到正门外,高达掀起车帘,范闲上车时说道:"把外面的人手都喊回来。"

那位监察院官员一愕,心想难道今天晚上的计划取消了?以他对提司大人的了解,如果手下吃了亏,他绝对会马上报复……难道大人忽然转了性子?

车轮碾压在苏州城的青石道上,发出嘚嘚的声音。夜早已深了,街上没有行人,只有那些苏州府的衙役四处蹓着。他们还算好,比江南居街前的兄弟们轻松很多,听说那里的弟兄今天晚上抬死尸、捡断肢,有好几人已经吐了出来。

范闲靠在椅背上,双手轻轻捏着眉心,强行驱除脑中的疲惫与心中砍杀一阵的强烈冲动,任由马车带着自己在安静的苏州街上夜行。

没过多久,马车便到了总督府侧门前,也来不及递什么名帖,范闲用自己的脸当了通行证,直接进了总督府,在管家下人震惊的护送下,来到后园花厅。

茶端上来还没有喝两口,管家说早已睡了的薛清便赶了过来。

范闲看着薛清的打扮,自嘲地一笑。总督大人衣服很是整齐,哪像是刚从床上被自己闹起来的模样,看来今天晚上苏州城里的官员没几个人能睡得好。

薛清也忍不住笑了,直接问道:"钦差大人连夜前来,有何贵干?"

范闲回答得更直接,说道:"今天晚上有人要杀我的人,所以我准备杀人。"

薛清怔住了，他当然清楚今天晚上苏州城里发生了什么事情，也料到范闲肯定会对明家下手，只是没想到对方会在事前来通知自己。他沉忖片刻，说道："本官理解钦差大人此时的心情。"

这话说了等于没说，理解当然不代表支持。范闲也明白这点，明家毕竟是江南望族，族中子弟以数万计，手脚早已深植于江南经济民生。他要动用监察院的武力对明家直接镇压，一定会引起无数的反弹，江南局势说不定会急剧动荡起来。

江南不能乱，一旦乱了，身为江南总督的薛清自然首当其冲，根本无法向朝廷和陛下交代，所以当着范闲的面他只能说理解，而不肯做出别的任何承诺。

对范闲来说，黑骑仍在江北，不到最后一步，他断不敢冒着皇帝猜忌、群臣大哗的风险调兵入苏州，所以手头的力量其实并不太多。要对付明家他很需要薛清的帮助，至少是默许，这也就是为什么要连夜赶来总督府的原因。

知道薛清在担心什么，他说道："总督大人放心，本官做事，也是会讲规矩的。"

薛清心头稍安，他不是长公主那边的人，对监察院与皇子的斗争只想置身事外。今夜明家竟然派人在江南居暗杀压标商人，虽然谁都知道那个商人其实是水匪……但杀人事件的发生，依然让这位封疆大吏生出了极大恼怒。

商，便要有商的本分与界限。

明家，今夜越线了。

更何况江南居是总督府的产业。

"内库十六标全部定下之前，本官不会动手。"范闲望着薛清的眼睛和声说道，"结束之后，我会让明家为此事付出应有的代价。"

"他们也确实应该接受一些教训。"薛清叹道。

范闲明白总督大人依然不愿意把事情闹得太大，他本也没有奢望几天之内就将延绵百年的大族尽数扫干净,他说道:"大人放心,我自有分寸。"

"证据,关键是证据。"薛清看着面前这位年轻的钦差大人,忍不住开口提醒道。这不是官商之争,而是朝廷两大势力间的争斗,如果不能拿到实证就对付明家,容易被京都内的贵人们抓住范闲的把柄。

"生活中从来不缺少证据。只是缺乏发现证据的眼睛。"范闲平静地说道,"我们监察院的眼睛向来很亮。"

二人又密谈许久,直至夜深,范闲才告辞而去。如今的江南局势愈发浑浊,就像这黎明前的黑暗,一眼望去深渊一般。他收回视线,靠着椅背沉沉睡去,浑然不觉车外的天色渐渐亮了起来。苏州城的清晨未有钟鼓鸣起,春晓已至。

这夜有很多人没有睡好觉,有很多人在忙碌,甚至有些人整夜都没有睡。一日间苏州城里发生了这么多事情,但内库新春招标的第二日还是如期到来。

这是规矩,这是朝廷往日的规矩。所以就算黄公公与郭铮以苏州城戒严、夏栖飞遇刺为由,要求转运司将招标往后推迟几天,范闲依然不准,一刻都不准推迟——明家已经争取到了一晚上的时间,再给他们多些反应时日,谁知道还会发生什么?

范闲揉着发酸的眉心,打量着鱼贯而入的商人们,发现这些江南巨商的情绪明显有些异样。看来昨夜夏栖飞遇刺,也给他们带去了极大的困扰,只是不知道这种变化对于自己的计划是好还是坏。

明家父子走入宅院,身后跟着长随与账房先生。父子俩满脸温和地四处行礼,官员与商人们稍一敷衍便移开了目光,谁也不敢当着范闲的面再和明家表现得太过亲热。

只有黄公公与郭铮对他们很温和,明显的是在表示支持。范闲冷眼看着,点了点头,便挥手让对方入座——有些奇怪的是,明青达是真的很镇定，看来对方不知因为什么原因，并不怎么害怕自己会对昨夜夏栖飞遇刺进行报复。

大门关闭之前，江南水寨的人也到了。夏栖飞的身后除了范闲派过去的几位户部老官，就只剩下了三个人，其余的兄弟已经葬身在昨夜的长街上。

只见他脸色惨白，明显受伤极重，只是今天事关重大，他强撑着也要过来。与身上的绷带相比，他额上缠着的白带子更加刺眼，三个下属头上也缠着白色的布带，在这春天里散着冰雪般的寒意。

戴孝入内库门，几十年来这是头一遭。宅院内所有人的目光都投射在这几个戴着孝、浑身挟着杀气的汉子身上，以岭南熊家、泉州孙家为首的商人们走出房间与夏栖飞见礼，轻声安慰。

夏栖飞在下属的搀扶下缓缓走到正堂之前，道："夏某还是来了。"

说这句话的时候，他没有看明家父子一眼。

黄公公与郭铮对视一眼，脸色有些难看。范闲微一挑眉，很快就恢复了平常，他伸出右手，沉稳而坚定地说道："只要你来，这里就有你的位置。"

所有人都听明白了这句话的意思，黄公公与郭铮却无法指摘范闲什么。今天薛清称病不至，范闲便是官位最高——这摆明了是薛清让范闲放手做事。

但明家的靠山也不能眼睁睁看着整个局面被范闲掌握，黄公公道："夏先生，听闻昨夜苏州城里江湖厮杀又起，贵属折损不少……不过，这戴孝入院，于礼不合啊。"

夏栖飞的出身不光彩，明家老太君才敢请君山会进行暗杀，如果能将夏栖飞杀死，可以解决太多问题，事后也可以推到江湖之争上。

黄公公就是想坐实此点。

范闲不屑与对方计较这些名义上的东西，但听着黄公公说"戴孝入院，于礼不合"八字，怒火渐起，双眼微眯，轻声道："黄公公，不要逼本官发火。"

这句话说得虽轻，声音却像是从冰山的缝隙中穿出来，从地底的深渊里蹿出来一般，无比冰冷，令闻者不寒而栗。

那个老太监不自禁地打了个寒战，赶紧住了嘴——不要和这个天杀的娘们儿少年赌气，就让他去吧，反正明家已经准备了一夜，待会儿只要自己盯着就不会出问题，这时候让范闲借机发起飙来，谁能拦得住他？坏了大事可不好。

正要开口的郭铮也是心头一寒，赶紧将准备说的话咽了回去。昨天夜里他们都以为范闲于震怒之下会莽撞出手，都已经写好了奏章，做好准备抓范闲一个把柄……没料到范闲却什么都没有做。他与黄公公失望之余，也清楚范闲心里的那股邪火一直憋着，不知道什么时候就会爆发出来。想到倒在范闲手下的那些尚书大臣们，郭铮也不敢再做什么，长公主要保的是明家的份额，又不是明家的面子。

又是一声炮响，内库大宅院外的纸屑乱飞，烟气渐弥。

范闲看着这幕场景，不知怎的却想到了去年离开北齐上京的那一天，闻知庄墨韩死讯的那一刻，上京城门外给自己送行的鞭炮，就像是在给庄大家送行。

今天的鞭炮是在给昨天晚上死的那些人送行？

夏栖飞带着属下默默地走回了乙四房，将头上缠着的白布带取了下来，仔细铺在桌上，笔直一条。下属们也随之将白布带取下、铺直，一道一道，刚劲有力。

内库负责唱礼的官员再一次站到了石阶之上，内库开标第二日正式开始。除了昨天结束的五标还有十一标，其中又有八标是两两捆绑，剩下的单独三标放在最开始唱出。

明家依然按照江南商人之间的约定没有喊价，反而是夏栖飞似乎没有受到昨天晚上的影响，沉稳地开始出价，夺取了其中一标，其余两标则被岭南熊家与杭州陈家得了，这应该都是昨天夜里在江南居商量好了的事情。

夏栖飞夺的那标依然是行北的路线，范闲拿到花厅报价后，暗暗点了点头。夏栖飞没有意气用事，这点让他很欣赏。

这三标竞价进行得平淡无奇，价钱也与往年基本相当，没有什么令人吃惊的地方。但谁都知道，今天的重场戏在后面，在明家势在必得的后八标中。

"行东南路兼海路二坊货物，共四标，开始出书，价高者……得……"内库转运司官员站在石阶上面无表情地喊着。

这句话他不知道已经喊了多少年，每年喊出来之后就只有明家会应标，从来没人与明家去抢，所以喊起来颇觉寡然无味，意兴索然。

但今年不一样。

唱礼声落，第一个推开门递出牛皮纸封的，正是乙四房！宅院里嗡的一声响起了无数议论声。夏栖飞，这位传闻中的明家七少爷终于对明家出手了。

甲一房里的明青达早料到了会发生何事，神情不变。以往这些年，自家实力雄厚，又有长公主撑腰，没人敢与自己叫价，所以明家在后八标里和崔家在前六标一样都是唱独角戏。这种戏码唱久了终会感到厌倦，今日终于有人敢与明家争一争，明青达警惧之余，竟多了些兴奋。他淡然地说道："多二，压下他。"

明兰石大惊，父亲的意思是说第一轮叫价就比去年的定标价多出二成？那如果第二轮夏栖飞真的有足够的银子继续跟下去，自己这边怎么顶得住？

明青达端起茶杯喝了一口茶，缓缓地说道："多出的两成压的不是夏栖飞，是别人。"

明兰石大感不解，心想今天的内库宅院之中，除了有钦差大人撑腰的夏栖飞，还有谁敢和自家争这两大标？在他心里，仍然坚定地认为，夏栖飞的底气来自范闲私自从户部调动的银子，其余的人根本没有这个实力。

明青达心里却明镜似的，范闲昨天让夏栖飞四处扫货，这就是想让江南其余的商人变成一只只饿狼，而一只只饿了的狼，谁的肉都敢啃上两口。

当两只牛皮纸封递入花厅之中，所有关注此事的商人官员们都将屁股落回了座位，知道好戏正式上演了，却有很多人根本没有猜到这出戏的走向。

乙一号房的房门也被推开了，递出了一只牛皮纸封！

泉州孙家！

举院大哗，谁也没有想到泉州孙家居然会在两虎相争之时来抢肉！

"孙家！"明兰石震惊地望着父亲说道，"他们家哪儿来的这么多银子？"

明青达面色不变地说道："孙家一家不够，几家还凑不出来？你难道不觉得熊百龄这老货今天变得安静了太多？还有那几个一直盯着咱们这边看的家族，如果不是心里有鬼，看这么久做什么？老夫脸上又没有长花儿！"

正堂上的官员们也各有心思，范闲早料到这个局面，并不怎么吃惊。黄公公与郭铮却是咬牙切齿，心想那个泉州孙家胆子也太大了，居然敢在这个时候出来捣乱！

在所有人紧张的注视之中，第一轮叫价的结果很快就出来了。范闲拿着报价单子，在心里叹息了一声，心道明家能在江南兴盛百年，不是没有道理。

从北齐挪来的银子数目虽然巨大，但周转极麻烦，终究有上限。昨天夏栖飞连夺五标已付出了一笔数量极大的定银，只有把握在一个四连标中将明家冲至重伤。

范闲没有办法控制往东夷城的输货线路，在明家看来是必不可少的四连标对他来说是鸡肋，计划中后四标才是与明家冲价的时刻。但如果眼睁睁看着明家如此轻松地把前四标拿了过去，他也咽不下这口气。

当然如果夏栖飞空口叫价，应该能让明家失血极惨。问题在于范闲一直看不明白明青达这个人，他无法判断若自己假冲，明青达会不会不顾长公主面子与利益而直接收手！

万一明家真在第三轮中玩绝的，直接放手不要这四连标，那么夏栖飞只有两种结局，一种根本拿不出四成的定银，一种是再无余力，明家就会不费吹灰之力夺了后面的四连标。

如果是第一种结局，在黄公公与郭铮的虎视眈眈之下，在这么多人的眼光注视之中，内库就真的要前功尽弃，夏栖飞只怕也没有活路。

综上所述，在范闲的计划中，第一个四连标准备让泉州孙家出来放炮，夏栖飞叫价只是虚晃一枪，并不打算去搏命。但看着花厅递来的报价单，范闲就知道明家那位老爷子已经猜到了自己的安排，第一轮的叫价竟然就到了那般恐怖的一个数目！

孙家今天敢出手是因为昨天夜里自己通过史阐立递过去了消息。但面对着明家东山压顶似的攻势，再联想到昨夜明家悍然派人刺杀夏栖飞，文武之火相攻，范闲开始担心，孙家或许会被这一轮叫价给吓得不敢再加价。

事态的发展，果然往范闲不愿意看到的局面滑去。当唱礼的官员喊出明家高达三百八十万两白银的报价后，满院大哗。乙一号的房门再也没有开过，孙家果然被吓住了。

范闲微眯着眼看着甲一号房，开始盘算在昨天夜里的刺杀中，那爷俩是不是真的如监察院调查所得，并没有怎么参与——刺杀夏栖飞看似莽撞，和今天明家的报价搭配起来，却能吓退不少想趁乱偷食的对手。如果明青达如此会借势，连自己母亲都要利用，他觉得有必要重新审视一下对方。

第一轮报价一出，黄公公与郭铮相视而笑，对明家的出手以及众人反应相当满意。

乙四号房里平静着，隔着窗棂，夏栖飞用征询的眼神看了范闲一眼。

范闲叹了口气，用双手的掌心抹平了额角的飞发，这个暗号的意思是让夏栖飞徐徐图之，孙家退出，夏栖飞就一定要继续出价，只是这出价的分寸要掌握得好。

要让明家痛，又不能太狠，避免对方忽然放弃。这尺度很难掌握，就算有几位户部老官帮忙，夏栖飞也很难处理得滴水不漏。

唱礼的官员再次站到了石阶之上。第二轮与第三轮叫价依次举行。

人们期待中的大恶斗并没有发生，乙四房的强盗丧失了昨天的凶猛，极为谨慎小心。便是如此，第一个四连标的价格依然被抬到了一个令人瞠目结舌的地步。

这固然是因为明家第一轮叫价比去年夺标价高出两成的原因，另一个原因也在于乙四房像牛皮糖一样缠着对方。最后叫价成功的果然还是明家，这个结果和这么多年来都是一样，只是标出的价却和往年有了太大的变化——五百一十二万两！

所有人都震撼得合不拢嘴，心想内库的叫价规矩如果是五轮，只怕乙四房的夏栖飞和甲一房的明青达会将这个价钱抬到去年标价的两倍！

这个价钱着实已经高得有些离谱了。但范闲清楚，这只能说明前些年，内库在长公主的操持下行销权的价钱低得有些离谱，这个价钱明家不会亏本说不定还能大赚——当然，前提是明家依然敢做海盗，在范闲眼皮子底下依然敢往东夷城走私。

所以范闲很满意这个结果，微笑地想着明家就等着往这标里砸钱吧。

"甲一房，明家，五百一十二万两，得！"

那位内库转运司唱礼官员，此时报出内库开门招标十几年来最大的一个标额，终于精神起来，报价声音铿锵有力，掷地有声，"得"字出口即没，毫不拖延，干脆利落。

此时不论持何种态度的商人都感觉到了兴奋，为这个数目喝起彩来。

甲一号房里的明家父子脸上却没有什么喜色，尤其是明青达更是神情沉重。他与范闲想的一样，如果没有那些见不得光的手段，这个四连标明家是亏大了。

夏栖飞那边有高人相助，将报价做得极其完美，这一标光定银就要留下两百多万两……更关键的是，对方真正搏命的出价肯定留在最后。

明园连夜筹银，六房拢共也只拿出来六十多万两，远不足老太君定下的一百三十五万两。而这个四连标已经超出了预算太多，后面该怎么办？

太平钱庄的银票还有一半，可谁也不知道后面会发生什么事情。

明青达的双手轻轻摁在身边的木盒子上，若有所思。

明兰石看了父亲一眼，心疼无比，他知道父亲昨夜一夜未睡，连夜去苏州城里几家大钱庄调银，直到凌晨才回来，这个盒子里放的便是招商钱庄十万火急开出来的现票。

"你说，钦差大人会不会还想要这后面的四连标呢？"明青达叹道。

明兰石不知如何言语。

日已中移，内库招标暂告一段落，转运司的衙役们抬进了饭菜，供各位大人与商家用饭。官家提供的饭食虽然不如这些巨富家中饮食精美，但这些商人依然吃得津津有味，凑在面有颜色的泉州孙家身旁打听着什么事情。人们都在期待着下午的最后决战，上午已经开出了五百万两银子的数目，最后那标不知要可怕到什么程度。

没有人注意到明青达去了正堂，来到了大人们用饭的偏厅，也不怎么避嫌，只听他微笑着说道："见过黄公公、郭御史，老夫有些话想禀报钦差大人，请二位行个方便。"

黄公公与郭铮大怔，心想这是玩的哪一出？难道明家想倒向范闲？那也不可能当着自己的面这般正大光明啊。两人对视一眼，竟真的退了出去。

厅中无人。明青达有些困难地掀起前襟，缓缓地跪倒在范闲面前。

范闲一手执碗，一手执筷，正在寻找喜欢的菜，看都没有看他一眼，说道:"后面的四连标,本官还是要抢的。"

明青达沉默不语。

范闲的筷子在盘子里扒拉着,拣了块香油沁的牛肉铺在了白米饭上,再送入唇中细细咀嚼品味,还是没有理会跪在一旁的那人。

这位明家家主不简单,这一跪的意思更不简单。

他需要时间思考。

没过多长时间,范闲放下碗筷,望向跪在身前的老爷子,伸手微笑着说道:"明老爷子,您年龄可比我要大上不少,这怎么当得起?"

钦差大人双手虚扶无力,明青达却必须站起。

这场对话开始得很平静,却有着最深的寒意。

范闲望着他平静地问道:"你准备怎么交代?"

怎样的交代能换回那几个监察院剑手的性命?范闲怎样才肯放过明家?明青达不知道,也不需要知道,他需要的只是范闲能暂时放过明家,为家族换来必要的缓冲时间。现在局势太不明朗,就算自己想做墙头草也得知道风从哪边来……他只是乞求能让钦差大人相信自己有倒过去的强烈愿望,稍微松松手。

范闲没有等这位老谋深算的明老爷子回话,便说道:"你心不诚,所以无所谓投诚。"

明青达叹了口气,说道:"钦差大人不能信我。"

"非我不能信你,"范闲平静地回道,"你也不能信自己,你在那条船上太久了,要下来……很难。你应该很清楚这一点,如果你还是在那艘船上,船上其余的人总会要保你平安。但如果你到了本官的船上,你留在原来那艘船上的货怎么办?"

此货自然并非彼货,这一点明青达心里也清楚,听着范闲的话,知道不可能说服这位年轻的钦差大人,他带着一丝疲惫求道:"请大人指条明路。"

范闲的目光依然停留在桌上的菜馔间,略一思考后说道:"你有很多兄弟，最近听说……乙四房的夏当家也是你的兄弟？"

明青达面色不变，心却颤了起来，明家跟随长公主时间太久，要让范闲相信明家肯倒过来，除非他有把握完全掌控明家，夏栖飞明显就是他用来掌控明家的棋子。换了其他的任何人，范闲都不会接受。

只是这个条件，明青达无论如何也不能接受。且不说难以放弃，只要想到夏栖飞冰冷的眼神，还有那衣衫下面一道一道凄惨的鞭痕，他的心情就难以平静。

目前局势里，进攻的是监察院，防守的是明家，明家步步后退，今日内库标价大涨只是开始，后面肯定还有很多事情接踵而至。风雨未至，明园已然飘摇。

直到此时，明青达才知道这位年轻的钦差大人骨子里竟是如此保守谨慎而且狠毒，面对着自己给出的如此大诱惑，竟是毫不动心。而且原来范闲要的东西远比自己能付出的更多，不止四十万两，不只是明家的投诚，却是无比嚣张地要对内库产销全盘控制。

"还请大人给条活路。"明老爷子颤声道，"后四标再这样下去，族中上万子弟，还有周边雇的无数下人……只怕明年家里都揭不开锅了。"

先前是谈明路，此时便只能谈活路了。

范闲对此人越来越欣赏，明明是威胁自己的话，说得却是如此温和卑微，毫不刺耳。

"明家不缺银子。后四标就算是明家把前几年吞的银子吐回来。"他打量着面色有些颓败的明青达，猜着对方心中的打算，接着又说道，"过往年间你卖东西的手法，我很不欣赏。当然，本官不是不讲理的土匪，只要你做事稳妥，本官自然也会稳妥。"

稳妥，自然说的是昨夜之事。

范闲拿筷尖敲了敲瓷盘沿，发着叮当的脆响，最后说道："执碗要龙吐珠，下筷要凤点头，吃饭八成饱，吃不完自己带走……做人做事与吃饭一样，姿势要漂亮。"

明青达得了范闲最后这句话，终于放松了少许，他相信范闲没有逼着明家垮台的念头，对方始终是想将明家控制住而不是摧毁掉。要控制住庞大的明家，夏栖飞不行，母亲不行，只有自己！他有这个自信日后能与钦差大人再商量。

商人，最不怕商量，讨价还价是他们的长处。

明青达谦卑对范闲再行了一礼，便退了出去。

看着那个佝偻着、微现老态的背影，范闲再一次将筷子轻轻搁在了桌子上，他微微眯眼，直到此时此刻，依然瞧不出明青达这个人的深浅。

先前那一跪代表的含意太丰富了，认输？求和？投诚？为昨夜之事补偿？如果明家真的有意倒向自己，今天内库这种光明正大的场合，反而是表露心迹最好的地方……

问题就在于，范闲根本不相信这位老爷子会甘心投降，自己的牌根本还没有出尽，明家也没有山穷水尽，习惯于站在河对岸的大树想连根拔起，移植到河的这面来，其间所必须经历的痛苦与代价，此时的明家应该无法付出。而且明家还有一位老太君，这种关系到全族数万人前途的大事，明青达有能力独断吗？

明青达这一跪并不隐秘，应该已经有人看到，而且马上会传开来。范闲心想难道对方是准备打悲情牌？这招或许可行，只是给自己的一跪又能悲到哪里去？

换成别的大人物，面对明青达表现出来的倾向，一定会心中暗喜，只有范闲不这般想。如明青达所料，他要的东西太多，不是明家给得起的，而且他为这件事情已经准备了许久。他有底气吃掉明家，凭什么还要与对方讨价还价来获取明家的忠诚？

清风跨门而入，吹走内库大宅院间残留的食物香气，吹走犹有一丝的鞭炮火香，只有凝重的氛围却是始终吹拂不动，庭院间的紧张气氛有若千年寒冰，春日难融。

负责唱礼的转运司官员的嗓子已经嘶哑,不是说话太多,喝水太少,只是紧张。

商人们也早已坐不住了,站在房门高槛内,瞠目结舌地看着外面。

下午是内库最后的四标,两轮叫价后再没有人喝彩,场间一片死寂。上午被明家吓退的泉州孙家家主面色惨白地听着那些数字,双眼无神地看着外面。

别的商人与他也差不多,今日真是大开眼界,也是大受震撼。熊百龄双眼通红地看着外面,有些不敢相信自己的耳朵,对账房先生问道:"刚才唱礼官是不是报错了?"

那是银子,那是银子!凭什么甲一房的明家和乙四房的夏栖飞就敢那么往外扔?难道在他们眼里,那些银票和废纸没有什么区别?

熊家账房先生颤声道:"花厅核算的数字怎么可能出错……老天爷啊,夏当家的昨天被杀了几个兄弟,真的发疯了……这明家居然也跟着疯?明老爷又不是强盗!"

熊百龄反手夺过一个下属手中的茶灌进了肚子里,压低声音骂道:"我看是他们兄弟二人干起了真火……兄弟阋于墙,当真刺激,看来明家人骨子里都有些疯。"

不只唱礼官颤着声音,江南巨商们不停冒着汗,就连正堂里都开始紧张了起来。黄公公与郭铮对望一眼,脸色煞白一片,他们二人怎么也没有想到,内库开标最后的四连标竟然被范闲和明家哄抬到如此恐怖的地步!

明家这四连标是亏定了,而且是大亏特亏!对于黄公公与郭铮来说,明家的进账减少,往京里送的银子自然也要少很多,想到此节,二人看着范闲的视线里恨意更足。

范闲用强大的心神保持着面部表情的平静,但细心的人依然可以看出他那官服浆洗极硬的袖口现出微微颤抖,薄而秀气的嘴唇抿得更紧,耳垂下面微泛红色。

今天这种场面实在少见。庆国皇帝号称天下最富有的人，但范闲敢打赌陛下这辈子也没有见过这么多的银票随着唱礼官颤抖的声音在天上飘来飘去！

一千一百五十万两白银！

庆国开国初年，举国财赋加起来也不过一千万两。哪怕是如今已入极盛的庆国，这样一大笔白银依然是个不可思议的数字，这些银子如果用来收买死士，挥手间足以灭掉东夷城四周的那些诸侯小国。这样大一笔数量的银子，可以换来多少美人？可以打造多少战马兵器？如果尽数投入民生，可以修多长的堤？可以煮多少锅粥？可以开多少堂？可以救活多少人？而如果全部换成银锭，又可以压死多少人？

上午的五百万两银子已经是内库有史以来的最高标价，下午的第一轮叫价便轻松破了，第二轮叫价明家便喊出了破千万两的价钱。这不只破了纪录，更是突破了所有人的承受能力。这样的结果当然要归功于明家目前内外交困的局面，以及范闲从北齐皇帝手中借来的大批真金白银——明家必须抢这个标，夏栖飞却有对冲的能力，各种因素合在一起，才堆积了令人如此震惊的数字。

范闲喝了口凉茶，强行压下内心的情绪，打了个隐秘的手势。

可以了，就到这里吧，休息一下，休息一下。

茶杯落在桌上，范闲忽然明白了明青达的想法，还有陛下的想法。

明青达的应对完全依照范闲的计划走，一方面是受到了信阳方面的压力，另一方面他的想法很有意思：如果中标价低，赚了银子一部分要交给信阳，中标价高，则等于把银子送给内库，也就等于是送给陛下和范闲——左右都是要给银子。老爷子看事极准，既然朝廷需要自己的银子，干脆来个狠的，把家业恨不得砸一半出来，如此一来，又夺了标又合了范闲的意，两边不能得罪的人他一个都没得罪。

只可惜得罪了钱，这么多真金白银，也不知道明家要多少年才能恢复元气。所谓花钱消灾，明家这一次实在是下了血本。

在范闲看来，明家在经济方面的实力已经大到无法想象的地步，皇帝陛下断然不会看着这样的存在继续坐大，如果不能削弱对方，便要摧毁对方。

这就是皇帝让范闲下江南的真正用意。而明青达也很清楚地把握到了这个意图。只是当年的沈万三依然死了，明家还能活下去吗？

看到乙四房的强盗停止了喊价，包括官员、商人们在内的所有人，都没有现出看戏没看到全场的遗憾与恼怒，反而都松了一口气，如释重负。

今天下午的竞标太恐怖，那个数字太可怕，商人们不愿意引发某些不好的事情，官员们也不希望事态不可控。

花厅的户部内库官员们开始紧张地审核，最终确认，用朱笔认真而紧张地写好底书，交由前厅。那个唱礼官员走到石阶上，颤着声音说道："行东南路兼海路一坊货物，四标连标。甲一房，明家，一千一百五十万两……得！"

没有人喝彩，没有哗然，院子里一片死寂。

所有人都恨不得赶紧逃离此地，离这个数字越远越好。

"父亲！"就在这个时候，甲一房内传出明兰石的惊呼声。

众人拥至各房门口，看着那方，不知道明家发生了什么事情。

"父亲！您这是怎么了？来人啊！来人啊！……快来救人！"

明兰石惊慌失措的呼救声再次响起。

第九章 明家争产案

官员们赶紧推门而入,发现明老爷面色铁青,已是昏厥在地。

谁都以为这是明家被内外压迫,标出了天价,想到明家可能因为此事走向衰败,明老爷子急火攻心,这才昏迷不醒,下意识里望向站在石阶上的钦差大人。

范闲斥道:"慌乱什么?封库,存银,程序完了,赶紧送明老爷子就医!"

内库开门关门都有一整套程序,宅院里的银票又极多,很是花了些时间,昏迷不醒的明老爷子才被抬了出去,搬上了被范闲特准驶至门前的明家马车,直往医铺而去。

谁也没有料到,热热闹闹的内库招标,轰轰烈烈连创竞价纪录后,竟然会如此凄凄淡淡地结尾。看着明家远去的马车,想到生死未知的明家主人,江南商人们不由唏嘘不已,心中生出几丝兔死狐悲之感。

人们经过检验后也退出了内库宅院,剩下的官员开始进行最后的收尾工作。

既然是卖钱的营生,清点四成定银银票的工作最是关键。

三位大人物站在花厅之中,看着户部与转运司官员登记入册,上封条。

范闲看着明家最后那标高达四百万两的定银,微微眯眼,看到了最下方夹着一厚沓招商钱庄开出来的银票,知道事情终于成了。

原本计划中，最后这四连标明家要用招商钱庄的现票，范闲还要刻意为难一番，到时黄太监与郭铮肯定会为明家说话，如此一来他便能将自己择得更干净。没想到明青达行事如此干脆利落，范闲也就懒得再弄这些小手段，只是最后明青达的晕倒……

"装，你继续装。"范闲心里冷笑，面上却带着同情之色说道："明老爷子到底还是年纪大了，禁不得这般惊喜，竟昏了过去，这喜事不要变成丧事才好。"

依然有几分紧张的黄公公听到这话，一怔之下险些将自己的手指头给撅折，开口就想骂，却又不敢骂，心想哪有你这等玩了人还说风凉话的家伙！

黄公公气哼哼地没有开口，郭铮却皮笑肉不笑地说道："今年内库进项比往年足足多了八成，此事传回京都，陛下一定会对小范大人多有嘉奖，封王封侯指日可待啊。"

以范闲的身世，日后封王侯本是板上钉钉之事，他冷笑着回道："全靠诸位大人，还靠江南众商家体恤朝廷，宁肯亏着血本也要贴补内库，与本官却是无关……"

郭铮心想，明家今天都快把裤子给当了，还不是被你逼的？居然还有脸说与自己无关！他冷哼一声，不再说话，只在心里不停地骂着："装，叫你继续装！"

"你知道大殿下杀胡马时，拉的那种铜刺线是怎么发明出来的？"

"嗯？那不是铁的吗？"

"差别并不是太大，你知道吗？"

说实话，北齐还真没有这个东西，北齐君臣对南庆内库三坊的军工产品也最感兴趣，好不容易今天范闲主动提起这个，海棠自然欢迎，诚恳地说道："不知道。"

"噢，铜线这个玩意儿很难拉。"范闲叹道，"听说，是江南的商人为了抢一块铜板，硬生生拉出来的。"

这个笑话本身是有趣的，但现在从他嘴里说出来就显得太过刻薄。

他又问道："你知道沙州那里沙湖破开大堤入河的通道是怎么挖出来的？"

海棠不是很想陪他玩这个。

范闲摇头晃脑道："那是因为江南商人把一枚铜板掉到了大堤一个老鼠洞里。"

海棠静静看了他半天才说道："这两个笑话我能听懂，只是不知道你想说什么。"

范闲挠了挠有些发痒发痛的颈后，思思这两天精神不大好，梳头发的时候用力过猛，头发拉得太狠，所以起了些小红点。他边挠边道："这两个笑话告诉我们，对商人来说吝啬永远是最值得赞赏的美德，而利益永远是他们无法抵御的诱惑。"

这是他前世听到的关于犹太人的两个笑话，用在江南商人身上倒也合适。

他转身对海棠指了指自己的后背，刚才他给自己挠痒，结果痒的范围迅速扩大，跑到了后背正中，以他的小手段，可以轻松挠到那里，但感觉不大好，他指了指自己的后背。

海棠瞪了他一眼，手却已经伸了过去，隔着衣服在他背上轻轻挠了起来。

感受着那只轻松打败庆庙二祭祀的小手，在自己的痒处挠着，范闲通体舒泰，舒服地呻吟了一声，继续道："吝啬是商人的天性，明青达肯割这么多肉就有些意外了。明年我肯定要安抚一下泉州孙家以及今年落空的商家，所以要麻烦你告诉你家小皇帝，明年最多能保持今年的份额，再多真的做不到。"

海棠嗯了一声，问道："明家准备怎么处理？看样子你对明青达的态度很满意。"

范闲认真地说道："他不能完全代表明家的态度，那天夜里的事情还没有收尾，我不可能收手，往后这一年，单靠内库出货卡他，我就可以让他家继续流血……但想把明家一口吃掉很难，所以只要在江南，我隔些日子就会去明园割块肉下来。"

蚕食就是这个道理，只是海棠听着不免有些替明青达悲哀，那位明老爷子姿态极低，却依然没有办法让范闲心软。

猜到她在想什么，范闲解释道："明家不会坐以待毙，他是在拖时间。"

海棠不明白，问道："他在等什么呢？"

范闲道："这次小言定的计划和对付崔家不一样，监察院用的全是能见光的手段，我做事完全依照庆律规矩，这不是阴谋是阳谋。面对实力上的差距，明家根本无法正面反击，他必须等到京都局势的变化，不然就只有等着被朝廷吃掉。"

海棠悟道："所以你不会让他们就这么安安稳稳地等下去，要赶在京都局势变化之前尽最大可能削弱他们的实力。"

"不错，我唯一担心的就是明家的声望太好，账目上找不到任何问题，对方抹平痕迹的能力太强。如今那座岛上又再没有消息过来，似乎有人在帮助他们遮掩。如果我，或者说监察院对明家逼得太紧，明家继续卖惨，江南民间只怕会生出议论。"

"你不是一个在意别人议论的人。"海棠轻声道。

范闲叹道："我不在意，不代表陛下不在意。陛下想青史留名，又想君权永固，本就是麻烦事。朝廷有太多办法直接把明家抄了，但为什么一直没有动手？还不就是因为怕落下天子寡恩的议论，在史书上留下不光彩的一笔。"

"庆国皇帝陛下居然是这种人？"海棠好奇地问道。

"相信我。"范闲苦笑道，"不然前次天降祥瑞，他非要与你家小皇帝争那口闲气做什么？陛下派我下江南收明家，当然希望我做得漂漂亮亮，把明家收了还不能落下不好的名声。如果江南乃至整个天下的百姓都为明家抱不平，京都里面那些敌人再一闹腾，就算陛下无情到愿意让我做黑狗，也要被迫把我召回京去。"

"既然如此，已是第四天了，为什么你什么都没有做？"海棠问道。

范闲笑道："谁说我什么都没有做？抱月楼的事情我可是花了不少心思。"

提到抱月楼，海棠神情有些古怪道："你向我借银子去修河工也罢了，可我大齐朝的银子你却拿去开妓院，这消息传回上京，只怕陛下会笑死我这个小师姑。"

范闲知道她对自己开青楼总有些不舒服，便正色回道："河工是行善，你所知道的我正在着手进行的安置流民也是行善，但你想过没有，开青楼……也是行善。"

海棠心想青楼逼迫女子行那等可怜之事，和行善有什么关系？

"人类最古老的两个职业一个是杀手，一个就是妓女。"范闲示意海棠不要停止挠背，"这事你改变不了，我改变不了，连我妈都改变不了。既然这个行业会永远存在，那我们不如将其掌控在自己手中，订下规程尽可能保护那些女子。"

先说了古龙的名言，又重复了一遍当年说服史阐立的说辞，范闲总结道："我开青楼就是为了保护那些妓女，一味地将道德顶在头上，不理不问，两眼一遮便当这世上并无这等事情，那才是真正没有慈悲，把那些妓女不当人看。"

当他具体说到抱月楼的诸项"新政"，比如请大夫和月假之类，海棠的手停了下来，震惊地想着，他说的居然不是虚伪的假话，而是真真正正在做这些事情？

等听到最后那句话时，海棠感慨道："安之说得有理。"

"嗯？"范闲有些意外地回头，没有想到对方这么容易被说服。当看到她那双明亮有若清湖的眸子，微微一怔，不由得说道："你的眼睛真好看。"

海棠怔住了，也嗯了一声。

范闲赶紧转了话题："说起来你到今天也没告诉我，你到底多大了。"

海棠也赶紧转了话题："刚才我问你为什么这两天对明家没动作？"

范闲正色道："我在等夏栖飞养伤。"

三月二十六晚，盐商皇商府邸聚集的苏州西城红灯高悬，鞭炮喧天，一片喜气，最近出了极大风头的夏栖飞在这里买了座院子，今天第一次开门迎客。

真正的富商，平日都是居住在城外的庄园里，很少留在城中，但每家都必然在苏州西城有一座院子，因为这是身份地位的象征与家族实力的展现。

西城极贵，而且不是所有人都有资格住进来，夏栖飞能够成功置办一座宅院，代表着经过内库开门一事，江南商界已经承认了他。

当然，夏栖飞的身份已经摇身一变，从江南水寨头领成了夏明记的东家。

夏明记商行这个名字里暗藏的意味，前来道贺的商人们心知肚明，不知道明家会怎么反应。听说那天明老爷子昏厥后，两天才醒过来，身体虚弱不堪。

一辆全黑的马车停在了夏府门前，没有任何徽记，但四周虎视眈眈的护卫与街中顿时多起来的陌生人，无不昭显了这辆马车的身份。

江南商人们赶紧走了过来，对着马车躬身行礼，准备用最大的热情迎接。

车内，范闲对三皇子说道："殿下真想凑这个热闹？只怕不大妥当。"

三皇子甜甜一笑地说道："我知道老师在担心什么，不过既然老师今天不避嫌疑来为夏栖飞助势，多学生一个也不算什么。"

范闲笑了笑，知道这个小家伙无时无刻都没有忘记宜贵嫔的教导，死活都要与自己绑在一处，不仅是心理上的，更是在舆论上。

车帘掀动,两人矜持地下了马车,引来一阵喧哗与此起彼伏的请安声。

范闲用手摸着崭新的书桌,闻着淡淡的原木清香,心想这个世界别的不咋地,不过新装修的房子没有甲醛的味道,仅这条好处就足够了。

想到这里,他忽然一惊,发现自己已经有很久没有想起过原来那个世界,不知道这代表着什么——或许是自己越来越适应眼下这个世界了。可为什么心里那种不知名的渴望还在一直挠着,让心里发痒,可自己究竟又在渴望什么呢?

不是烟草,不是 A 片,到底是什么?

他醒过神来,才发现夏栖飞和三皇子怔怔地望着自己,自嘲一笑道:"青城,你受了伤,自己坐着,不要理我,我经常会发呆。"

钦差大人与三皇子联袂而至,前来道贺的江南商人们很是羡慕夏栖飞,更惊于钦差与三皇子不避人言,哪敢喧哗,前院饮酒作乐并没有打扰到后园书房里的谈话。

夏栖飞很吃惊范闲会来,更何况还有三皇子,想说些什么。范闲摆摆手:"如今江南谁都知道你与我的关系,我想京都也应该知道了。既然如此,何必遮掩?"

夏栖飞看了三皇子一眼,低声道:"下属怕为您带来麻烦。"

"有什么麻烦?"范闲望着他温和地说道,"你替朝廷办事,最近看似风光,但实际上吃了不少亏,伤好了些没有?"

夏栖飞想着那夜死去的兄弟,神情微黯,恭敬地应道:"好多了。"

范闲稍一沉吟,说道:"你不用担心。关于明家,我的态度不会变,或许进度会慢一些,但你不要以为我会被蒙骗过去。"

明老爷子在内库大宅院内的那一跪,以及中标后的昏厥,早已传遍了苏州城内城外。夏栖飞作为范闲手中的那把刀,最担心的就是握刀的手会不会忽然转了向,这时候听到范闲的承诺,夏栖飞不由精神一振。

范闲看着他的神情,沉声说道:"你为朝廷办事,朝廷就要为你撑腰,再说直接一些，你既然是本官的人，本官就会光明正大昭告世人。这个关系不需要扯脱，也没必要遮掩，将来你在江南办事、往北边输货都会轻松许多。"

夏栖飞面现感动，心里却有些惶恐，不知道提司大人为什么急于挑明此事。他如今还一直以为自己是在为朝廷办事，却不明白，让他往北边输货，与范思辙接头，在小皇帝与提司大人的庇护下重新打通那条走私线路，这才是范闲的目的。

南边有监察院，北边的镇抚司指挥使卫华既是范闲的熟人，又是小皇帝信得过的人，这条线路本就天衣无缝，唯一需要再夯实些的是夏栖飞本人。

范闲今日顶着议论前来，就是要用世人的言论将夏栖飞牢牢地绑在自己的身边，今日之后，不论是谁都不会相信夏栖飞不是范闲的心腹，日后夏栖飞即使想出卖他，只怕也没有人敢相信，那些针对夏栖飞的压力只能逼着他把范闲抱得更紧……

三皇子是死乞白赖地要上船，夏栖飞却是不上也不行。

范闲最后嘱咐道："后天需要的手续应该齐了，到时候就该你出马。"

夏栖飞有些激动，虽然明白提司大人只是要自己吸引明家的注意力，但自己终究可以在苏州府里喊上一声，这似乎距离自己的人生目标也越来越近。

"不过你也明白。"范闲拍了拍他的肩膀，"庆律没有成例，对方是长房长子，依律论他是占便宜的。就算院里帮忙，也不大可能获得理想中的结果……失去的东西想再拿回来，方法有很多种，你不要着急，也不要过于失望。"

夏栖飞心头一颤，总觉得提司大人说的不仅仅是明家，上下级之间似乎因为"家产"这两个字而生出了某种同感，他感动地说道："大人费心了，属下感激不尽。"

范闲道："最初就已说明，本官利益为先，你感激什么？"

范闲越强调利益，夏栖飞越觉得对方真诚，连连行礼，将他与三皇子送出府去。范闲与三皇子在夏府停留前后不过一盏茶的时间，但借此表露的姿态与决心，想必很快便会通过那些商人官员的嘴巴传出去，传到明家主事人的耳中。

　　马车离开夏宅后没有回华园，而是往北城驶去。

　　"后天是什么日子？"三皇子睁大眼睛问道。

　　范闲应道："夏栖飞入苏州府衙，状告明家老太君夺产。"

　　安静的苏州长街上，辘辘车轮声掩盖住了车中的那声惊呼。

　　三皇子惊道："这官司还能打？"

　　"为什么不能打？"范闲微笑着说道，"打不打得赢再说，但打是一定要打的。"

　　三皇子毕竟只有九岁，还是个小孩，听着这事就来了兴趣，说道："先生，到时候咱们去瞧热闹吧。听说夏栖飞的亲生母亲就是被那个明老太君活活打死的。"

　　范闲叹道："打的是家产官司，不是谋杀旧案，扯的都是庆律条文，没什么意思。"

　　三皇子好奇地问道："先生，没成算？"

　　范闲苦笑着摇头说道："如果有成算，何苦还做那些手脚？只求拖些时间罢了。"

　　三皇子闷闷不乐地坐回椅中，看着窗外后掠的陌生街景，禁不住问道："这时候不回华园，去哪里？"

　　范闲回道："陛下让殿下随我学习，殿下也一直用心，今日殿下随臣出来了……就顺路去学一下您将来一定需要学习的东西。"

　　三皇子怔了怔，不知道他说的是什么。马车由西城至北城，悄无声息地沿着一条巷子转向西面，借着夜色与启年小组成员的掩护，摆脱了可能有的盯梢，消失在城中。

　　不知道过了多长时间，黑色马车在一处寻常民宅外停下。高达跳下车，握住身后长刀之柄，漠然细致观察了一阵，握拳示意安全，范闲牵着三皇子的手下了车。

如今范闲身边的六处剑手都在养伤，没受伤的二人范闲也不舍得再让他们出生入死，护卫工作全部交给了虎卫和启年小组，行事越发小心。

沿着安静的门洞往里走，四周一片黑暗，鼻子里却能闻到一丝火烟的味道，这种感觉让人有些毛骨悚然，三皇子下意识里抓紧了范闲的手。

众人走进一间卧房，床上还有一对夫妇正在睡觉！

三皇子震惊至极，心想这玩的是哪一出？

范闲回头看了一眼领路的监察院官员。

那个官员面色不变，径直走到床边，一拉床架上的挂钩，只听得咔啦一声，一面布帷缓缓拉开，露出一条斜斜向下的路，然后他比画了一个请的动作。

在他做这些的过程之中，床上那对夫妇只是往里挪了挪，没有任何反应，看也没有看床边的人一眼，就像是瞎了聋了，又像是范闲这一行人都是看不见的鬼。

范闲忽然想起前世看过的一本小说。

这间民宅自然就是监察院四处在苏州城里的某个暗寓。

三皇子牵着范闲的手，小心翼翼地往通道里走去，心里打着鼓，颤声说道："老师，虽然学生是皇子，但依朝中规矩，是没有资格知道监察院暗寓的。"

范闲笑道："每个州城里都有三到五处暗寓，又不是什么稀奇事。"

他是监察院提司，在陈萍萍那封手书之后便拥有了监察院绝对的权力，谁敢说话？三皇子放下心来，跟着他继续前行，下行不多久，便到了一间密室。

一盏油灯微小如豆，照着逼仄的房间，房间里生着一炉炭火，有两把烙铁、几盒药品、几把长凳、十几支或长或短形状各异的尖锐金属物，正是逼供的标准配置。再看刑架，上面有两个奄奄一息、血肉模糊的人。

范闲感觉到三皇子的手握得更紧了，心里不由笑了笑，即便在京都行事阴狠，但毕竟还是小孩，哪里真正见过这等屠场般的场景。

正在刑讯逼供的四处官员，因为热的缘故已经脱了衣服，裸着上身做事，见着上司的上司的上司忽然驾到，吓了一跳，赶紧行礼，然后匆忙穿衣。

范闲挥手止住他们，问道："继续做事……问得怎么样了？"

一个官员匆忙中只穿进去一只袖子，有些狼狈地走到桌前，小心翼翼地拿了几张纸过来。

范闲看了一眼，不由皱起了眉头，自己一直记着君山会的事情，今天才会亲自来看审问情况，没料到好几天过去，依然没有什么进展。

"弄醒他们。"他有些无奈地摇摇头。

一个官员拿了一个小瓶子凑到刑架上的二人鼻端，让他们嗅了嗅。只见那二人一阵无力挣扎，肌肉扭曲，伤口中的鲜血再次渗了出来，人也醒了过来。

两个刺客睁开眼睛，迷离的眼神里满是恐惧，早已不复最开始被擒获时的硬气。看来这几天被监察院的官员们折磨得极重。

这是在江南居前刺杀夏栖飞的两个燕子刺客。当日他们中了六处剑手的毒，便想急速逃跑，没料到途中却遇到了海棠。事后范闲自然毫不客气地接手，并且藏到了暗寓里严刑逼供，就是想知道一点君山会的内情——君山会实在神秘，连监察院都没有半点情报，一个松散的组织却能把庆庙的二祭祀当棋子，范闲不能不担心。

根据监察院四处逼供出来的结果，这两个刺客是江南出名的杀手，武功高强，行事阴毒，但对君山会了解不多，只是被明家用银子买来行事。

范闲翻着手中的纸，问道："你们说的周先生……和君山会有什么关系？"

两个刺客深知监察院的手段，既然不准备牺牲，当然要抢着回答，嘶声道："大人，周先生是君山会的账房，至于在里面具体做什么，小人真的不知道。"

范闲略感诧异，抬起头来问："周先生难道不是明家的大管家？"

一个刺客颤抖着声音说道："小人偶尔有一次听到的，我真的就只知道这一点。"

"熬了几天两位还挺有精神，看来没受太多苦头。"范闲忽然厉声说道。

两个刺客眼中生出绝望的神色。监察院的官员又开始用刑，进行毫无美感却又重复无趣的工作，刑房中惨号之声此起彼伏，凄厉无比，却无法传到地面。

范闲没有掩住三皇子的眼睛。三皇子脸色惨白地看着血腥的画面，强行控制自己不要转头，此刻感觉腹中的食物有些忍不住地想往喉外涌，难受极了。

范闲自怀里取了盒药膏，用指甲挑了一抹，涂在三皇子鼻下，轻声道："君山会的情况已经禀报陛下，如此丧心病狂之辈，用什么手段都应该……将来也许殿下会遇到同样强大的敌人，所以有些手段必须学会，但绝对不能陶醉其中。"

那边厢，刺客胸上的鲜肉已经混着血水，化作了铁板上吱吱作响的焦煳肉团。

"不能将用刑、酷吏看成维护朝廷统治的无上良方，也不能对这种手段产生依赖性。广织罗网，依然有漏网之鱼，严刑逼供，却依然不能获得所有需要的信息。"范闲看着三皇子认真地说道："御下之道，宽严相济，信则不疑，疑则坚决不用，以宽为本，其余的只是起辅助作用的小手段。"

一股极清凉的味道进入三皇子脑中，稍去恶意，他明白了范闲是在教自己什么。对明青达和夏栖飞的态度，清楚地说明了范闲信则不疑、疑则坚决不用的做事原则，而今夜前来观刑则是要让自己明白，不是所有的强力手段都能奏效。

杨继美不仅将华园送给了钦差大人，也将园子里的下人、仆妇、厨师都留了下来，经过监察院检查，确认了安全，范闲没有拒绝这份好意。

于是思思除了范闲贴身的事情，开始享受少奶奶的待遇，她虽不适应却也没办法。而范闲在下江南的路上买的那几个小丫头也没有机会做粗活，如大户人家的姑娘般养了起来。

尤其值得称道的是杨继美留下的厨子，水准之高简直可以让宫中御厨汗颜。每日三餐翻着花样地弄，让范闲都舍不得出门试试江南美食，只愿留在园中。

这日晨间，范闲、海棠和三皇子围着小桌喝粥，这粥是老玉米混着火腿丁加西洋菜熬出来，看相不怎么漂亮，但几种完全不相配的味道混在一处却是鲜美无比。范闲一口气连喝了三碗，思思在旁盛粥都有些来不及。

院外行来数人，由一个虎卫陪着往里走。那几人来到庭间，看着围桌而坐的范闲与三皇子，又看了一眼海棠，不由一惊。范闲心中更惊，因为来的人是桑文与邓子越。桑文姑娘早确定要来江南帮自己，邓子越不在京里守在一处，来江南做什么？待他看清楚二人中间那人，更是霍然起身，惊呼道："大宝！你怎么来了？"

在桑文与邓子越之间神情痴呆，四处看着的大胖子，不是大宝还能是谁？

范闲赶紧走上前去，抓着大舅哥的手，问邓子越："怎么回事？婉儿呢？"

邓子越面色疲惫，苦笑着说道："夫人最近身体不大好，要晚些时间来。不料，舅少爷听着要来见你，在家里一直闹，尚书大人就派下官将舅少爷带来了江南。"

"胡闹。"范闲斥道，接着却是心头一紧，着急地问道，"婉儿身体不大好？"

桑文姑娘温和地应道："郡主大约是受了风，有些乏，养两日就好了。"她从怀里取出两封信递给范闲，说道，"这是给大人的信。"

范闲接过来一看,是父亲与婉儿写的,也来不及看,先放在了怀里,恼火道:"父亲这是什么意思?如今江南正乱着,怎么把大宝送了过来?"

这时候,大宝忽然咧嘴一笑,揪着范闲的耳朵说道:"小闲闲,这次捉迷藏,你躲了这么久……真厉害啊。"

三皇子捧着粥碗,好奇地盯着门口,忽然发现令人恐惧的范闲在这个傻子面前竟然如此……他再也忍不住了,扑哧一声将嘴里的粥喷了出来。

邓子越尴尬地笑了笑,赶紧和桑文上前给三殿下行礼。

大宝既然来了,一路上肯定少不了服侍的人,思思赶紧出园去安置那些人。范闲也终于将大宝安抚下来,让那些没事儿做的小丫头去陪他嗑瓜子,前厅才安静下来。

海棠知道范闲与邓子越有话要讲,微笑着起身离开。

邓子越就像是从始至终没有看到她,对范闲解释道:"京里有小言公子看着,收到您发回京都的院报之后,院长大人派我带了些人过来帮忙。另外您要准备的那件东西,二处和三处忙了几个月才做好,我干脆就顺路送了过来。"

"我以为会是别人送来,没想到是你。"

范闲看了一眼身边正在喝粥偷听的三皇子,伸手示意请暂时出去。

见三皇子有些闷闷不乐地离开,范闲问道:"先前你为什么表情那般古怪?"

邓子越苦笑道:"京都现在传得极凶,都说您与那位北齐圣女出则同行、坐则同席,卧则……议论不堪,有御史甚至准备上书了。大人如今掌管内库,总要避些嫌隙。今日一进华园便看见那位姑娘,属下才知道原来传言竟是真的。"

"卧则同床?"范闲笑道,"亏那些人想得出来,这事不谈,把东西给我看看。"

邓子越小心地从怀里取出一个扁盒递到他的手里。

范闲掀开盒盖，里面是一张纸。那张纸略泛白黄，边缘微卷，看得出来有些年头了。纸上的字迹有些歪扭，拖丝无力，看来那人写字时已近油尽灯枯。他点头说道："虽然这封遗书起不了什么作用，但这个家产官司要拖下去就得靠这个。"

邓子越回禀道："大人放心，二处三处一起合作，参考了无数张当年明家先主的字迹，从纸张到工艺都用到了极处，应该没有人能看出真假。"

"明家人当然知道是假的，真的那份早就毁了。"范闲笑道，"待会儿给夏栖飞送过去。明日开堂审案，这封遗书一扔，苏州府只怕要傻眼。"

对明家的调查一直在继续，却没什么成效，一方面是明家抹平了所有痕迹；另一方面是江南官场里有无数人在保护明家，苏州府自然也在其间。范闲没办法把苏州府直接撤掉，但用一封遗书让江南路官员心惊肉跳，却不是那么难的事。

待花厅内只剩自己一人，范闲才取出怀里的两封信扫了一遍，然后开始细看。婉儿信里基本上说的是京都闲事，只提了几句宫里的情况，只是用语比较晦涩。

长公主回了广信宫，二殿下低调地回到了舞台上，太子的动向最是隐秘，老太后似乎对范闲在江南的嚣张有些不满意。最奇怪的是，皇帝还是平静着，这个天杀的皇帝，把天下弄得这么乱，对他有什么好处？他的信心到底来自何处？

范闲手指轻轻地摩挲着带着淡香的信纸，对婉儿的想念忽然涌了上来。

将父亲的来信看完，他终于明白了大宝下江南的目的。范尚书在信中叮嘱范闲找个时间送大宝去梧州，辞官后的相爷林若甫避居梧州，很久没有见到自己的儿子。范闲送大宝去梧州，自然可以顺势拜访一下那个老谋深算的老丈人。

这个借口很好，皇帝都没办法反对。

苏州府今天有件大新闻,爱好热闹又不怎么畏惧官府的苏州市民早就得了消息,一大早便拥到府衙门口,议论纷纷,翘首以待。

众人议论的自然是近日来在苏州城传得沸沸扬扬的明家争产一案。谁也没有想到,据说当年早就病死的明七公子忽然又出现在众人面前,而且摇身一变,成为江南水寨的统领,现在更是成了打理内库北路行销的皇商。

今日他入苏州府禀上状纸,要打家产官司,不知道明园会做怎样的反应。而明家富可敌国的家产,到底会落到谁的手上?

绝大多数江南人其实还是偏向明家,一是因为明家在江南士绅百姓心中的形象极好;二来就算夏栖飞真的是明家七子,依照庆律及自古惯例,家产自然应该归嫡长子。更何况,谁又能证明夏栖飞真的就是明青城?

苏州府衙外无比热闹,衙内却是紧张无比,苏州知州头痛不已地半伏在大案上,有气无力地对身边的师爷哀叹道:"说说,今天可怎么办?"

明家百年大族,不知道与江南官场有多少联系,早就撕扯不开,如果明家出了事,只怕江南一小半的官员都要跟着赔进去。而像苏州府这种重要的位置,明家更早就喂饱了。今天夏栖飞要入禀打家产官司,苏州知州当然要站在明青达和老太君的立场上考虑问题,可是夏栖飞身后的那位钦差,也不是他敢得罪的人物。

师爷也是急得在地上团团转,忽然他立住身形,将纸扇在手中一合,发出啪的一声,眉心挤成难看的肉圈,咬着牙说道:"大人,该是做位清官的时候了。"

苏州知州一慌,大怒道:"这是什么屁话,难道本官往常不是清官?"说完这话,想到某些事情,知州大人忽然泄了气,又说道,"这是明家的事情,本官也不好置身事外,毕竟往年也是靠了老太君,本官才坐到了这个位置。"

师爷知道老爷误会了自己的意思,赶紧凑上前去说了几句,压低声音解释道:"老爷,您看明家这两天可有人来说过什么?"

苏州知州愣了愣,奇怪地说道:"对啊,明家一直没有派人来与本官通通气。"

师爷贼笑道:"如此看来,明家自然是胸有成竹,知道这官司不论怎么打,夏栖飞手里有什么东西,明家都不会输……既然明家都不担心,老爷何必替他们着急?"

苏州知州低声问道:"那依你说,本官应该如何做?"

这位师爷专攻刑名,对庆律熟悉得不能再熟悉,只见他唰的一声打开折扇,傲然道:"不管夏栖飞能不能找到当年老人证明他自己的身世,就算他真的是明家七子,依庆律论这家产也没有他的份儿。老爷两边都不想得罪,明家有庆律保护,那您还愁什么?今日只需禀公办理,依庆律判案……想必钦差大人也不好怪罪您。"

这震惊江南的案子不知道有多少双眼睛在看着,苏州知州皱眉想了许久,发现只能如此,秉公办案,依律定夺,才能不得罪范闲,对明家也有交代。想到此节,他终于放松了下来,长舒一口气道:"便是如此,不动便是动。"

府衙外的鼓咚咚响了起来。

知州皱眉骂道:"这姓夏的水匪还真是着急。"话如此说,却不敢怠慢,他赶紧整理官服,堆起威严之中夹着慈祥的笑容,走出了书房,往公堂走去。

府外喧哗一片,衙役们杀威声起,才将苏州市民鼓噪的声音压了下去。

知州大人眯眼望着堂下,有些意外地发现今日夏栖飞一个人站在公堂上,没有带着其余的人,钦差大人竟没有派人来帮他?

"堂下何人?"

"草民夏栖飞。"

"有何事入禀?"

夏栖飞默默站着,有些走神,一时忘了应话。他今天穿着一身纯青的棉袍，下巴上的胡须刮得精光，露出青青的皮肤，看着悍气十足，精神百倍。

知州大人有些厌憎地看了他一眼，觉得此人傲立堂间，对于自己的权威是个不小的挑战，而且居然不跪？他正准备发飙，袖子却被师爷扯了一下。

师爷轻声说道："范……小事情就别管了。"

知州一惊，心想是啊，计较这些小处做什么？

夏栖飞终于开口了，一抱双拳，朗声道："草民明青城，乃是苏州明家明老太爷讳业第七子。幼时被悍妇逐出家门，颠沛流离至今，失怙丧家，今日入衙状告明老太君及明青达勾结匪人，妄害人命，夺我家产……请青天大老爷为小民讨回公道！"

满院大哗，谁都知道今天夏栖飞是来抢家产的，却没有想到，他一开口就直指明老太君和明青达当年想阴害人命，言语中更是悍妇匪人连出，一点不留余地！

衙外的百姓哄闹起来，在他们的心中明老太君无比慈悲，简直是神明般的人物，这些年来不知道做了多少善事，怎么和这些事扯得上关系？

其实人们隐隐猜到，明家七公子当年离奇消失，只怕和明老太君与如今的明家主人明青达脱不开干系……但人们总是只愿意相信自己相信的事情，一时间嘘声四起。

苏州知州也皱起了眉头，沉声道："兹事体大，言语不可不谨，状纸何在？"

夏栖飞取出状纸，双手递给下堂的师爷。师爷将状纸递给知州大人，俩人凑一处略略一看便心头大惊。这篇状纸言词锐利，字字直指明家老太君，而且极巧妙地规避了庆律里这方面的规矩，只是一味地将焦点扣在当年明老太爷的遗嘱上，对夏栖飞这些年来的颠沛流离则是不惜笔墨，字字泣血，令人心动。

知州大人虽然动容，心里却在冷笑，心想这等文章用来做话本小说还不错,可用来打官司却没有什么用。他一拍惊堂木,喝道:"夏栖飞,你可有实证呈上?"

夏栖飞平静地回道:"明家人没有到,大人何必如此心急?"

看着此人平静自信的神色,知州大人皱起眉头,心想难道对方手里真有什么隐秘手段?他略一沉吟,与师爷商量了两句,便差人去请明家的人前来应诉。

依庆律旁疏格式注,民事之诉不需要被告应诉,但今天争的事情太大,双方背后的势力太大,在江南一带的影响太大,知州也不敢托大,而且确定明家肯定会有应对,才会差人去请。果不其然,衙役前脚出去,明家的人后脚就跟着进来。

看见来人,苏州知州沉声道:"来者何人?"

那位翩翩贵公子欠身行礼道:"明兰石,向大人问安。"

他当然知道知州是在演戏,要在民众前扮演刚正不阿,才会故作不识,说话如此冷淡,平日里这位知州在他面前可是亲热得很。

苏州知州说道:"明老爷子近日身体不适,你身为长房长孙来应此事,也算合理。来人啊,将状纸交与明兰石一观。"

师爷将状纸捧了下去,没料到明兰石竟是不接,微笑着行礼道:"大人,我明家不是好讼的恶人,不明白其中程序,故请了位讼师相助。"

他说完这句话后,往旁边看了一眼。所谓"好讼之恶人"自然是针对站在一边的夏栖飞,夏栖飞没有什么反应,也没有看他一眼。

随着明兰石的说话,衙外闪入一人,双手接过师爷递过来的状纸,讨好地一笑。

苏州知州与师爷一看此人,更加放心。这位讼师姓陈名伯常,乃是江南最出名的讼师,或者说是最臭名昭著的讼棍。此人打官司可以将黑的说成白的,死的说成活的,男的说成女的,巧舌如簧,手拈庆律走天下,还从来没有输过。今日明家让陈伯常出手,又有庆律嫡长相承的条文保驾护航,这家产官司是断不会输了。

陈伯常捧着夏栖飞的状纸细看了一遍，唇角不由露出一丝轻蔑的冷笑，将对方，甚至将对方身后的钦差大人都看轻了几分，清了清嗓子，轻佻地笑道："好一个感天动地的故事！只是不知道，夏头目这故事与明家又有何干系？"

他称夏栖飞为夏头目，自然是要影响舆论，让旁听的市民们记起这个夏栖飞乃是河上湖上杀人如麻的黑道首领。

夏栖飞面无表情地回道："讲的都是明家这二十年的故事，你说与明家有什么干系？"

陈伯常冷笑两声，嘲讽道："夏头目真是可笑，你说是明家的故事，便是明家的故事？你说自己是明家七爷便是明家七爷？"他对着堂上拱手笑道，"大人，这案子太过荒唐，实在是没有继续的必要。"

苏州知州假意皱眉道："何出此言？"

"夏头目一点实据也无便自称明家七子。大人，若此时再有一人自称明家七子，那又如何？世人皆知，明家老太爷当年一共育有七子四女，第七子乃小妾所生，自幼患病体弱，十数年前不幸染疴辞世，如今怎么又多了一个？如果任何人自称明七少，便可以上公堂诋毁明家声誉，中伤明老太君及明老爷之清名，哪里还有天理？"陈伯常望着夏栖飞冷笑道，"当然，如今大家都知道，夏头目也不是寻常人……只是在下十分好奇，内库开标后夏头目便弄出如此荒唐的举动，究竟是为什么？"

他觉得今天这官司太无挑战性，摇头道："没证据就不要乱打官司，没证人就不要胡乱攀咬。夏头目，你今日辱及明家名声，稍后定要告你一个诬告之罪。"

当年亲历明老太君杖杀夏栖飞亲生母亲、将夏栖飞赶走的人，这十几年里早就被灭口，夏栖飞根本不可能有什么证据以及证人，明家对此非常确定。

而就在这个时候，苏州衙外传来了一道懒洋洋，让人听着直起鸡皮疙瘩的声音。

"谁说没证据就不能打官司？谁说没证人就不能告谋杀？

"庆历元年，定州小妾杀夫案，正妻无据而告，事后于马厩中觅得马刀，案破。

"刑部存档春卷第一百三十七档，以南越宋代王之例，载明民事之案为三等，事涉万贯以上争执，可不受刑疏死规，不受反坐，无须完全举证。

"明家家产何止万贯？有两例在前，这官司为何打不得？

"证据这等事情，上告之后，自有官府勘查现场，搜索罪证，你这讼棍着什么急？更何况……谁说夏先生就没有证据？"

自衙外行来一人，身着儒衫，手执金扇，招摇无比，嚣张无比，一连串的话语，引案例，用刑部存档所书，虽略嫌强词夺理，却也成功地将陈伯常咄咄逼人的气势打压了下去，更是将观案民众的视线吸引到了自己的身上。

苏州知州见状，怒道："来者何人？不经通传便妄上公堂。来人啊，给我打！"

那人一合金扇插入身后，对着堂上拱手行礼道："大人，打不得。"

说完这句话，他从袖子里取出一张纸在空中摇了摇，嬉皮笑脸道："晚生与这位陈伯常先生一般也是讼师，只不过乃是夏栖飞先生所请的讼师。先前来得晚了，还请大人告饶此罪，容我以完好之身，站于堂上与明家说道说道。不然若案子还没开始审，大人就将一方的讼师给打昏过去……这事传出去只怕有碍大人清名。"

众人这才知道来者竟是夏栖飞的讼师。

夏栖飞苦笑一下，心想钦差大人怎么给自己派来这么一位如此胡闹的讼师。

苏州知州被这讼师的话憋住了，气得不行，却又不敢真的去打，不然在钦差大人那边不好交代，一时间竟是说不出话来。

他说不出话，陈伯常却是双眼一亮，盯着背插金扇的讼师，觉得终是碰见了个牙尖嘴利的对手，也是将扇子往身后一插，开口道："阁下先前所举两例乃是特例,尤其是刑部春档注只为京中大理、刑部参考,却向来不涉地方审案之判。"

那人摇头道:"不然。大兴四年,时任苏州评事的前老相爷林若甫,便曾依此春档注判一家产案,何来不涉之说?"

陈伯常心头一紧,对方所说的这个案例自己没有任何印象,要不然是对方胡说,要不然就是对方对于庆律以及判例的熟悉程度还远在自己之上。

那人继续微笑道:"伯常兄也不要说什么庆律不依判例的话,判例用是不用,不在庆律明文所限,全在主官一念之间。"

他举手向苏州知州大人恭敬一礼,苏州知州却是在心里骂娘,知道"一念之间"四字就把自己逼上了东山,这家产案子不立断是不成了。

这个讼师究竟是谁?陈伯常与明兰石对视一眼,都有些吃惊与不安,江南哪里来了这么一位无耻的讼棍?苏州知州忍不住开口道:"这位先生究竟姓甚名谁?"

那人一拱双手,笑道:"学生宋世仁,忝为京都讼师行会理事,刑部特许调档,今日不远万里来江南,为的便是能参与这桩史上最大的争产案。"

宋世仁!听到这个名字,苏州知州马上有了想逃跑的念头,明兰石嘴唇发干,而陈伯常更是眼睛都直了!宋世仁是何许人?京都最出名的大状,或者说是整个庆国最出名的大状,都由他接手。陈伯常的名声只在江南,宋世仁却是全天下出了名的狡猾难惹,不知道让多少官员颜面无存,多少苦主凄苦流泪。

就连苏州城的百姓都听说过这位天下第一讼师,此时听见他自报名号,府衙外像开锅般闹腾了起来,都知道今天这戏更好看了。

明兰石担忧地望了陈伯常一眼,陈伯常稍许慌乱就恢复了平静,爆发出强大的战意,沉声道:"少爷放心,本人打官司还从来没有输过,他宋世仁却是输过的!"

但他忘记了很重要的一件事，宋世仁这辈子唯一输过的官司就是上次京都府审司南伯私生子黑拳打郭保坤一案。他输给的是范闲，而今天他是在为范闲打官司！

既然是要打家产官司，当然首先要确认夏栖飞的真实身世，他究竟是不是明老太爷生的第七个儿子。对这一点，陈伯常的立场站得极稳，对方如果不能证明此事，其余的根本不用辩，宋世仁就算再厉害，也不可能抓住己方任何漏洞。

苏州知州要求夏栖飞一方提供切实证据以证明他的身份。宋世仁此时不如先前那般轻松，对着夏栖飞摇了摇头，便请出了己方的第一个证人。

这个证人是一个稳婆，年纪已经很老，走路都有些颤颤巍巍，走到堂上气喘吁吁了半天才平静下来，言明当年是自己接的生，那个新生婴儿后腰处有一块青色的胎记。

夏栖飞当庭解衣，腰后果然有一块青记。

陈伯常皱着眉头，低声对明兰石说道："为什么昨天没有说这个情况？"

明兰石无比愤怒地低声说道："这个稳婆是假的，真的那个两年前就病死了！"

陈伯常在心里发出一声哀叹，心想就算稳婆是假的，己方怎么证明？那个稳婆看着糊涂，却在问答中将当年明园的位置记得清清楚楚，明老太爷的容貌、小妾的穿着、房屋都没有记错，在旁观者看来这个稳婆可是真得不能再真了。

他妈的，监察院造假果然厉害！

明家自然不会被一个不知道从哪里冒出来的稳婆乱了阵脚，陈伯常揪着年日已久，稳婆年迈，所证不可尽信这几条不停攻击，反正是不肯认账。

宋世仁大怒，心想江南这里果然有不少刁民，自己辛苦万分才"设计"

出了这么个稳婆，对方居然耍赖，不过看到堂上知州大人的神情与语气，宋世仁也清楚，己方的证据确实偏弱了些，说服力不足以让那些官员产生退意。

他早就发现了苏州府的偏向，不肯采信自己的辩词，于是用起自家那张令人生厌的利嘴对着明家大肆贬低，暗中也对苏州府揶揄讽刺了两句。反正他是京都名人，不在乎江南望族的手段，更仗着有小范大人撑腰，胆子大得很。

明兰石、陈伯常也不着急，面无表情地看这位天下出名的讼棍表演。苏州知州却被骂得有些受不住了，皱眉道："这位宋先生，你可还有其他证据？"

"大人，先前那稳婆明明记得清楚，为何不能当证据？"宋世仁冷哼一声。

"宋兄这话就不妥了。"陈伯常道，"那老妪行动不便，双颊无力，已是将死之人，老糊涂了的人说话如何作准？那些所谓细节她确实记得清楚，可谁知道是不是有心人将当年的事情说与她听再前来构陷？不然哪有记性如此好的老人？"

宋世仁冷笑道："果然是无耻构陷。"

陈伯常大怒，心道你们这般无耻的事都能做，难道我说都不能说？

宋世仁懒得再理他，对堂上问道："大人，您也如此看？"

人们已经大约信了夏栖飞的身世，毕竟那位稳婆的表演功力实在精湛，瞧出知州老爷和明家准备耍赖不认，有些好热闹的便开始起哄。大多数人还是沉默着，毕竟心里偏向着明家。尤其是夏栖飞身后隐现京都身影，这是江南百姓最忌讳反感的。

苏州知州老脸微红，知道抵死不认稳婆供词确实不妥，但也只能继续硬撑，清了清嗓子道："若是一般民案，如宋先生所论也无不当，只是先生先前也提到，刑部归三等，明家争产毫无疑问乃一等之例，若无更翔实可靠的证据，本官委实不能断案。"

宋世仁等的就是他这句话，赶紧装成失望模样，尖声道："大人，这可不成！事已久远，又到哪里去找旁的证据？我已找来人证，大人说不行，那要何等样的证据？"

苏州知州心生得意，你这宋世仁再如何嚣张出名，在公堂上还不是被揉捏成面团，不管你提出什么人证，我总能找着法子不加采信，于是说道："人证物证俱在，方可判案。"

宋世仁不等他继续说下去，双唇一张，一串话语就喷了出去："何人判案？"

"自然是本官……"

"敢问何为物证？"宋世仁咄咄逼人，不给对方更多的反应时间。

苏州知州一愣，欲言又止。

宋世仁双手一揖，双眼直视对方，逼问道："究竟何为物证？"

苏州知州被他的气势吓了一跳，仿佛回到了多年前自己考律科时的场景，下意识应道："痕迹，凶器，书证……"

"好！"宋世仁哈哈大笑起来，赞道，"大人英明。"

苏州知州又愣了，浑然不知自己英明在何处，迟疑道："宋先生……"

宋世仁依然不给他将一句话说完的机会，道："大人，若有书证，可做凭证？"

"自然可……"

宋世仁再次截断："再有书证，大人断不能不认了！"

苏州知州大怒点头道："这是哪里话，本官也是熟知庆律之人，岂有不知书证之力的道理。你这讼师说话太过无礼，若你拿得出书证，自然要比先前那个稳婆可信。"

这句话一出，苏州知州忽然觉得自己似乎说错了什么，往堂下望去，只见明兰石与陈伯常惊愕中带着失望，而那个叫宋世仁的讼师则满脸得意地坏笑着。

陈伯常与明兰石互视一眼，有些无奈地摇了摇头，不过心里也很疑惑，对方究竟手中拿着什么书证……居然可以证明夏栖飞的身世?

苏州知州知道自己被宋世仁玩了一趟,看着那人可恶的笑脸,恨不得命人将他打上一顿,偏生又不能打,只得沉声问道:"既有书证,为何先前不呈上来?"

宋世仁行礼道:"这便呈上来。"

知州大人冷笑道:"若你那书证并无效力,莫怪本官就此结案。"

宋世仁阴笑道:"这书证虽老,却是个死物,不会老糊涂……大人就放心吧。"

此话将苏州知州噎得不善。

宋世仁凑到夏栖飞的耳边说了几句什么,夏栖飞微微皱眉,似乎没有想到这么快就要拿出那东西。他从怀中取出那个小盒子,小心地交给了师爷,双眼一直盯着师爷捧着盒子的手,似乎生怕有谁在光天化日之下将这个盒子抢走了。

陈伯常凑到明兰石耳边问道:"少爷,能猜到这是什么东西吗?"

明兰石心生疑惑,苏州不比京都,没有出生纸这个说法,那个书证究竟是什么?

此时苏州知州已经打开了盒子,他与师爷的脸色立刻变了!

明兰石与陈伯常一惊。

苏州知州用有些复杂的眼神看了明兰石一眼。

宋世仁又将声音提高了八度,朗声说道:"这份书证,便是当年明老太爷亲笔写下的遗书,遗书中言明将明家家产全数留予第七子明青城……这份遗书一直保存在夏先生的手中,便足以证明夏先生就是明家第七子明青城!"

不等众人从震惊中醒过来,宋世仁话锋一转,望着苏州知州冷笑道:"当然,有些强项之人可以说夏先生偶然捡到了这份遗书,前来冒充明家后人……只是前有稳婆,后有书证,若还有人敢这般赤裸裸地构陷,还真以为天下人的眼睛都瞎了吗?"

那盒子里居然是明老太爷的遗书！衙外的百姓一阵喧噪，陈伯常如遭雷击，明兰石满脸震惊地喃喃自语道："不可能，爷爷什么时候写过遗书？这一定是假的！"

宋世仁看着明家少爷皮笑肉不笑地说道："果不其然，有人连看都没看，就开始说是假的了……难不成明少爷是神仙？"

明兰石听着宋世仁的话，拂袖大怒道："这份遗书定然是假的！"

宋世仁听他如此说话，知道自己最担心的局面没有发生，如果对方不纠结于遗书真假，而是如自己先前所言，咬定夏栖飞捡到遗书，冒充早死的明家七公子来夺家产，这才最难应对。如今明家少爷大惊之余，只顾着说遗书真假，而没有指摘夏栖飞拾遗书冒充……如此一来，只要自己能证明遗书是真的，那就行了。

今日他在堂上看似胡闹，其实说的每一句话、每件事情的顺序都大有讲究，只有这样才能将局面引向正确的方向。庆国第一讼师，果然名不虚传。

苏州知州满脸铁青让双方讼师走近大案，道："书证已在，只是不知真假……"

宋世仁今天注定不会让知州大人痛快，截道："是真是假，查验便知，何来不知？"

陈伯常毕竟是江南出名的讼师，此时已从先前的震惊中醒过神来，知道宋世仁今天用的是打草惊蛇之计，立即应道："大人，对方既然说这是明老太爷的遗书，那当然要查验，此时明家少爷在场，何妨让他前来一观？"他转向宋世仁温和地说道，"宋先生不会有意见吧？"

"只要明少爷不会发狂将遗书吞进肚去，看看何妨？"宋世仁眯着眼睛笑道，"陈兄的镇定功夫，果然厉害。"

"彼此彼此。"陈伯常微笑着应道。

苏州知州听不明白这两大讼棍在互相赞美什么，只有宋世仁与陈伯常两人清楚，既然是打家产官司，证明夏栖飞身份只是个引子，家产究竟归于哪方才是重要戏码，而就算夏栖飞拿出来的遗书是真的，依照庆律明家几乎还是站在不败之地。

所以陈伯常并不惊慌，宋世仁并不高兴，都知道长路漫漫还在日后。

这时候明兰石已经走了过来，满脸不安地开始查看着桌上的那封遗书。明园中还留着当年老太爷的许多手书，明家子弟日日看着，早就熟烂于心。他一看遗书上那些瘦枯的字迹，便知道确实是爷爷亲笔所书。而那张遗书的用纸，确实也是明老太爷当年最喜欢的青州纸……明兰石的面色有些惶然，对知州大人行了一礼，退了回去。

陈伯常凑到他耳边轻声问道："是真是假？"

"只怕……是真的……"明兰石这些年开始替家族打理生意，心志被磨砺得颇为坚毅，不过刹那便感觉到了一丝古怪，又联想到父亲曾经透露过的一些当年秘密，脸色古怪起来，压低声道，"不对……这是假的！"

陈伯常异道："怎么回事？"

明兰石脸色阴沉着说道："我家那位老祖宗的手段……哪里还会留下什么遗书！"

陈伯常一怔，知道对方说的是明老太君，一想确实如此，如果明老太君当年要动手，第一件要务肯定就是搞定遗书，这封遗书按道理来讲根本不可能还在这个世界上。

"这封遗书……"

明兰石神情黯淡地说道："和那个稳婆一样，只怕都是监察院做的假货。"

至此，他才明白监察院为了夏栖飞花了多少精力，做了多长时间的准备。那封伪造的遗书，光是那纸张的做旧与材质选择都是极复杂的工艺。这种青州纸早在十年之前就已经停产了，谁知道监察院还能找得出来！而监察院用的手段够厉害，也更是无耻到了极点，一路作假到底……这天下还有公理吗？

明兰石悲哀地想着，眼里不自禁地浮现出一个人，那位年轻清秀的钦差大人，好像正站在某一处满脸温和地看着自己。只见他双唇微张，似要吃一顿大餐。

遗书既出,当然要查验真假,苏州府已经派人去明园与当年明老太爷的手书比对笔迹。又依照宋世仁的意见,去内库转运司调取当年的标书存档签名,同时请监察院四处驻苏州分理司的官员前来查看这封遗书的年代以及用纸。

世人皆知,监察院最擅长进行这种工作。既然擅长作假,当然也擅长辨假,只是本来就是监察院做出来的假货,又让监察院来验,等若是请狼来破羊儿失踪案。

苏州知州在心里大骂,又不敢直说监察院的不是,只好允了此议,然后又另派人去请都察院巡路御史以及江南总督府那位厉害的刑名师爷来判断遗书真假。

苏州府审案因为遗书的出现暂时告一段落。查验遗书需要时间,围观的百姓赶紧去茶铺买茶水和烧饼,准备吃饱喝足后,再回来看这场大戏。

明家送来了食盒,明兰石食之无味地吃着饭,不知道陈伯常在他的耳边说了几句什么,他的精神才好了些。这边华园也不避讳,给夏栖飞送来了食盒。宋世仁看了明家人那边一眼,对夏栖飞轻声道:"遗书一出,夏爷的身世便能昭告天下了。"

夏栖飞眼中的激动神色一现即隐,感激道:"辛苦先生。"

"不过……"宋世仁正色地说道,"这并不代表就能拿回属于您的东西。"

夏栖飞明白他的意思。

宋世仁叹道:"庆律疏义户婚例里,对家产承袭的规定太死,对方乃是长房长子,有绝对的优势。就算您手中有那封明老太爷的遗嘱,也不可能让官府将明家家产判给您,更何况这些江南路的官员们……看模样早就站在了他们那边。"

夏栖飞坚定地说道:"今日若能为夏某正名,已是意外之喜,家产一事全依先生所言。大人也说过此事是急不得的,只要遗书确认,这官司不打也罢。"

宋世仁微笑着摇头道："打是一定打的，就算明知道最后打不赢，也要继续打下去，要打得明家焦头烂额，应对无力，这点能力在下还是有的。"

宋世仁虽然说得轻松潇洒，暗里也是一肚子牢骚。小范大人千里迢迢召他来江南，谁知道要打的却是个必输的官司！而且范闲还命令他将这官司拖得越久越好。他这一世在公堂之上只输给过范闲一次，如今又要因为范闲的原因输第二次，想着便是满腹哀怨，可是没办法啊！小范大人出手如此大方，如此明主自己怎能不投？

下午，由监察院官员、苏州府官员、都察院御史、江南总督府刑名师爷组成的联合查验小组，对着那张发黄的纸研究了许久。

首先是比对笔迹以及签名。明老太爷枯瘦的字体极难模仿，而且细微处有极个人的书写习惯，比如所有的走之底尾锋都会往下拖等等，这些都在这张遗书上得到了充分的展现。而且用纸也确实是早已停产的青州纸，总督府刑名师爷从发黄程度与受潮程度上判断，遗书书写时间与夏栖飞所称的年头极为相近。最关键的是那方印鉴，在同明园拿来的明老太爷的印鉴比对后，竟是丝毫不差！

但就是这丝毫不差，让经验丰富的总督府刑名师爷发现了些问题，一封遗书存放了十几年，印章颜色确实应该老旧微淡，但细微处的滑丝居然还和现在的印鉴丝毫不差……这也太诡异了。不过这位师爷明白事情复杂，而且也算不得疑点，所以没有声张。苏州府与都察院的官员们一心想证实这封遗书是假的，最后甚至动用了内库特产的放大型玻璃片，却依然找不到一丝漏洞。

众官员商议一番后，达成共识，苏州知州不得已在公堂之上宣告遗书是真的，那么夏栖飞自然也真的就是明家那个早应该死了的七公子——明青城。

第十章 杀袁惊梦

江南三月最后的一天,春雨润地无声,落于华园亭上,轻柔得像情人互视的眼波。亭下有一对男女,躺在两把极舒服的椅子上说着话。

"我总觉得我的生命中缺少了某些东西。"

海棠看了范闲一眼,说道:"你这一世可称圆满,有什么缺憾?"

范闲细思这一世过往,确实称得上是意气风发,要钱有钱,要权有权,要人有人,旁人能有的享受自己都有,旁人得不到的享受自己还是能有,但不知道为什么他就是老大的不满足,心中那个不知名的渴望却越来越重。

人的一生应当怎样度过,他自忖是清楚的,现在却有些不确定,他说道:"以前有位皇帝老糊涂的时候回思过往,说自己有十大武功,可称十全老人。人家可是位皇帝,比我要嚣张得意多了,但我不想当糊涂鬼,也不认为世上真有十全之事。"

"你想当皇帝吗?"海棠微微一笑,就问出了跟在范闲身边的所有人,哪怕是王启年这种心腹之中的心腹都不敢问的问题。

范闲沉思不语。海棠觉得他真是个妙人,听到自己一个北齐人问出这种大逆不道的问题,竟是一丝遮掩也没有便思考起来,若让旁人瞧见,定会认为他已经生出不臣之心。

"当皇帝太累。"范闲没用多长时间便得出了结论,摆手道,"你家的皇帝、我家的皇帝，好像过得舒服，实则耗神耗力，活得没什么意思。"

海棠笑道："我看你当这个钦差比当皇帝也轻松不到哪里去。"

范闲苦笑着回道："当皇帝要见万人死于面前而心不乱，这一点我还真做不到。"

海棠立马回道："你不是一向在我面前自诩心思狠戾？"

"杀十几人、杀一百人，我能下得了手。真要让人间变成修罗场，我不知道到时候自己有没有这个狠气。所谓量变引起质变，我以前和你说过的。"

他不想再继续这个无趣的话题。

亭下渐静。

很久后，一位监察院官员穿着莲衣默默地出现在后园入口，雨水打湿了官服，那股阴寒气更浓了，此人正是刚从京都来的邓子越。

"看样子你又要继续忙着计划少杀人了。"海棠也不等范闲回话，自然地将两只手揣入大兜，拖着步子，摇着腰肢，运起村姑步离开了亭子。

范闲望着她渐远的背影，发现她鬓角的发被打湿了，看来没有运天一道真气，所谓亲近自然便是如此。只是脚上的布鞋没有被积水打湿，终究还是不彻底。

邓子越见海棠离开，才走到亭前，禀道："和昨天一样，今天堂上还是在纠缠那些庆律条文，宋世仁在场面上没有落什么下风，但实质上也没有什么进展。只要苏州府抱住庆律不放，夏栖飞就算有遗嘱在手也不可能打赢这场官司。"

范闲点了点头，随后便陷入了沉思中。

今天是三月的最后一天，轰动江南的明家争产一案已经进行到第四日。经历了第一天的疾风暴雨之后，后几日的审案陷入了僵局。

当日，宋世仁用那封遗书确定了夏栖飞乃明家后人，这个消息马上从苏州府传遍了江南。如今所有人都知道明家七少爷又活了过来，而且在和长房争家产。

只是庆律依经文精神而立，嫡长子的天然继承权早已深植人心，也明写于律条之上，那封遗书似乎已经发挥完了它的历史作用，对夏栖飞再难起到很大的帮助。

如果夏栖飞想夺回明家庞大的家产，等若是要推翻千百年来人们一直遵循的规矩。而这个规矩根本不可能被一个人推翻，范闲不行，就连庆国皇帝都会有所忌讳。如果以这个案例破除了嫡长子的天然继承权，影响之深远难以想象……

范闲忽然想到，如果明家的争产官司影响继续扩展，以至于引出一场思想解放的大辩论，那宫中那位太子殿下的天然地位？他倒吸一口凉气，这个计划是言冰云拟定，同时经过了陈萍萍的首肯。那位老谋深算的老跛子不会想不到这件事情的后续影响，莫非……老跛子是领会了皇帝的意图，这就开始动摇太子天然继承的舆论导向？

江南明家的事情很大，如果影响到皇位的传承，那就更可怕了。因为母亲的关系，范闲不可能眼睁睁看着太子继位，皇后变成皇太后。但在当前的局面下，如果太子觉得自己在江南打这场官司是针对自己，极有可能捐弃前嫌与长公主、二皇子联手。

他本来给宋世仁的交代就是，尽量将这官司拖下去，将这个案情打得轰轰烈烈，影响越大越好。如今才发现这件事情的背后隐藏着老跛子的想法。他是信任陈萍萍的，但是陈萍萍一直基于某个要保护他的理由，有很多事情都没有对他点明。

"看来事情暂时消停后，我真的要去一趟梧州。"他越发觉得父亲安排自己去梧州见岳父无比英明。如今远离京都，能帮自己解决问题的也就只有那位岳父。

邓子越看出大人对明家之事有了不一样的想法，便请示道："是不是让宋世仁把官司结了？夏栖飞如今被确认了明家七子的身份，过些日子由监察院出面让他祭祖归宗，依庆律明家总要给他一些份额，就算那些份额不多，但也达到了大人先前的目标。"

范闲听着邓子越的分析略感安慰,却没有回答他的问话,反而仔细地问道:"让四处安排夏栖飞……噢,明青城与明家老四见面,这件事情怎么样了?"

夏栖飞既然要打入明家内部,当然要与某些人联手,范闲对豪门大族的阴秽勾当了解得不是很细致,但前一世的时候香港无线的电视剧不知道看了多少遍。

邓子越回禀道:"已经接上头了,下月初见面。"

范闲沉默片刻,沉声道:"那就让宋世仁把这场官司继续打下去,声势越大越好。给苏州府压力不让他们强行结案,一直打到全天下的士绅百姓都开始想那个问题。"

邓子越有些不解,问道:"大人,什么问题?"

范闲突然发现自己说漏了嘴,也不打算瞒着这个亲信,微笑着说道:"我想让全天下的人都开始思考一个问题,是不是嫡长子,就天生应该继承家产。"

邓子越身为启年小组的主事官,对范闲的一切都了解得十分清楚,稍一琢磨,便品出了其中味道,大惊地劝道:"若让宫中疑大人……之心,那可不好收场。"

范闲平静地说道:"子越,你似乎忘了本官姓范不姓李,不要担心太多,至于疑我之心……宫里的贵人们最多也就生气我这个先生当得不好。"

他想开了,迟早是要和东宫对上,先依着陈萍萍的意思刺刺对方。反正以他如今的权势地位,只要不谋反没人能把他怎么样。更何况就算有人会认为他造这种舆论是为了自己的将来,但更多的人只会认为他是在为三皇子做安排。

"这件事情不要禀告院长大人。"范闲命令道。

邓子越根本无法掩住自己的惊惧,夺嫡的宣传攻势正式开始,这可不是小事!

范闲忽然摇了摇头,道:"或许是我把这事情想复杂了。"

邓子越苦笑着说道："那个宋世仁遇着陈伯常，真可谓是将遇良才，双方打得是火星四溅……如果他们在堂上辩的内容传扬开去，只怕还真会惹出些事来。"

范闲来了兴趣："那我得去瞧瞧，你去喊三殿下还有大宝去苏州府看热闹。"

邓子越苦笑着领命。

在细雨的打扮下，三辆全黑马车离了华园，慢悠悠驶到离苏州府衙最近的那条街上。苏州府在暂时休息，众人并不着急，决定先去用午膳。

虽是最近的食街，隔得依然有些远，坐在新风馆苏州分号的三楼，范闲倚栏而立，隔着层层雨幕看着苏州府方向，恼火道："我又不是千里眼，这怎么看热闹？"

邓子越听着提司大人斥责，苦笑道："这已经是最近了……总不好三辆马车开到苏州府去，惊动官府，百姓侧目，实在说不过去。"

范闲叹道："早知如此，在家里享受杨继美的厨艺就好，何必冒雨出来。"

正说着，身后有人拉了拉他的衣角，他回头一看是大宝，问道："大宝，怎么了？"

大宝咧嘴一笑，憨态可掬地说道："小闲闲……这……家也……有接堂包。"

大宝用粗粗的手指头指了指桌子，桌上摆满了小菜与几个不大的蒸屉。每个蒸屉里放着独一个大白面包子，热气腾腾，鲜香渐溢。

范闲叹了口气，坐回大宝身边，用筷子将滚烫的包子分开，又取了个调羹将里面的汤勺到大宝的碗里，道："这也是新风馆，只不过是在苏州的分号。"

一直小意侍候在一旁的新风馆掌柜赶紧殷勤地说道："是啊，林少爷，虽然江南隔得远，但味道和京都没什么差别，您尝尝。"

大宝咕哝了几句，便对面前的包子开始发动进攻，将这位掌柜晾在了一边。倒是范闲有些好奇，问道："掌柜的，你怎么叫得出来林少爷这三个字？"

掌柜讨好道："提司大人这是哪里话？在京都老号，您老常带着林少爷去新风馆吃饭，这是小店好大的面子，老掌柜每每提及此事都骄傲无比，感佩莫名。小的虽然常在苏州，但也知道您与我们新风馆的渊源，哪敢不用心侍候？"

京都监察院一处衙门街对面便是新风馆，范闲时常带着大宝去吃他家的接堂包子。其时世风，但凡权贵不拘何时都要大摆排场、大开宴席，像范闲这等对接堂包子和炸酱面如此感兴趣的有钱人实在是不多见。

新风馆味道极美，在庆国也开了三家分号，生意却是一般，直到后来时常接待范闲与林大宝，新风馆很快有了好大的名气，不知引来了多少学生士子，要坐一坐诗仙曾坐过的位置，要品一品小范大人念念不忘的包子，新风馆上下自然喜不自胜。

这位苏州分号的掌柜知道范闲来了，自然马屁如潮，拍得范闲极为舒服，一时间，竟是连看不到苏州府那场戏的郁闷也消了大半。

范闲在吃面条，大宝在啃包子，三殿下却是以极不符合他年龄的稳重，斯文地吃着一碗汤圆。思思领着几个小丫鬟喝了两碗粥，便站到了檐下，看着自天而降的雨水，把手伸出檐外接着，嬉笑欢愉，好不热闹。

范闲听着身后传来的欢笑声，心情也好了起来，挥手招来邓子越，说道："苏州府应该已经开始了，你派人去听听，最好抄点什么回来看看。"

邓子越立刻去安排人手。范闲又挥手让高达等几个虎卫去旁边吃饭，自己则回头继续吃面条。海棠不知道去了哪里，此时的新风馆里都是范闲的下属、下人与亲人，他轻松快活地赏着雨，挑着白生生的面条，将心中思虑全数抛开，再次在大宝的碟子里抢了块肉馅吃了，大宝依然如往常那般不吵不闹，大大的个子表示着小小的幽怨。

大宝吃完了包子，范闲温和地问道还要不要，大宝摇了摇头，范闲便从怀里取出手绢，细心地替大宝将嘴边的油水擦掉。

三皇子看着这一幕画面，颇感诧异。旁边一桌子的虎卫们也愣了愣。

很多人都知道范闲对大舅哥很好，但真看到这场景，还是无法将他与那个阴狠可怕的监察院权臣联系起来。以往在新风馆吃饭的时候，这一幕曾经感动过邓子越、触动过沐铁，自此之后，虎卫们与三殿下对范闲或许也会有些新的看法。

这绝对不能简单地用"爱屋及乌"来解释，虽然范闲确实极喜爱自己的妻子——这些细节如果是范闲一直用来伪装、收买人心的举动，根本没有人会相信，而常年这样发自真心地做，那人如果不是大奸大恶，就是大圣大贤，范闲会是哪一种？

江南水乡，多雨之季，不可能有春雨贵如油这种现象。

范闲看着檐外的雨水，心思转到了别的地方。院报里说得清楚，今年大江上游的降水不是很多，对灾区的复耕会产生一些影响，但暂时不用担心春汛这头可怕的怪物，对修复河堤、疏浚河道来说是极好的消息。

杨万里应该刚刚入京都报到，还需要些时间才能到河运总督衙门。至于河工需要的银子……此次内库招标比往年多了八成，明面上的数目已经封库，经由一系列手续运往京都，先入内库再由皇帝明旨拨出若干入国库，然后发往河运总督衙门。

而在暗中，在监察院与户部的通力合作下，有一大笔银子经由不同途径直接发往了河运所需之处，所用名目也都已经准备好了。这笔银子里有一部分是内库标银，还有一大部分是范闲通过海棠向北齐小皇帝暂借的银子，至于还钱……那还要等夏栖飞与北边的范思辙打通环节后，用内库走私的货物慢慢来还。

这些事情范闲做足了遮掩的功夫，与北齐有关的事情更是掩得密密实实，绝不会让朝廷听到任何风声，但运银往河工早在给皇帝的密奏中提过。此举他并无私心，一两银子都没有捞，而且整件事情无人知晓，根本不可能邀得任何名声……所有好处全归庆国百姓得了，归根结底也是让皇帝陛下得了，皇帝自然默允了此事。

范闲唯一需要向陛下解释的问题就是这一大笔银子他究竟是怎么搞到手的。他早在谋划之初就做好了安排，一部分归于这两年的所得贿银，一部分归于年前抄崔家得的好处，一部分归于下江南后在内库转运司里所刮的地皮。如果与皇帝对不上账，范闲还有最后的一招，就说这银子是五竹叔留给自己的。谅皇帝也不可能去找五竹对质，如果河工修得好，说不定龙颜一悦，还会还给他一部分。

关于明家，范闲自然也有后手正在慢慢进行，只是目前被那场官司掩住了。而且对付明家确实是一件长期的工作，只能逐步蚕食，如果他手段太猛，将明家欺压得太厉害，影响到江南的稳定，只怕江南总督薛清会第一个站出来反对。

对王朝统治来说，稳定向来是压倒一切的。

明家的存亡并不在江南的这场官司，而在于京都乃至宫中的各方角力，如果明家的主子——长公主与皇子们彻底失势，明家自然难保自家的一篮子鸡蛋，如果范闲输了，明家自然会重新扬眉吐气，夏栖飞也只能再次逃出苏州城，变回那个水匪。而如果范闲与长公主之间依然维持目前不上不下的状态，明家就只能像如今这样被压得苟延残喘，却不会轰然倒塌。

"大人。"

一声轻喊将范闲唤醒，看到栏外的天光黯淡了许多，不仅是雨大了的缘故，亦是天色已晚，他这才知道自己这番思考竟花了这么多的时间。想到此节他不由叹息一声，海棠说得对，自己这日子过得比皇帝也轻松不到哪里去。

看了一眼已经玩累了、正伏在栏边小憩的思思，范闲用眼神示意一个小丫头去给她披了件衣服。又看了一眼正和三皇子扭捏不安说着什么的大宝，这才振作精神，拿出看戏的瘾头，对邓子越问道："那边怎么样？"

邓子越笑着将手中的纸递了过去，凑到他耳边说道："这是记下来的当堂辩词……大人，您看要不要八处将这些辩词结成集子，刊行天下？"

这是一个很毒辣大胆的主意，看来邓子越终于认可了范闲的想法。既然监察院在夺嫡中再也无法像以前那些年保持中立，不如干脆开始做事。

范闲笑骂道："只是流言倒也罢了，这要印成书，宫中岂不是要恨死我？"

听到"宫中"二字，三皇子往这边望了一眼。范闲装作没有看到，叹道："说到八处……在江南的人手太少，那件事情直到今天也没有什么效果。"

这说的是替夏栖飞扬名一事，范闲本以为八处在京都的流言战中可以打得二皇子毫无还嘴之力。如今有夏栖飞丧母被逐的凄惨故事做剧本、有苏州府判词做证据，应能在江南一地闹出极大声势，将明家这些年营造的善人形象毁掉。没料到明家的实力在江南果然深厚，竟也派了很多位说书先生在外与八处对着说，反正就是将这场家产官司与夏栖飞的黑道背景、京都大人物的阴谋联系起来。就这般乱战了些日子，竟是范闲的名声差了许多，江南百姓虽然相信了夏栖飞是明家七子，却认为夏栖飞今年忽然跳出来，是因为以范闲为代表的京都官员意图夺取江南的财富。

范闲想到这事便觉好笑，看来那位一直称病在床的明家主人明青达果然对自己的行事风格非常了解，应对手段与速度也是非常惊人，这是早有准备。

大势不可挡，范闲轻松地把与明家的争执看作一场游戏，对明青达没有太多敌意，反有些欣赏，待将邓子越呈上来的纸看了一遍后，更是忍不住笑出声来。

江南多妙人，京都来的宋世仁也不差，这苏州府里的官司竟已经渐渐脱离了庆律范畴，开始向陈萍萍希望的方向发展。双方引经据典，言必称前魏，拱手必道庄大家，哪像是在打官司，竟像是在开一场殿前的经筵！

对方争论的焦点，当然就是嫡长子继承权这个深入人心的概念。范闲笑着摇摇头，眼前仿佛浮现出苏州府衙里紧张中又带着几分荒唐意味的审案场面。

苏州府公堂上，辩论会还在开，这已经是第五天了，双方主将都有些疲惫，于是开堂的间隙也比第一日要拉长了许多，说不了多少，便会有人要求休息一下。

知州大人明白夏栖飞那边是想拖，但没有任何办法，钦差大人专程传谕要自己奉公断案，断不能胡乱结案，这明显是最严厉的警告，他哪敢拒绝。

既然不能胡乱结，当然要由得堂下双方辩。可一个宋世仁，一个陈伯常，都是出名能说的角色，任由他们辩着只怕可以说上一整年！

知州大人麻木了，也看淡了，每逢双方要求休息，都会面无表情同意，还盼咐衙役端来凳子给双方坐，茶水小食之类的东西更不会少。

明兰石面色铁青地坐在凳子上，这些天他也被拖得极惨，根本顾不得家里的生意。那几位叔父都是吃干饭不做事的废物，偏生内库开标后往闽北进货的事情需要重要人物坐镇，于是一直称病在床的父亲只好重新站了出来，主持这些事情。

他们以为钦差大人想用这官司乱了阵脚，也没有什么太好的应对方法，只好陪着对方一直拖。看这局面，官司或许还要拖个一年都说不定，反正不会输就好。

这时候轮到了明家方面发言，那位江南著名讼师陈伯常面色略显灰白，看来这些天费神太多，从学生手中取过滚烫的热毛巾使劲擦了擦脸，重新振作精神，走到堂间，正色说道："古之圣人有言所谓五伦——父子有亲，君臣有义，夫妇有别，长幼有序，朋友有信。夏先生被认定为明家七少爷，但父子之亲与明家长房并无两端……"

话还没有说完，那边厢的宋世仁阴阳怪气地截道："不是夏先生，是明先生，你不要再说错，不然等案子审完后，明青城明七老爷可以继续告你。"

宋世仁的脸色也不怎么好看，双眼深陷，双唇微干。对方是本地讼师，不知道有多少人帮忙，他此次来江南，书童与学生都来不及带，虽有监察院书吏帮忙，但在故纸堆里寻证据，在经文里找帮手总是不易，连战五日，便是他精神也有些挺不住了。

陈伯常也不急，笑吟吟地向夏栖飞行礼告歉，又继续道："但'长幼有序'这四字，却不可或忘，明青达明老爷子既然是长房嫡子，当然理所当然有明家家产的处置权。礼记丧服四制有云，天无二日，土无二主，国无二君，家无二尊。"他越说越来劲，声音也越发激昂，"自古如是，岂能稍变？庆律早定，夏……明先生何必再纠缠于此？还请大人早早定案才是。"

宋世仁有些艰难地从椅中站起，缓步走到堂前，难掩疲惫又不失傲然地说道："所谓家产，不过'袭位析产'四字，陈先生先前所言，本人并无异议，但袭位乃一桩，析产乃另一桩，明老太爷当年亦有爵位，如今已被明青达承袭，明青城先生对此并不置疑，然袭位只论大小嫡庶，析产却另有说法。"

陈伯常一听禁不住心生怒气："袭位乃析产之保，位即清晰，析产之权自然呼之欲出。"

袭位与析产，乃是继承之中最重要的两个部分。

"可析产乃袭位之基，你先前说庆律，我也来说庆律！"宋世仁一拍手中金扇，高声道，"庆律辑注第三十四条明规：家政统于尊长，家财则系公物！我之事主对家政并无任何意见，但这家财实系公物，当然要细细析之，至于如何析法，既有明老太爷遗嘱在此，当然要依前尊者！"

陈伯常的气不打一处来，哪有这般生硬将袭位与析产分开来论的道理？

"庆律又云：若同居尊长应分家财不均平者，其罪按卑幼私自动用家财论，二十贯杖二十！"宋世仁看着明兰石一字一句道，"我之事主自幼被逐出家，这算不算刻意不均？若二十贯杖二十……明家何止二十万贯？明园究竟有多少个屁股够打！"

明兰石大怒起身。宋世仁却转了方向，对着堂上的知州一礼再道："此乃庆会典，刑部，卑幼私擅用财条疏中所记，大人当年也是律科出身，应知下民所言不非。"

不等明家再应，宋世仁又傲然道："论起律条还有一例，庆律疏义户婚中明言定，即同居应分，不均平者，计所侵，坐赃论减三等！这是什么罪名？这是盗贼重罪。"

陈伯常暗里佩服极了，想不到对方生生把一个简单无比的家产官司割成了袭位与析产两个方面，然后在两面之间像个猴子一样地跳来跳去，步步紧逼，而且竟然连多年前的那些律法小条文都记得如此清楚。要知道刚才宋世仁说的那几条庆律，都是朝廷修订律法时忘了改过来的东西，只怕早已消失在书阁的阴暗角落里，却被对方找到了，而且在公堂之上用了出来——天下第一讼师果然厉害！

宋世仁眼窝深陷，疲态尽显，将官司打到如今程度，他已耗尽心力，不过终于是找到了突破口。袭位析产非常复杂，他生出些许把握，就算那封遗嘱最后无效，自己也可以试着打出个"诸子均分"的结果——明家的七分之一可不是小数目。

他不知道范闲的野望，但能得钦差大人如此看重，他自然要把这官司打得漂漂亮亮，为自己的人生写上美丽光彩的一笔。能参与到明家争产案中，对讼师来说已经走到了峰顶，如果不是朝廷内部势力相争，他连参与的机会都没有。所以他的身体非常疲惫，精神却有一种病态的亢奋。但如果他知道自己在江南打的这场官司，会与宫里的那把龙椅扯上关系，就算能青史留名，也只怕吓得赶紧隐姓埋名溜掉。

正所谓，家产大家都想争。不管是明家的，还是皇家的。

就像范闲经常说的那句话，不管发生了什么事，生活总要继续。

当时光迈入庆历六年的第四个月份后，江南和往年比没有太多的变化，轰动一时的明家争产官司还在继续，内库开标后各路皇商的收货行销也在继续，官员们还在偷偷摸摸地收着银子，苏州市民们还在唾沫四溅地议论着国事家事房事。

明家争产官司打得太久，双方折腾也太久了，失去了最开始的新鲜刺激感觉，每天守在苏州府衙外的职业围观群众越来越少，知州大人以及双方的讼师都快要受不了这种折磨，由每日开堂变成了三日开堂再到如今已经六天没有开堂。

宋世仁与陈伯常还在各自靠山的帮助下，扎在故纸堆与发霉的庆律之中寻找着对己方有利的证据，而明家与夏栖飞的重心已经从官司转移出来。

明家知道不能再被钦差大人把自家全部精力拖在家产官司上，于是强行振作精神，开始打理今年一定会亏本的内库生意，只求能亏得少一些。

夏栖飞也开始学习做生意，他已然成为了江南除明家外最大的皇商，往年崔家行北线路绝大部分都被他接了下来。要重新打通各郡州关防线路、要与北方商人接头，虽有监察院在幕后帮助，依然是极其复杂的工作。

离开苏州的前一天，夏栖飞以明家七少爷的身份请还停留在苏州城里的江南巨商们吃了一顿饭，其夜冠盖云集，马车络绎不绝，直直夺了苏州城的七分富贵气，而这些富贵气全都聚集在了他请客的地方——抱月楼苏州分号。

抱月楼苏州分号延迟数日后终于开业了。这座楼原本是明家的竹园馆，苏州城里最热闹的地方，史阐立拿着那五万两银子四处打理，官府也给足了范闲面子，一路挥手放行，装修一毕就应该开业，只是中间出了些问题，才拖到了今天。

可问题是，抱月楼没有一个拿得出手来的头牌。没有头牌撑着，想在江南一炮打响的抱月楼断然不能直接开门，所以一直等到桑文来了江南，凭着她在行业里的江湖地位才吸引了几位江南曲乐大家。石清儿又从京都费神请了位流晶河新近崛起的红倌人、大皇子从西胡那边抢过来的一位西胡美人儿来了苏州，这才稍有了些底气。

这天夜里，夏栖飞宴请一众江南巨富，恰好为抱月楼开业做了个极漂亮的开场。这个声势一出，那些自命风流富贵的公子哥和官宦子弟明日还不得拥过来？

那位新当红的倌人姓梁名点点，年不过十六，天生一股风流味道，稚气尚存的眉眼间凝着一丝媚意，偏在媚意中又隐着一丝冷，甫一出道便震动了京都欢场，被誉为自袁大家袁梦和一代青楼传奇司理理姑娘之后，最有希望成为花魁的人物。这位梁点点姑娘还没来得及在京都风光，便被抱月楼强行买下送到了苏州，心里难免有些不舒服。不过欢场女子都知道抱月楼背景，哪敢争些什么。倒是来了苏州后就与桑文掌柜签了一个极新奇的合同，让这位姑娘大感意外，那些条款似都是对自己好的……世上哪里有这么好的老鸨？

那位来自西胡的美人，与中原女子生得差别颇大，眼窝深陷却不突兀，极深的轮廓加深了面容的诱人程度，微黑的皮肤极其顺滑，如黑珍珠般动人，而且这位西胡美人儿的身材实在是曲致十足，前凸后翘，让习惯了清淡口味的庆人大受震撼。当然这位西胡美人的来历也很是不一般，姓玛名索索，竟是西胡一个部落的公主！

大皇子领军西征，不知道征服了西胡多少部落，第二大的部落头领为了表示投降的诚意，就将自己的宝贝女儿献给了大皇子，有些献亲的意思。不料大皇子不懂情趣，竟是将敌人的女儿当成女奴般看待，与北齐大公主成婚后，更是不方便将这个西胡美人儿留在王府中，一听说范闲在江南开青楼急需，便赶快送到了苏州。

两位姑娘由京都至苏州的路上，监察院八处已经帮范闲做足了宣传，八处对明家办法不多，要把这两位姑娘塑造成只能天上有，人间绝对无的绝世佳丽却是小事一件。

前些日子，史阐立让两位姑娘往苏州城外踏青，也是造声势的一种手段。一路上，跟着抱月楼马车的登徒子不知凡几，马车前后的原野尽数被那些男子的脚或马蹄踏成了平地，所谓踏青还真是踏平了青草，江南人的兴趣终于被吊了起来。

今日抱月楼分号开业，两位头牌姑娘却没有出去见客。

就连泉州孙家、岭南熊家这样身份的人，都没有资格让她们出去陪着稍坐一会儿。因为她们都乖巧安静地坐在一位年轻人的身边，温柔抬腕抬杯，喂他进食饮酒。

在这年轻人面前，两位姑娘纵使再幽怨也不敢展露一二，就连她们最擅长的诱惑男人的技巧，也不敢施展，因为对方是传说中的小范大人。

被整个江南追捧的两大美人侍候着，范闲作为一个普通男人，要说没想法绝对是在骗人，只不过他现在确实没有什么心情。

他看着梁点点叹了一口气，心想这十六岁的姑娘怎就这般会勾人呢？水汪汪的眼睛像是在说话，忽又想到那个困扰自己许久的问题——朵朵究竟多大了？

回头看见那位西胡美人儿，他忍不住又叹了口气。奴本是西胡公主，奈何如今却身在敌国……玛索索已经认了命，女人在这个世界不过是男人的物事而已，随便转卖。好在这抱月楼并不怎么可怕，桑掌柜与史东家也不凶狠，小范大人生得也着实漂亮，比留在王府中做苦力、被大王妃冷冷看着，不知何时送命要幸福许多。

范闲对坐在对面的桑文叹道："大殿下这是欺负人不是？"

桑文误会了他的意思，温柔地解释道："大人少见胡人，一时有些不习惯，实则玛索索姑娘真的很美丽，大殿下可不是在糊弄您。"

范闲前世不知看过多少西洋美人儿，也曾是阿佳妮姑娘的忠实拥趸，当然能瞧出这位西胡美人儿的吸引人之处。只是大皇子将玛索索送到苏州，说明现在的王府是北齐大公主当家，他想保玛索索一条小命，看来对这位西胡美人纵无情意，也有怜心。这种情况下，难道范闲还真敢让玛索索去接客？只怕还得小心养着，万一哪天大殿下忽然梦回吹角连营，醉里挑灯忆美，再找自己要人怎么办？

"真不让她们出去见客？"史阐立从外面走了进来。他陪那些商人喝了些酒，脸有些红，说话有些酒气，直愣愣地看着范闲。

范闲说道："眼下只是在打名气，不急着出去见客。找些时间，让她们两个出去弹弹曲子，跳个小舞。不过今天熊百龄那几个老家伙可以见见，让他们出银子。"

梁点点与玛索索起身对范闲款款一礼，便在桑文的带领下出了房间。

"妻不如妾，妾不如偷，偷不如偷不着，偷不着不如让人天天看得心痒却依然摸不到……就让江南的男子们先忍几天，学学只可远观不可近亵的道理。"范闲最后对史阐立说道，"男人都很贱，你们如果能明白这一点，这生意就好做了。"

听到这句话，史阐立很是尴尬，又觉得好像颇有道理。

范闲忽然道："放出风声，玛索索是大皇子的女人。"

史阐立大惊地应道："传回京都怎么办？"

"这时候大家都在亮牌面，我就是要让人们知道我与大皇子的关系不错……关键是，他们两口子的家务事，凭什么让我来揩屁股？"范闲冷笑道，"我与大公主一路南下，知道那不是位善主儿。大皇子看似直爽，却是要用我顶着她，要我出力，当然不能不付一点代价。"

抱月楼扩张的目的当然不是挣钱或者洗钱，范闲是希望这座楼子能够成为自己的第二套情报系统。他在内心深处始终无法完全信任监察院，因为自己对监察院的管辖权，在目前局势下依然是皇帝一句话的问题。所以装修的时候，黄铜管已经按照京都老楼的设置铺好了，父亲那边派过来负责收集情报的人手，瞒过了监察院的官员，抢在姑娘们之前就已经进驻楼中。

夜深酒意亦深，前方传来喧哗笑闹之声，他的房间却是异常安静。

他起身去床后的马桶清空了存货,从柜中取出久违的"工作服",找回暌违半年的感觉后,才推开窗户,手指抠住外墙,像只壁虎般向着楼下黑暗中滑去。

自从经脉大伤之后,他运行真气便开始小心起来,没必要的情况下不再尝试着将真气吐出掌面再收回,这种法子实在是太耗心神与真气。

不多时他落到地上,推开后门,在巷中看到那辆马车。邓子越坐在车夫位置上,戴着一顶草帽,遮住了大半张脸。高达在车厢内掀起车帘一角,警惕地望着外面。

范闲闪身而入,说道:"走。"

"大人,您的伤怎么样了?"高达并不畏惧范闲的目光,他的使命就是保证范闲的安全,在确认情况之前,绝对不敢让范闲去冒险。

关于范闲的伤情天下人的说法不一,但绝大多数人都以为他早就好了,真正知道内情的不过寥寥数人,洪公公便是其中一个,让范闲心寒的是皇帝一直保持着沉默。

现在海棠赐了天一道心法,范闲的伤究竟好到什么程度,除了他自己没有人知道。他对高达说道:"没事,她的位置确认没有?"

邓子越道:"她从京都逃出来后,便一直留在苏州,院里没有想到她的胆子这么大,也没想到江南官员敢暗中庇护,所以直到前些天才查实了她的住所。"

范闲冷笑道:"有明家为她作保,江南官员当然要给面子……看来江南的人,还是没有将本官放在眼里。"

高达毕竟是皇帝的虎卫,提醒道:"少爷,咱们是不是应该通知当地官府抓人……刑事案件可不归院里管。"

范闲今天晚上既然敢带他来,就不怕他往宫里说什么,摇头道:"通知官府,说不定又要让她跑了。她是二皇子和弘成的人,刑部的海捕文书对她来说没用。"

"那也应该多带些人。"高达认真地说道,"她既是奉命出逃,身边肯定带着高手，想活捉不容易。"

　　范闲闭上眼睛开始养神，轻声道："我不需要用她来对付明家，死了就好。"

　　高达明白范闲的想法，却无法阻止对方。范闲的目的很简单，既然江南官员暗中都站在自己的对立面，敢为明家做掩护，那他就要通过今天晚上这件事情震慑住对方。

　　对那些官员来说，再没有什么比鲜血与死亡更能彰显监察院的力量。

　　周围陷入死一般的沉寂中，只有车轮碾压石砖的声音轻轻响着。

　　马车驶到苏州城一条街巷外，离那座宅院还有很远一段距离便停了下来。范闲摸了摸靴中的匕首，又轻轻摁了摁腰间的软剑——这把剑是向海棠借的。确认完装备后，他低声道："高达负责外围，不留活口，不准一个人溜走。"

　　高达沉声应了一声。

　　"子越，派去总督府的人准备好了吗？"范闲问道。

　　邓子越应了一声。

　　范闲没有再说什么，闪出马车，迅疾无比地消失在黑夜里。

　　今晚只来了他们三个人，以范闲如今的身份不应该单身前来行险，只是今天的事情必须办得隐秘，而且他想通过这一行动恢复自己在武道方面的信心，同时检验一下于暗中修炼的那套剑法究竟到了什么程度。

　　高达默默也算着时间，估摸着差不多了，便绑好长刀柄上的麻绳，走下马车，像一尊杀神般走到那座宅院的后方。他站在墙下，身体与石墙仿佛融为一体，渐无区别，真气运起，将墙内细微的声音听得清清楚楚。

　　院内偶有一声轻响，就像是提司大人喜欢用的硬尖鹅毛笔划破纸张的声音，如果不是专心去听，一定没有人会注意到这个声音。

　　高达知道，已经有一个人死在了范闲的手下。

　　又是一声闷响，就像是刚刚出炉的烧饼，忽然间泄了气。

　　高达默然想着，难道提司大人用手掌把别人的脑袋开了瓢？

范闲像一只黑夜里的幽灵，悄无声息地在院落里行走，后方的地上倒着几具尸体，尸体上的伤口并不显眼，血流得也不多，但人是真正死了。在他身旁的几间厢房房门大开，熟睡的人们还没有起身，就已经被杀死在床铺上。

一间房里的仆妇与丫鬟也无力地瘫倒在床，身上没有伤口，应是中了迷药。直到此时，院落中仍然没有人发现，已经有一个杀人者来到了这里。

陈萍萍曾经教育过他，谁都无法抵抗一位大宗师级的刺客，而像范闲这样实势俱至九品、自幼研习黑暗技能的刺客，天下也没有多少地方可以挡得住他。

范闲向后院走去，视线落在那些幽暗处。监察院的情报很细致，对这个院子的防卫力量查得清楚，没有什么隐在暗处的人可以逃过他冷漠如鹰隼的双眼。

走过一棵树。树后闪过一人，执刀无声而斩！

范闲眼视前方，右手搭在了腰间，哧的一声抽出软剑，手腕一抖，左脚往后一步，右脚脚跟微转，整个人的身体往左方偏了一个极巧妙的角度，顺势出剑。

这剑有种诡异的味道，与他整个人形成了完美的和谐，剑尖就这样轻描淡写、干脆利落地刺入对方的颈间。

咔嚓一声，那人喉碎无声喷血倒地。

范闲收剑。

整个过程他始终看着前方，没有顾前顾后。

偏厢的门开了，一个人发现了范闲，惊慌怒喝着冲了下来。

范闲平臂，一剑横于胸前，宛若自尽一般古怪，却是挡住了身前所有空门。

下一刻，他向前急冲三步，看似无懈可击的横剑防守顿时变成了恐怖的突杀！

他的精神气魄全在这一剑的转化之中，谁能抵挡？

鲜血一泼，人头落地！

范闲依然面色平静，向右方轻点两步，真气自雪山处疾发，自肩胛处迸发出来，将自己的右臂弹了出去，就像是春时苏州城外的硬柳枝被顽童拉下来，再疾弹而回。

如此诗情画意地一弹，他右手握着的剑就像是丹青大家最后落笔的那个墨点，轻轻洒洒地点了下去，恰好点在又一人的咽喉。

很短的时间，他轻描淡写连出三剑，便杀了三个高手，这究竟是什么剑法？

如果高达此时在院中，一定会惊呼出声。如果海棠看见这一幕，一定会知道为什么最近范闲练功的时候总躲着自己。如果正在江南与影子玩狙杀的云之澜看见这三剑，一定会怔在当场，心想师父什么时候收了这么年轻的一个师弟？

四顾剑。

四顾剑的四顾剑。

顾前不顾后，顾左不顾右的四顾剑。

范闲轻振剑锋，对今天晚上的试练结果相当满意。当初影子刺了他一剑，险些把他刺死，他找对方要的补偿——看来足以弥补了。

这世上不是谁都有这样的幸运，可以学到四顾剑真正的精髓。四顾剑的关键不是剑势更不是剑招，而是步法，唯如此才能完全把所有的气魄集于一把铁剑之中。

范闲隐隐地感觉到，甚至就连步法都不是最关键的。那种顾前不顾后、顾左不顾右的狠劲，那种一剑出必尽全力，杀意纵横向前，神不能阻的魄团才是四顾剑的真义！

所谓四顾，其实便是不顾。

一剑光寒耀庭院，能死的人都死在了这把剑下，只漏了两个人从后墙逃走，范闲没有理会，手执长剑，悄悄地往那间安静的卧室里走去。

后墙外唰唰两声，高达收回长刀，看着身边断成四截的肉块，摇了摇头。

卧室门被范闲推开，他看着刚刚从床上醒来，只来得及点亮红烛，却来不及穿上衣服的那个女子，微笑着说道："袁大家，许久不见。"

被刑部天下通缉、藏于苏州的袁梦，看着这个杀神般的俊美年轻人，有片刻失神，嗓音干哑地问道："小范大人……为什么不肯放过我？"

"很幼稚的问题，不过我愿意回答你。"范闲缓步向她走去，"你手上沾了太多无辜女子的鲜血，父亲大人有命，我们做子女的当然要尽孝道。"

袁梦冷笑着说道："京都的事我不过是受人之命……你那个弟弟，还有你如今正在教的三殿下也不怎么干净，要杀便杀，别用这种大义凛然的话来恶心我。"

范闲平举长剑，道："认命吧。你是坏人，如果我是好人，或许你还有几分机会，但你明白我也是个……坏人。"

袁梦被恐惧笼罩，几绺黑发无力地飘散在额头，忽然开口惨笑道："哈哈哈哈！你想抓住我去对付殿下？告诉你，不可能！"

说完这话，她咬碎牙齿，服毒自尽，身体僵倒在了床上。

范闲心想，没那么复杂，我只是想杀你罢了。他平静地走到床前，挥手用剑刺穿了她的咽喉。

黑夜里一阵不吉利的鸟叫响起，云开月出，树巅偶见黑影掠出。

"上山。"范闲与高达回到了马车上，他对邓子越说道，"安静些。"

邓子越轻轻摆动缰绳，咬着枚子的马拉着车，绕过了死寂一片的庭院往后方行去。那里有一片小山，隐在黑暗之中，又有春树遮隐，很难被人发现。

范闲脱下薄如肌肤的手套，用手套细细擦拭软剑上的血水，确认没有一丝血腥味道，才将软剑重新收回腰间。紧接着食指一弹，粉末落下，手套无声燃烧起来。

高达从椅下取出一个铁桶，放到他的面前。他将燃烧的手套扔入铁桶之中，静静看着渐渐趋小的火焰，眼眸深处的幽火也渐渐熄灭。

没过多久，马车驶上了山岭。下方那座庭院依然安静，里面的人不是死了就是昏了过去，无法发出声音，自然也不会引来什么人。

不知道范闲此时留在这里是准备看什么。

邓子越钻进车厢，默默地坐了下来。

范闲掀起车帘往下方望去，不知道看了多久，仍然没有发现什么变化。

"等对方发现这里的情况只怕还要很久。"邓子越道，"不会来得这么早。"

范闲笑了笑，知道自己确实有些心急，便开始闭目养神。高达取出一张毛毯盖在了他的身上。范闲觉得身体渐渐温暖起来，困意同时来袭，就这样沉沉地睡着了。

第十一章 青娃的梦也醒了

不知道睡了多久，他睁开眼睛，嗯了一声。

邓子越掀开帘布往下方望了一眼，压低声音道："来了。"

范闲掀开毛毯，向那边望去。

那座宅院外来了一个人敲门，敲门的节奏明显藏着某种暗号。那人在宅院门口敲了半天，发现没有人应，似乎有些惊讶与紧张，马上退走了。

范闲等人也不着急，知道对方一定会再回来。果不其然，那人并未走远，只过了片刻工夫，院墙上便多了一个鬼鬼祟祟的脑袋，正是那人在窥看院内发生了何事。

那人犹豫了一会儿，鼓起勇气跳入院中，不多时便发出了一声极低的轻呼，应该是发现了院中的满地尸体与血腥的场面。

院门被用力推开，那人低着头冲向了山下，想来是要去向自己的主子报信。

范闲打了个呵欠，才注意天边已经渐渐泛白，道："天快亮了，对方如果要遮掩这件事情，就得抓紧些。"

邓子越应道："各处都派人盯着了，应该不会有遗漏。"

范闲笑道："你们猜，今天来为袁大家处理后事的究竟有哪些人？"

"苏州府……肯定是要派人来的。"邓子越看着他虽然笑着，眼神却是极冷，劝说道，"大人，这里有我盯着就好了，您还是先回府休息吧。"

范闲笑了笑，没有再说什么。袁梦一死，惊的自然是庇护她的江南官员，但凡能在这么短的时间内知道袁梦死讯、前来处理后事的官员当然就有问题。

江南路到底有哪些人是长公主的亲信，今天晨间应该就能查到少许。

他也是没办法，监察院在江南人手不足，不可能在每家府上都安插奸细，只好用分头监视的方法、杀袁惊梦的手段来查上一查。

苏州府知州大人这些天处理明家争产一案，精神压力极大，心神也耗损过大，一入夜便沉沉睡去，连最宠的三姨太都很少去亲热，所以这天一大早被人从被窝里喊出来时，十分恼火。而当他听到那个消息后，却像被一盆凉水从头浇到脚，所有怒火一瞬间消失无踪，生出极度震惊与深深的担忧。

袁梦死了？那自己怎么向二殿下和世子还有……长公主交代？他一边着急地穿着衣服，一边命人去传师爷过来。等师爷来的时候，他已穿好衣服，当即斥道："怎么过来这么慢？袁梦死了！"

这位师爷当然知道袁梦的过往，苦笑道："死便死了，钦差大人既然来了苏州，那位袁大家还不肯离开，本就是死路一条。"

知州大人皱眉说道："……你的意思是说，是监察院动的手？"

"除了监察院，还有谁能在江南悄无声息地杀死袁大家？"师爷分析道，"大人此时断不可惊慌，反正袁梦已经死了，监察院不可能捉到我们与她之间的关系……如果您此时反应失措，反而会让监察院生出疑心。"

知州想了想道："可总觉得有些古怪，如果是钦差大人动手，为什么没有将袁梦抓住，而是直接把人杀了？钦差大人若想动一动本官，不应如此处理才是。"

师爷也没有想明白这一点，猜忖道："袁梦是二殿下与世子的人，虽被刑部发了海捕文书，天下的官员也没谁敢冒着得罪贵人的危险去抓他。人人皆是如此，大人不必担心……我看或许是袁大家知道自己熬不过监察院的刑罚，抓住机会自尽了。"

"还是得去看看。"知州下了决心，"至少要知道一些细节。"

师爷斩钉截铁地劝阻道："大人不能去。"

知州皱眉道："为何？本官自然不会亮明仪仗去，就要天亮了，不赶紧收拾，传扬开来，刑部那边一定有话要说，监察院也会借题发挥，怎么回应？"

"监察院想借题发挥，今天就不会把这题做成一道死题。"师爷提醒道，"谁知道这时候那边有多少双眼睛在看？大人断然不能，至于善后……我带人去看看。"

知州心想如此确实稳妥得多，便允了此议，却没料到，当那位师爷打扮成一个员外从府后溜出去时，巷口的一个四处密探，早把这一幕看在了眼里。

等那位师爷坐着青帘小轿，来到袁梦避居的宅院外围时，发现附近的几条街上有些奇怪的人。他心头一紧，掀开轿帘一看才放下心来，对行到轿边的一个布衫汉子皱眉问道："到底是怎么回事？怎么人就这么死了？"

那个布衫汉子乃是苏州千总，也是今天被袁梦的死讯从被窝里惊起来的官员之一，甚至是第一个赶到这里的人，听着师爷问话，没好气地问道："你问我，我问谁去？"

师爷下了轿子。二人一看彼此的穿着，忍不住都苦笑起来。师爷微微侧身，遮着自己的脸，低声问道："街上干不干净？"

千总大人道："放心，孩儿们已经清理过了，没有人在旁。"

师爷点点头，便和他往院里走去。入得院中，看着那些满地死尸与惨不忍睹的惨景，师爷恶心欲呕，遮着口鼻，问道："袁梦的尸体呢？"

"在房内。"有人应道。

师爷强忍着恶心与恐惧走入房内，便看见了袁梦死不瞑目的惨状。上前确认人已经死透，他这才放心了少许，叹道："真不知道该如何向京里交代。"

"先处理干净再说。"千总道,"马上就天亮,如果让人瞧见这里,只怕很快就会传遍苏州城,那可就压不住了。"

"明家没有来人?"师爷问道。

"哼,他们怕钦差大人在暗中看着,死活不肯出面。"千总恨恨地说道。

二人走出院门,迎着几个官员,凑在一处面色沉重地商议,总觉得这事是监察院做的,又不应该是监察院做的,议来论去便僵着了,不知该如何处理。

"尸体上的伤口都被戳烂了,只隐约能判断出是剑,却很难确定剑势风格。"一个看模样精于刑名的人物沉声道,"如果是监察院杀人,何必还要遮掩?"

最后还是苏州府的那位师爷拿了主意:"我们都退走,让手下把这里清理干净,如果监察院不管,就把这事埋了,如果监察院真的放钉子在跟……反正与咱们无关,到时候问起来,就说是接到报案,过来查看案情。"

千总呸了一声,骂道:"老子是武将,怎么能来看案情?"

师爷白了他一眼,说道:"谁叫你这么急着赶过来?"

众人开始分头行事,负责清理的清理,负责埋人的埋人,负责回府做文书的做文书,至于最后要不要上报,还是要看钦差大人那边的风声。

然而他们哪里想到,钦差大人一直在庭院后方的那片山岭里看着这边。

范闲没有栽赃东夷城的意思,所以把尸首上的剑伤做了二次处理。也没有让高达看到自己的出手,因为不能让宫里的皇帝陛下知道自己会四顾剑。不然皇帝一定会联想到悬空庙上的那个刺客……那样会带来十分可怕的结果。

黑色马车缓缓从山岭里驶离,范闲冷笑道:"死了一个袁梦,江南官员就惊成这副模样。难道都是长公主养的狗?"

邓子越看了高达一眼，猜到提司大人是想借高达的耳朵向宫中的皇帝抱怨，笑着应道："长公主在江南日久，总会有些心腹。"

范闲问道："今天来的这些人你都瞧清楚了？"

邓子越道："有的人面目有些陌生，不过既然都是官府的人，四处应该能查明白，很快就会有确实消息。只可惜明家太稳，知道这事沾不得，竟是没有来人。"

马车悄然行至华园，范闲有些困了，挥手让二人去歇息，便回了后宅。思思一直伏在桌上等着他回来，见他入屋，赶紧倒了热水让他烫脚。她知道今天夜里的事情不能让人知道，便没有吩咐丫鬟去弄吃的，亲自端来用水温着的燕窝，侍候范闲吃了下去。

范闲两口饮尽碗中糊糊，烫了烫脚，便倒在床上沉沉睡去。直到下午才醒，也不知道这一天，苏州城会因为袁梦的死会发生怎样的变化。

知道他醒了，邓子越有些疲惫地走了进来，将案卷递了过去。

案卷上的是今天清晨苏州城有异动的衙门，范闲忍不住挑了挑眉，骂道："去他妈的，满城官员都是敌，还让不让人过日子了？"

邓子越苦笑道："官员们夹在当中，日子也不好过。"

范闲冷冷一笑说道："名单既已有了，日后他们的日子会更难过。把名单发回京都，让二处开始查老卷，这些家伙哪怕……十几年前贪了十几两银子，也要挖出来。"

邓子越知道大人是真的动怒了，哪敢劝阻，低声应下。

范闲看到最后，更是怒意难抑，将案卷扔到桌上，骂道："果然……果然薛清也知道这件事情，这位大人在墙头摇得还真是欢腾！"

今日杀袁惊梦，江南官场因此透露出来的任何信息都不会让他吃惊。长公主与明家在江南经营日久，官场上自然都是对方的人手。以他的权力对这些并不担忧，真正要看清楚的，就是江南总督薛清在这件事情里到底准备怎么站！

薛清乃封疆大吏，总督江南路数州民事军务，权力极大，就算范闲有钦差的身份拿他也没有办法。如果连他也站在那边，范闲想要收明家就会变得非常困难。

邓子越说道："袁梦想在江南隐藏，这肯定瞒不过薛清。他不愿意得罪大人，肯定也不愿意得罪二皇子，此事并不能说明什么。"

范闲也发现自己的反应有些过度，自嘲一笑道："承你吉言，不过……你还是去安排一下，后天我要再次登门拜访薛清。"

邓子越微微一怔，似乎有话想说。范闲看了他一眼，笑着说道："有什么主意就说，在我面前别玩欲言又止那一套。"

邓子越笑了笑，说道："我看大人最近不要急着去拜访薛大人。"

"为什么？"范闲好奇地问道。

邓子越分析道："大人若上府拜访，以您的性情，只怕会立刻逼总督大人表明立场……万一总督大人并不如大人所愿，那该怎么办？依下官所见，最好还是让薛总督保持看戏的姿态，咱们该做的事情继续做，总督大人一天没有下决心，一天就没有人能与大人抗衡，那咱们做事就能多些时间。大人是想让总督大人下决心，但实际上，总督大人的决心下得越慢，对咱们越有利。"

范闲可不这样认为，他说道："如今对明家只是小敲小打，薛清还能看戏，如果年后我真的下了杀手，他总不能继续看戏，那时候他再来站队……我心里有些不稳。"

邓子越笑着说道："我看，您还是先去一趟梧州再说。"

范闲明白了他的意思，薛清是前相爷林若甫当年的得意门生，而林若甫是自己的老丈人！就算薛清如今不用给林若甫面子，但老丈人肯定知道薛清的底线是什么。

"有理。"范闲看着邓子越疲惫的神情，好奇地问道，"上午你没有睡？"

邓子越应道："要确认这些情报，所以花了些时间。"

范闲忽然想到一件事情，认真问道："子越，你入启年小组之前在二处？"

邓子越应了声是，不知道提司大人为什么会忽然问这个问题。

"王启年夏末的时候就会回国。"范闲望着他说道，"院里准备让他接手一处，你跟着我快两年，也见了一些场面……有没有胆气去北方一游？"

邓子越有些吃惊，很快便冷静下来。

北齐总头目确实是个极冒险的差使，也是监察院对外最重要的位置，但凡做过这个职位的回国后都会受到重用——言冰云就不用说了，如此年纪已经成了四处头目，所有人都知道，将来陈院长告老，小范大人接了院长的位置，他定然会有更重要的任命。听提司大人先前的话，王启年回国之后，也会成为一处新的主办头目。

北齐之行是冒险，也是镀金。提司大人问自己愿不愿意去北齐，自然是准备提拔自己，听说二处的老主办年纪大了准备归老，自己刚好是二处出身……

邓子越跪在了范闲面前，沉声道："全听大人安排。"

范闲没有再说什么。陛下不愿意看到他与军方有任何关联，他在江南能够动用的力量相对有限，不然他也不会如此忌惮薛清的存在。他也明白，皇帝连名正言顺的儿子都不信任，给了自己如此大的权力已是异数，但肯定不会让自己再往前走。既然从陛下手里再要权已经不可能，他就必须将手里的权力掌握得更牢固一些。

比如监察院，他现在就必须考虑陈萍萍归老后的事情了。

邓子越把监察院在江南的行动汇报了一遍。

监察院监察吏治，对别的事务没有直接管辖权，查不到明家的具体罪证，江南路的官员都盯着，就不能行事太过。但世上最不缺少的便是官府的理由，监察院已经做好了准备，随时可以按照范闲的吩咐，通过骚扰明家商路、内库转运司在供货上做手脚，进一步压缩明家的进项，收紧对方的流水，逼迫明家继续向各大钱庄调银。

"岛上有多久没有传回消息了？"范闲皱眉问道。

监察院调查明家与海盗勾结，最近忽然没有了任何进展。

邓子越听出范闲的担忧，心头也很疑虑，禀道："泉州分理处觉得事有蹊跷，已经派人潜上岛去，大约后日便会有消息传回来。"

江南地大，消息传递需要的时间太久。

范闲清楚自己只有暂时等着，待邓子越走后，行出房门，到园中散步。

华园是杨继美一手打造的园林，却并没有沾染太多盐商的富贵气与嚣张。清美雅致，层层叠嶂，行廊山亭，经由设计者的巧手安排，显出鲜活的生命气息，整个园子仿佛活过来了一般，如青山碧水般温柔地包裹着园中的人们。

这种天人合一的感觉，让天一道传人海棠姑娘很是欣赏，在苏州的日子里，她大部分的时间都在园中静思，没有出外一觅江南人物风采。所以当范闲在小湖边看到那袭花布衣裳时，没有觉得意外。

"钓鱼这种事情，并不适合你。"他走到湖边坐下，与海棠保持着一尺距离，从这个角度，恰好可以看到她的花布巾，还有身旁那顶平常的黄色草帽。

海棠没有回头，回道："为什么？"

她手中的竹竿纹丝不动，只有竿头轻点，似是在向水中的鱼儿问安。

范闲道："钓鱼也是杀生。我教你一个法子，你不放鱼饵，心钓便是。"

这是他前世看小说时，那些玄妙的小说里说玄妙的人物最喜欢玩的把戏。没有料到海棠并未意动，道："心钓也是想钓，何必如此虚伪。"

范闲心想自己只是想聊聊天罢了，何必如此认真。海棠回头看了他一眼，说道："知道你这些天心不静，要不然也来钓鱼？确能致静。"

范闲笑道："君子远庖厨，更何况罗网猎叉？"

海棠忍不住白了他一眼，道："果然虚伪。"

范闲嘿嘿一笑，往前挪了挪，谁知道臀下一滑，险些滑到湖里。湖边有石无树无草，无一借力处，所以他的手很自然地落在了海棠的肩膀上。

海棠肩头微震，将他的手震开，反手扣住他的腕门让他坐好，道："世上哪有坐都坐不稳的九品高手？你这不只虚伪，也太不用心。"

范闲叹道："世人不知我，朵朵也不信我，这日子如何过得？"

海棠取出另一根钓竿塞进他手里，道："想钓鱼就要有些耐心，不要急。"

范闲知道她说的不是儿女情长，而是江南之事，叹了口气，从身边的小泥罐中取出蚯蚓挂在鱼钩上，垂入水面，又撒了些她备好的碎屑诱鱼。

"我有耐心，江南的局面不难控制，我有信心一步步走下去。问题在于我无法控制京都会发生什么事情，我总觉得那边可能会出什么大事。"

"大事？"

"你知道我是庆国监察院的提司，你应该也知道监察院究竟是谁的。"

"北肖恩，南萍萍。陈院长不知害死了我们北方多少子民，我怎会不知道他？"

"各为其主，各有心中所持，双方当年是敌，你斩我杀也是自然之事。我只是想告诉你，整个天下只有两个人我无法看清楚，院长便是其中一位。"

"两人？"

"不错。哪怕我家皇帝与你家的小皇帝，我都能猜到他们的某些想法与立场，因为他们的屁股坐在龙椅上，就一定要思考与这把椅子有关的事情。而陈萍萍不一样，无欲则刚，有容乃大，人之将死，其言……不可捉摸，这位老大人究竟想做什么，正在做什么，我怎么也看不透，以他的地位完全没必要理会皇位之争。不论谁当皇子都要把他好好供着。而且他最近如此平静，也不符合他这一世的行事风格。"

陈萍萍是最出名的阴谋大家，这样一位人物不出手则已，出手必是天翻地覆。

海棠轻声道："如果不是你将令堂与陈院长的关系讲与我听，我一定会有另外的看法。包括如今这天下的所有人，都以为陈萍萍如此看重你完全是因为庆国皇帝。"

"不错。"

"而通过你以往对我说的那些事情，我现在忽然觉得有种匪夷所思的可能。"

"什么？"

"你是想让老三当皇帝，陈萍萍……会不会是想你自己来？"

"难度太大。我的出身有问题，宫里的那些贵人不死，我就根本无法入宫……谁知道当年的事情背后究竟还有谁？其中的秘密我总有一天要搞清楚，现在却急不得。"

范闲微笑道："至于你说院长的意思……不，做皇帝不是做提司，这么大的事情如果他不和我通气，断不会自己一个人就做了决定。"

海棠沉思片刻后摇头道："想不清楚，就暂时别想了。"

"江南只是小鱼，京中才是大鱼。"范闲平静地盯着湖面上微微起伏的细线，"我始终担心，是自己钓上来了鱼还是被鱼拖进了水底，再也没有办法爬起来。"

海棠道："你早在河边湿了脚，想不踏进水里只怕不行。"

范闲自嘲地一笑道："这话倒也是，只是我不喜欢这种事情无法掌控的感觉。"

"没有人，哪怕是一国之君能够控制所有的事情。"海棠道，"只是能够努力把握住大势，就已经足够好了。"

范闲微微一笑，没有说什么。

"你刚才说有两个人你一直无法看透，一个是陈萍萍，还有一个是谁？"

"我父亲。其实他和陈萍萍一样都是很厉害的人物，只不过陈萍萍一直在水面浮沉，他却一直沉在水底，我这个做儿子的也不清楚他真正的心思。"

母亲离世后，陈萍萍与范建联手复仇，在十六年前的京都流血夜中，血洗皇后家族，在他的成长过程中，给予了无尽的关心与爱护，范闲对二位长辈极为感谢，而且完全信任。但奇妙的是，这最亲的两个人却是他最看不透的人。

"有这样两位长辈，难怪你一直不怎么担心江南的事。"海棠微笑道。

"我是陛下给那几位兄弟设的磨刀石。这江南的事情、长公主与太子二皇子何尝不是父亲与陈萍萍给我设的磨刀石？长辈们对我的寄望都很深啊，我很欣慰。"

范闲把"欣慰"二字说得无比幽怨，隐藏着火气。

细细的鱼线沉稳地悬在水面，没有一点颤动。

海棠看了他一眼，道："看来你确实不需要用钓鱼来磨炼心性。"

范闲道："我一向性情坚毅，心境平稳，外物难以萦怀。"

对他来说，这不是令人尴尬的自吹自擂，而是一种认真的自我分析。

"你如今究竟多大了？"海棠有些好奇，他为何能保持如此平静的心态。

范闲反应极快，反问道："你今年多大了？"

海棠紧抿着唇，依然不肯回答这个问题。

范闲哼了一声，道："我正月十八满十八岁。"

海棠道："看你平日行事老气横秋，说你八十也没人怀疑。"

老人们历过春风夏雨秋霜冬雪，才能够用淡漠的眼神去看透这世间的一切。唯因经历过方能看轻，方能用最平稳的心态、最老辣的手段去破解复杂的局面。想要成为一个阴谋家，基础就是欲望要少，空门才少，所以从古至今，但凡以阴谋筹划知名的人物不是老头子老太太，就是阉人。

年轻人总是有血性的。比如二皇子，比如太子，甚至是长公主，所以他们都会在某些时候做出某些不怎么明智的选择。而范闲两世为人，做起事情来耐性十足，颇有些老人家的感觉，而且选择出手的时机也有些像老人家那般随心所欲。

夏栖飞与明家打争产官司时，监察院一直沉默，直到官司风波将消时，监察院却忽然出手了，江南路很多官员被请到四处驻江南路巡查司衙门喝茶。

很多人都知道监察院的茶是上品龙井，茶香四溢，但没有哪位官员愿意去那里喝茶。

看在薛清总督的面子上，江南路官员没有几个人被扣押，但在喝茶聊天的过程中，监察院官员看似随意提起的一些经年旧事，让那些官员胆战心惊，知道对明家的保护不能太明显了。另一方面，监察院也开始对明家的生意进行骚扰，虽然不可能直接拿人扣货，但是以侦查东夷城奸细为由，一日之内，明家的三十多家商铺都迎来了封门检查，明家的车队、船队在运货过程中也遭遇到前所未有的麻烦。

除了一些挟带私货的小罪，监察院并没有抓到明家什么把柄，但连番骚扰之下，明家庞大的产业系统运转速度终于减慢下来。商行追求的便是货物变现的速度，就像是生生不息的大江，监察院的手段就像是无数的沙石被倒入江中，江水流速渐缓，泥沙也沉积下来，一江春水渐要变成泥潭，极容易陷入难以脱身。

监察院此举用的人力最少，引起的议论最小，达成的效果却相当不错。明家付出了巨额标银，这么多年来第一次感到流水有些捉襟见肘，又遇着这么多麻烦，不得不继续向太平钱庄调银，同时明青达也开始在暗中从招商钱庄签汇票。

明家一直在江南繁衍生息，经由几代家主百年小心经营、大胆开拓，终于成为天下首屈一指的大族。后来攀上长公主的关系、成为内库最大的皇商，明家的手伸得更远更深，不仅在苏杭两州拥有无数产业，直接控制着大量的船舶、车行和商铺，而且家族成员也间接控制着许多虽不起眼却与江南百姓息息相关的生意。比如粮油，膳食，青楼，甚至有人说过一句话，江南人只要一开门就必定会和明家的产业打交道。

这样一个庞大的家族，族内派系自然复杂，但掌权的当然只有本家两房六子，其余族人只是负责打理中下层的生意而已。由于深深明白家族内斗的危害性，明老太君当年独掌大权后，第一个安排就是除了长房，另外五位明家老爷只有分红之权，对于明家产业却没有任何安排与建议的权力，严禁参与到家族生意中。

这个安排毫无疑问是明智的，至少保证了明家表面上的团结。虽然不能参与到家族生意，那五位爷年年坐收大笔红利，也不可能把这么多银子像土财主那样藏在地里，总要拿出去投资，自然也在江南做了不少的生意。

如果明家倒了，他们的生意也会出大问题，所以必然会为长房保驾护航。明家就是用这种办法，在江南枝蔓渐长。所以在范闲的眼中，这些名义上并不属于明家的生意依然姓明，很自然地，监察院开始一视同仁地骚扰这些生意。这下那五位爷就有些挺不住了，心想家里的好处自己没有得多少，还得被牵连着生意越做越难，这怎么办？

"睁开你的狗眼看看，在你面前的是四爷！"

明家四爷是姨娘所生，在家中地位本就不高，一直以来都只喜欢遛鸟为乐，免得得罪老太君和大哥。他靠自己的年例银子做了些生意，开了个蔬果商行，挣些公中手指漏的银钱，日子过得顺心无比。但最近他却无论如何也顺心不起来，商行天天被查，生意一落千丈，往常在自己面前点头哈腰的官员们居然不肯出来喝茶了！

他明白那些官员被监察院吓着了，但怎么也轮不到面前这人来撩拨自己！

明四爷略显苍白的脸上闪过一丝狞色，一巴掌扇了过去，扇得对方原地转了三圈，脸上骤现一个红印，唇边流出一道血水。

他的商行垄断了江南三成瓜果生意，包括对宫中的进贡事宜，而且仗着明家的声势自立行会，这些些年来，就没有谁敢到他的田里来摘瓜吃。但这几日，岭南却忽然来了个商人，跳过了明家与熊家间的协议，直接将瓜果贩到了苏州。

岭南天热果美，只要解决了长途运输的问题，自然大有利可图。如果那个商人懂得规矩，来苏州后先拜一拜明四爷，或许明四爷会给他一些份额，谁知这个商人不知道是不懂规矩，还是有什么可以凭恃的地方，竟是仗着手中货多价廉，生生将苏州乃至江南的瓜价在十日内打低了两成，生意也迅速扩张了起来。

明四爷盯着被自己一巴掌打倒在地的岭南商人，寒声笑道："现在是谁都欺到我明家头上了！区区一个南蛮子，你哪里来的胆子？"

其实他心里清楚，当自家生意开始被监察院打压，不论监察院真能起到多少作用，风声一旦传开，无数被自家压着的势力都会蠢蠢欲动，想趁明家焦头烂额之际捞些好处。但他拿钦差大人没有任何法子，怎会让一个南蛮子在自己的地盘上搞三搞四！

"用棍棒教育一下。"明四爷望着哭泣求饶的岭南瓜商，唇角闪过鄙夷之意。

话音一落，院中惨叫之声再起，商行打手拿着木棍狠狠地向那个岭南瓜商砸去，打得砰砰作响。那可怜的商人浑身是血，骨头都不知道被打断了多少根，惨叫之声渐低。明四爷的心腹账房看着这血腥场面，心头一颤道："四爷，这人……应该是熊家的人。"

"我知道。"明四爷厉声说道，"熊百龄这个老王八想用这个瓜商来试探一下，我不打回去，他还真以为我明家可欺！"

账房先生苦笑道："四爷，这时节可不敢给家里惹麻烦。"

明四爷冷笑道："老太君已经开始怀疑我了，我不表现得冲动些怎么办？"

账房先生心里生出无数复杂情绪，不知道该怎么说才好。明四爷从椅子上站了起来，望着那个浑身是血的岭南商人阴声道："不是不让你做生意，但做生意不是欺负人，你不能欺负我。"

那个岭南商人已经醒了过来，听着这话吓得不浅，赶紧拼命点头。

"交一万两银子，同时把价调回来，咱们公平竞争。你不欺负我，我自然也不会欺负你。"

说完这句话,明四爷喊人把那商人叉了出去,望着地板上的血渍,呸了一口唾沫,骂道:"范闲欺负我,我没辙,你熊家又是他妈的哪根葱!"

回到屋内,他洗净双手,卷起袖子,从廊边取下鸟笼开始逗弄起来。他嘴里吹着哨子,眼神却有些飘离。账房先生低声道:"四爷,您是说……和夏栖飞见面的事情,被老太君知道了?"

明四爷身子微僵,压低声音骂道:"还不是你出的馊主意!说什么脚踏两只船,明老七大难不死,必有后福,又有钦差撑腰,族中的产业总要被他夺回去……要老子和他见面,抢先说上话!他妈的,第二天就被老太君叫去训了一顿,差点儿没活着出来!"

他气恼无比,好不容易才平复了情绪,道:"今天我不凶残些,老太君和大哥会怎么看我?"

账房先生被骂得大气不敢出,低声道:"可四爷……您真的不想听夏当家那番话?"

夏栖飞母子被明老太君阴害一事,明四爷以前偶有耳闻,却不知细节,而且他与母亲干干净净,所以并不像长房一样害怕对方。想到那日夏栖飞传达的钦差话语,他无奈道:"我怕钦差大人,但我更怕老太君,而且真要听你的话与夏栖飞联手,明家早晚就会……变成朝廷的明家。不管长房再如何霸道,毕竟大家兄弟多年,我终究还是姓明的。"

明四爷正式拒绝了范闲经由夏栖飞递过来的好意,于是华园方面的反应也极快地到达了他在苏州南城购买的大宅。苏州府衙役推门而入,在虎视眈眈的明家打手注视下,颤颤抖抖地来到堂前,取出告票,要求明四爷随己等回苏州府听审。

"听审?"明四爷浑没料到自己也要被人抓去审问的那日,对那个衙役厉声喝道,"我看你是不是糊涂了!何人告我?告我何事?"

那个衙役也是身不得已,不然谁敢来得罪明家四爷?平时都恨不得跪在地上去舔对方的靴子。衙役苦笑着向明四爷递了个眼神,示意后面有人,又压低声音哀求道:"是一个岭南商人告四老爷您欺行霸市,伤人,并纵下行凶。"

明四爷眉头微皱,没想到那个岭南商人居然敢去告自己,更没有想到苏州府居然……明家在江南地位特殊,与苏州府关系亲密,知州大人怎么会收了那个岭南商人的状书?虽然最近监察院到处折腾,但监察院最大的问题就是不能干涉地方政务,也不能直接干涉民事,所以他明知道那个岭南商人有靠山,也是毫不犹豫地动手了,谁承想苏州府居然来索自己!

他的视线越过那个衙役,看到几位官差后方站着一位面容陌生的朝廷官员,眼睛眯了起来,猜到了对方的身份——原来监察院一直盯着那个岭南商人,难怪反应如此之快!

明四爷心头一跳,知道自己弄错了一件事情——监察院不能直接审问自己,却可以盯着苏州府做事,如果苏州府真的不理不问,只怕监察院便会去捉苏州府官员回去问话了。

他冷笑一声,望着那个衙役道:"我便是不去又如何?"

那个衙役急得快要哭了出来,哀求道:"四爷好歹给知州大人一个面子。"

明家的下人们都鼓噪了起来,手执木棍将衙役们围在当中,冷冷的目光却是有意无意盯着人群外那位监察院官员。那位监察院官员是四处的,毫不在意那些人的目光,微笑着说道:"几位官差大哥,你们到底准备怎么做呢?这里好像有人……准备造反了。"

殴打官差、不听朝廷之令和造反有什么区别?官差们听着这话,知道必须抓人了,不然知州大人都无法向监察院交差。要知道华园也来了人,正在府衙对面的茶铺里喝茶!

官差将心一横,望着明四爷说道:"四爷,请!"

他用眼光不停地向对方示意,今时不同往日,该服软的时候先服软,入苏州府后事情自然还有转圜之机。明四爷强行压下心头的怒气,明白了今天的局面,点了点头。

那个官差大松了一口气，感激道："小的谢四爷垂怜。"

那位年轻的监察院四处官员在后方冷笑地看着这一幕。

账房先生凑到了明四爷的身边，担忧地看着他。明四爷阴笑一声，将手中的鸟笼砸在了地上，砸得鸟笼崩裂，鸟羽乱飞，鸟血四溅。他寒声道："去便去吧，这么些年，只在苏州府后园喝过茶，却没有机会瞧瞧苏州大狱的模样，今儿就去开开眼！"他又压低声音，急促道，"马上传消息回明园，让大哥把我保出去，放心，因为这件事情，老太君才会信我。"

交代完，明家四爷人生当中第一次被官差请到了苏州府的大牢。

"看来四弟没有别的意思。"消息传回明园后，明青达派人去了苏州府，走入母亲的清静小院，向老太君禀告道，"我这就去把他接回来。虽然伤了一个岭南商人，苏州府迫于监察院的压力索他回府，但事情不大，应该没有什么后患，小范大人也没办法用这件事情咬死四弟。"

老太君却陷入了沉默中，老而深陷的双眼闭着，似乎在思考什么问题，始终没有回答明青达的话。明青达略感奇怪，片刻后身上便涌起一股寒意。

老太君缓缓睁开有些无神的双眼，道："明家已然风雨飘摇，老四先是与夏栖飞暗中见面，是为不忠。后又妄行妄为，害得家里要为他担心，是为不孝。如此不忠不孝之徒保他做甚？"

明青达默然。面对范闲咄咄逼人的攻势，明家用的是以退为进，玩弄悲情的招数，所以他才会在内库上一跪，事后一病……如今监察院威逼极严，明家看似摇摇欲坠，非常惨淡，而老太君的意思竟是准备在自家伤口上再划拉开一道更深的血口。

他深吸了一口气，沉声道："如今局面还在掌握之中，小范大人也只能走外围，拿不住咱们的真正把柄，这时候用不着牺牲那么大……四弟毕竟也是明家的血脉。"

明老太君漠然看了他一眼，道："钦差大人会逼得越来越狠，我们终究需要牺牲一个拿得出的人物，来换取江南百姓的同情，天下士绅的支持,如今老四被拿入狱岂不是最好的机会?钦差大人为索银财,生生逼死了明家一位老爷,朝廷震惊……这笔买卖划算。"

明青达沉默片刻后道:"都依母亲的意思。"

他心里清楚,四弟毕竟是姨太太的儿子,在母亲眼中始终是可有可无的人物。明老太君望着他冷冷道:"家里流水差成这样吗,为什么最近你时常要向招商调银?"

明青达认真地解释了几句。明老太君点了点头,道:"只是老四还不足以让天下人都倒向咱们明家……你要做好准备,也许明家家主的位置要被迫让出来。"

此刻明青达神情不变,深深鞠躬,退出院去。

范闲并不清楚明家内部发生的事情,反正他有耐心,就像海棠说的那样,钓鱼便不能着急。这天他来到了抱月楼苏州分号,楼里的生意很好,楼上楼下的姑娘们忙着接客,没几个人注意到史阐立与桑文恭敬地迎着他悄悄上了顶楼。

他推开窗子望出去,只见后方那道瘦湖边有很多民工正在挖泥扩湖。要将一个湖扩大,需要的金钱、人工都不是小数目,他忍不住叹道:"有必要吗?"

史阐立应道:"依大人的意思,将设计图传到了北边,前天二少爷回了信,说这湖太小,地势不够开阔,来玩的客人们会有逼仄之感,不如干脆下些力气把湖往前再挖几百米……"

范闲苦笑无语,远在北齐的思辙看来对于抱月楼还是念念不忘,但这么大的手笔,他只用说一句话,自己却要动很多人手来做。

"这有声音,有味道,不怕影响生意?"

"用青布围起来了,楼中客人一般注意不到那边。现在生意虽然不错,但要挖湖也只有赶在这时候挖……不然春浓夏至,正是生意最好的时候,那时候就不方便再挖了。"

范闲信任弟弟的经商能力，没有再说什么。他今天来抱月楼，主要是要打听一些消息，看着手里的卷宗，皱眉道："明家的大管家究竟逃到哪儿去了？"

明家的大管家和范闲小时候在澹州打过的管家一个姓，都姓周，这人多年来一直是明老太君的亲信心腹，而且负责君山会的账目。夏栖飞在江南居前被君山会刺杀，监察院就开始暗中查缉那个管家的下落，时刻准备暗中逮捕，想从那人嘴里得到一些关键信息。

但那个周管家在一日之内就消失了，不再出现在任何明家产业中，不知道是江南路官员在帮助隐藏还是如何，以监察院的手段，这么多天都没能查到对方下落，连点蛛丝马迹都没有。

邓子越从房外走了进来，向范闲禀报明四爷被抓进苏州府的消息，听到大人询问周管家的下落，想了半晌后说道："如果不是已经被明家灭了口，就应该是……"

"有很大的可能性，对方就堂而皇之地躲在明园里。"范闲知道如果对方藏在明园，那是最冒险也最稳妥的法子，忍不住笑了起来，"难道还真要进明园拿人？"

邓子越苦笑道："没有真凭实据，哪里能进明园拿人，对方也是有世袭爵位的人，而且如果事情闹得太严重，总督大人说不定也要站出来。"

范闲叹了口气，觉得这事已经没了什么乐趣，说道："闯进去逮不着人，在薛清面前可不好交代。如果确认里面有人，倒是可以试着冲动一次。"

"就是确认不了。"邓子越无可奈何地说。

二人正说着闲话，忽有一位监察院官员在外面小心地敲响了门，邓子越走出门外听了两句，脸色变得凝重起来，低声叮嘱对方几句，回房附到范闲耳边说道："岛上有消息了。"

范闲精神一振，问道："如何？"

邓子越看了他一眼，小心地说道："岛上的人都死了，干干净净。"

啪的一声！范闲面无表情一掌拍在身边的茶几上，茶几没有碎，茶碗也没有破，但这一掌很明确地表示出他的不忿与不甘——明家下手真狠真干净。他皱眉问道："我们的人呢？"

监察院在岛上有密探，范闲担心他的生死。

邓子越说道："运气不错，他活了下来，泉州方面摸到岛上，刚好把他接了回来。"

范闲面色稍微和缓了一下问："他叫什么名字？"

"青娃。"

"人在哪里？"

"刚到苏州，正在暗寓里养伤。"

"走。"

青娃觉得自己是在做梦，这些天一直在做梦。

海岛被官兵围剿后，就只有他一个人活了下来，在满天贼鸥与满地死尸包围中，他试图找到头领曾经留下来的活路，去隐秘小湾找到船只出海。没有想到明家做得如此之绝，岛上所有船只全被毁了，就连海盗头领藏着的几艘三帆快船都被沉入了水底。

看着水中被浸泡变了颜色的船帆，青娃很绝望。海岛孤悬海外，泉州方面发现事情有变，冒险再次派人上岛也需要很久的时间，这些天自己一个人在岛上无水无食，能活下去吗？

监察院二处与四处的密探入院都要接受严苛的野外生存训练与情报收集训练，也亏了有这一身本事，单身一人的青娃竟然在岛上活了下来。

岛上无水，幸亏落了雨。岛上没什么野兽，但有尸体……有吃尸体的贼鸥，有海中的鱼蚌，所以他仍然坚强而恶心地活了下来。

监察院泉州分署的探子冒险再次上岛，终于发现了已经衰弱到极点的青娃，把他抬到了船上。

船只驶回了大陆。

青娃终于能够好好地睡一觉，但就在睡梦中，想到自己吃的那些水鸟，那些水鸟的肚子里可能有那些腐烂的人肉……他仍然会做噩梦。

他这一觉睡了很久，由泉州直至苏州。

当他醒来的时候，发现一位年轻清秀的大官正怜惜地望着自己。

身边的监察院官员提醒道："是提司大人。"

提司大人？青娃一惊，挣扎着便想起来行礼。

范闲赶紧把他拦在了床上，看着这个庆国版的鲁滨孙，心中涌起很多感慨。政治斗争不是请客吃饭，是你死我活，只是每每要牺牲的总是下层的官员与普通人。

他取出药丸喂青娃服下，又用金针替他活血，仔细诊疗半天，确认不会留下后遗症，对方精神也还行，才开始问话。在对话中，范闲获得了很多有用的信息，很多一直没有来得及传回岸上的消息，比如那个海盗首领与明兰石的小妾是亲生兄妹。

"难怪那个小妾会忽然回乡探亲，只怕如今早已沉入江中喂了王八……嫁了个王八，最后只有喂王八。子越，派人去她老家查案，我倒要看看明兰石准备怎么解释。"

青娃还千辛万苦保留下来了一份书信，也是很实在的证据。

"对上岛的官兵你有什么判断？"范闲盯着青娃的双眼问道。

对方在岛上活下来已经不易，又经历长途奔波，人已经虚弱到了极点，但他不得已仍然要问清楚，因为那些官兵就像一根刺，深深地扎在他的心里。

那支水师明显是长公主派来帮明家灭口的，他必须知道庆国的军队里，究竟是谁站在长公主那边，想必皇帝陛下也一定要知道这个答案——不可能是燕小乙，这位征北大都督的军力一直在监察院的严密监视之下，在水师方面也没有什么影响力。

邓子越看了范闲一眼，说道："当年泉州水师天下最强。不过叶家的事情之后，为了清除叶家在泉州水师中的影响力，朝廷将泉州水师裁撤成了三支，江南水师在沙州，大人也去过。由沙州入海杀人，路途太遥，航程都在大江之上，极易败露痕迹，依属下看，应该不是他们。"

范闲点点头，没有因为"叶家"两个字而有任何情绪波动。

青娃知道这个信息很重要，也在努力回想那一夜登岛的官兵，微弱地说道："那时候是黎明前，岛周礁多，那般黑的环境下能够强行登岛，肯定是专业的水师，而不是陆上官兵借船行事。属下曾经瞧清过一个官兵的脸，看他面部轮廓，感觉应该是北边的人。"

范闲的眉头皱了起来："有没有可能是东夷城的水师？"

青娃艰难地摇了摇头，禀道："他们以为人死光了，偶尔开口说话，不是东夷口音。"

范闲望向邓子越，看出了彼此心中的不安。

庆国有三大水师，北边是胶州水师，驻在山东路，实力雄厚，如果上岛杀人灭口的是他们，那长公主在军方掌握的实力，看来要比自己这些人以前预料的强大很多。

范闲一直以为庆国军队的绝大多数力量都在皇帝陛下的掌握中，所以陛下才会显得如此自信而神秘，如今骤然发现叶家正在倒向二皇子，征北大都督燕小乙……如今又多了一个水师！长公主与二皇子的实力竟然如此强大，让他如何能不警惕？

"胶州水师是谁的人？"范闲问道。

邓子越低声道："水师提督是正一品武将，不受燕小乙辖制，一直以来也没有什么倾向，毕竟此人出身秦家，只不过与叶家的关系也不错。"

范闲没有再说什么，看着疲惫的青娃微笑道："好好养伤，伤好后就跟着我吧。"

青娃没料到自己九死一生后竟会摊上这样好的运气，一时间竟愣在了床上，直到范闲离开，四处泉州巡查司官员笑呵呵地对他说恭喜，他才醒过神来，明白噩梦终于醒了。

第十二章 好消息与坏消息

今天遇见的都是些坏消息，范闲有些恼火，吩咐赶紧把院报发回京都，让老跛子精神一些，不要总留在陈园里看美女——你的接班人遇到问题了，总得帮着解决不是？

"大人，有好消息。"就在他暗自埋怨的时候，邓子越抑着喜悦禀道。

"什么消息？"

"君山会那位账房先生……下落有了。"

"在哪里？"

"大人英明，那人就在明园。"

范闲感慨道："终于有事情做了。"

四月中，春意已然明媚浓郁得无以复加，整个江南都被笼罩在暖风之中，街上行人开始只穿夹衣了。而在离苏州千里之地的京都城外，还能看到远方苍山头顶的那一抹白雪，宛若死尸脸上覆着的白布，令人直觉严寒入心。

戴着笠帽的高大汉子收回了望向苍山顶的视线，默默地喝尽杯中残茶，要了一碗素面。

这个地方在京都之外三十里地，叫作石牌村。

戴着笠帽的高大汉子，就是从江南赶到京都的庆庙二祭祀——三石大师。他此番入京不为论道,不为折一折御道外的垂柳,他是来杀人的,他是来刺驾的!

范闲在江南有意无意放了他离开,但监察院查缉严密,纵算西北路未放重兵,但三石要绕过监察院及黑骑的封锁来到京都,仍然花了不少时间。

君山会确实是一个松散的组织,但当拥有了一个异常神圣的使命后,它的重要性就凸显了出来,而这个组织究竟集合了天下多少势力的重要人物,也没有几个人清楚。

三石大师贵为庆庙二祭祀,在君山会中也没有多少说话的分量,而且他个人非常反对君山会在江南的安排。在尝试着对范闲施政干扰而没有成功后,三石大师便将自己做了弃子,自主远离了君山会,单身一人,壮志在胸,如心藏一轮红日,傲赴京都,杀那不可能杀之人。

他依照师兄当年的教诲,把每根面条都细细嚼为面糊糊,才慢慢吞下腹中。不知怎的,他忽然悲从心来,难以自抑,两滴浑浊的泪水从苍老的眼睛里滑落,滴入面汤中。

吃完面条,他戴正笠帽,遮住容颜,拾起桌边的一人高木杖,离开面铺,沿着石牌村山脚下的小路,往京都走去。他要去问问那个皇帝一句为什么,然后杀了他。

前方是那座黑暗的皇城,后方是那座洁白的雪山,苦修士走在中间。

林子越来越深,路也越来越窄,天时尚早,没有砍柴的樵夫,荒郊野外也不可能有什么行人经过,一片安静,安静得有些诡异,连鸟叫虫鸣的声音都没有。三石大师毕竟不是杀手,只是一位有极高修为的苦修士,没有在意这些。

朝廷与君山会都应该不知道自己从江南来了京都,知道这件事情的只有北齐的圣女海棠姑娘。无论从哪个方面来说,海棠都不可能将自己的行踪透露出去,所以前面不可能有埋伏。所以当那凄厉绝杀的一箭从密林里射出时,三石大师有些意外。

那支箭飞行的模样十分诡异,最开始的时候悄无声息,如鬼如魅,直到离三石大师面门只有三尺时,才发出勾魂夺魄的啸鸣,无比恐怖!

嘶……吼!黑色的长箭,仿佛喊出了一声杀字。

三石大师闷哼一声,长长的木杖往地面上狠狠一杵,雕成鸟首的木杖头,在电光石火间向前一伸,挡住了那支宛若天外飞来的羽箭。

噔的一声闷响,那支箭狠狠射进了杖首,箭上凝着的无穷力量,震得三石大师手腕微微一抖,杖头刻着的鸟首炸裂开来!

三石大师眯起双眼,心中生起一股寒意——如此箭技,似乎只有征北大都督燕小乙才有这种水平,而燕小乙这时候应该在京都数千里之外的沧州城。

隔着密林里的枝叶,三石大师看清楚了箭手的面容。那是一张年轻而又陌生的脸,但他接的那一箭明显得了燕小乙的真传,这个年轻人想来是燕小乙的徒弟。

想着这些事情,三石大师早已借着那一杖的反震之力,飞向了空中,像只大鸟般展开了身姿,手持木杖,状若疯魔一般向着那边砸了过去,这一动作充满了一去无回的气势!

他不知道为什么对方要来杀自己,但在自己走进京都、问皇帝那句话之前,他不允许自己死去。与神箭手交锋,最关键就是要拉近与对方之间的距离,但他跃至空中,将空门全部展现给对方,无处借力,更不容易躲开那些鬼魅至极的箭羽……

那个箭手也不知道如何动作,自身后取出一支箭羽,上弦,瞄准,射出!

很简单的三个动作,完成得是如此自然,如此快速。这种简单的美感,来自平日刻苦的练习与箭术上的天赋。

嗖的一声!第二支箭射向了三石大师的咽喉。

他人在空中,根本无法避开此箭,但他等的就是这一刻。他将真气运至胸腹,以最愚蠢,也是最厉害的铁布衫挡住了这一箭!

箭支落在他的咽喉上，瞬间碎裂，发出一声怪响。

三石大师已经杀至那个箭手身前，一杖劈了过去！

此时两人间只有三尺距离，那个箭手如何能避？

箭手面色不变，对着疯魔一杖，后退两步，长弓护于身前，吼出一个字："封！"

四把金刀不知从何而来，化作四道流光，封住了三石大师的一杖！

一道巨响炸开，刀碎杖缓，林间一片灰尘弥漫。

漫天灰尘之中，箭声再作，一支夺魂箭在极短的距离内再次射向三石大师的咽喉。

距离太近了，三石大师不及避，也不敢让最脆弱的咽喉不停地接受燕门箭术的考验，于是他竖掌，摆了个礼敬神庙的姿势。

对方用四刀封己一杖，自己便用一掌封这一箭。

那支细细的箭，钉在他宽厚有老茧的掌缘，就像是蚊子一般，摇晃了两下，才落下地去。

只是很轻微地一叮，一钉。三石大师的身体却摇晃了起来。

他被这一箭震得往后退了一步……又一箭至，三石大师再举掌，封，再退。

烟尘中射出来的箭越来越快，就像是没有中断一般，不知道灰尘后方那个箭手究竟拥有怎样可怕的手速！

如是者九箭。

三石大师被生生震退了九步，闷哼一声，真劲直贯双臂，长杖一挥，震飞最后那支箭，然后发现脚下一紧……咔的一声，两道精钢打造的兽夹齿合拢，夹住了他的右脚！

这只兽夹极其巨大，齿锋约三指粗细，应该是用来夹老虎的虎夹。纵使三石大师有铁布衫不坏之功，骤遇陷阱，小腿上依然血肉裂开，鲜血迸流。

三石大师发出一声不甘的暴喝！他的眉间、颈间都有血点，握着木杖的手上也有许多小血点，正缓缓渗着血。

这么多支鬼神难测的箭，换成别的人早就被射成了刺猬，只有他才能不受真正伤害，只可惜最后还是被这些箭逼入了陷阱。

灰尘渐落，对面的林子里再次出现了那个年轻箭手的脸，还有四个手握残刀的刀客。

三石大师看着对方开口道："没想到，是你们杀……"

那个年轻箭手是来杀人灭口的，没有与三石大师对话的兴趣。他知道三石大师也是位传奇人物，但立志为枭雄的年轻一代强者，没有多余的敬畏心。

年轻人用稳定的手指将剧毒的黑箭搁在弦上，再次瞄准了无法行动的三石大师的咽喉。

"射。"

他说了一声，自己手中的箭却没有脱弦而去。

林子里一片嘈乱，拥来了数十名箭手，隔着十几丈的距离将三石围在了正中，瞄准他挽弓而射，无数支长箭脱弦而出，狠狠射向三石大师的身体！

三石眼瞳微缩……知道自己今天或许真的活不下去了，能在山中安排如此多的箭手，一定是军方的行动，再如何强大的高手，也无法承受军队无情而冷血的连番攻势。他这个庆庙二祭祀是九品强者，但终究不是大宗师，更何况他的脚已经被那只虎夹锁死在了地面。

他叹了一声，挥舞手中长杖，抵挡来自四面八方的箭雨。

当当当当，无数声碎响在他的身周响起，不过片刻工夫，便有上百支飞箭被他的木杖击碎，残箭堆积在他的身周。也有些箭穿过杖影，落在了他的身上，只是这些箭手水准远不如先前那个年轻人，那些箭支根本无法破掉三石大师的铁布衫，瞬间断裂，也落在了地上。

那个年轻人并不着急，瞄准着三石大师的咽喉，始终没有发箭，面无表情看着他与漫天箭雨相抗，他知道对方的真气雄厚，想要远距离射死，就需要耐心，要一直耗下去，只要对方真气稍有不济，箭矢入体，那就是死期到了。

几十个箭手不停地射着箭，一言不发。

三石大声怒吼，不停挥舞着木杖，在箭雨之中挣扎。

终有力竭的那一时。此时他的勇猛威武，看上去竟是那样的悲哀。

面对强大的庆国军队，武道高手究竟能有什么用？

沉默而无情的轮射仍然在继续，在三石大师身边的断箭越积越高，渐渐没过他的小腿，看上去就像是一位自焚的修士，正在不停地劈着即将点燃自己的柴堆。

三石大师的衣裳被汗湿透，挥动木杖的速度也慢了下来，真气已然将尽。

等了许久的那个年轻箭手松开了手指，黑箭离弦而出！

嗖的一声，叮的一声，天地一片安静。

三石大师握着咽喉上的箭羽，口中呵呵作响，却已经说不出什么话。鲜血顺着他的手掌往外流着，有些流到了衣服上，有些落到了地面的断箭上，就像是将要点燃柴堆的油。

数十个箭手看着这场面，下意识里停止了射击。

那个年轻箭手面无表情地说道："继续。"

箭声再起，只是瞬间，三石大师的身上便插上了数十支羽箭，浑身鲜血淋漓。

三石看着那个年轻人，再次叹了口气，知道自己示弱诱敌之计也被识穿了，燕小乙的徒弟做事果然有其师的风格，冷静、谨慎、周密而且无情。

他一挥手，大袖疾拂，拂走箭羽数支，双目精芒骤现，暴喝一声，一直持在手中的木杖被这道精纯的真气震得从外裂开，木片横飞，露出里面那把大刀！

在苏州城中他曾经一刀斩断长街，今天他这一刀却只能斩向自己。

斜划而下，刀锋入肉无声，他将自己的小腿砍断！

再也不会被兽夹困住，三石如断翅的大鸟一般，再次飞起，如苍鹰搏兔一般杀入对方阵中。刀光泼雪，令人泼血，一个照面，便砍掉了三个人头，破开数人胸腹，林间一片血水！

好霸道的刀！

当三石出刀的时候，那个年轻箭手已经转身离开，悄无声息地上了树，开始一箭一箭地射出。他知道对方已经到了强弩之末，又自断一腿，血这般不要钱地流着，终是支持不了太久。

果不其然，刀光在惊艳一瞬之后，还是渐渐黯淡下来。

杀死了一地箭手。

三石大师毒发，伤发，血尽。

他顿长刀长柄于地，闷哼一声，吐出了最后的一口浊气。

庆庙二祭祀，死。

确认了三石的死亡，还活着的十几个箭手回到了原地，他们都是军中高手，今日前来围杀，甚至是无耻地谋杀庆庙的二祭祀，不是所有人都能保持平静，尤其是先前对方极其刚烈地自断一腿，杀了这么多兄弟，所有人回想起来都不禁心生寒意。

"收拾干净，你们回营。"那个年轻箭手平静地说道，"丁寒，你负责清理。"

一个箭手低声行礼应下。

林子里再次恢复安静，这些军中善射者脱去了自己的伪装，陆续换装回营。

出林后，那个年轻箭手已经换了身普通的百姓服装。他并没有回营，而是找到回京官道，搭了一个顺风马车，一路与那个商人说笑着，就这样入了京都。

入了京都，年轻箭手先是去吃了两碗青菜粥，又在街边买了一架纸风车，穿过南城大街，行过僻静小巷，在一家说书堂的门口看了看，似乎没有经受住今日话本的诱惑，进楼要了一碗茶、一碟瓜子，开始听书。

听了一阵，他似有些尿急，去了茅房。在茅房后出了院墙，确认没有人跟踪，他翻墙进了一座大院。这座府邸不知是谁家的，他走得如同在自己家里一般轻松自在。

入了书房，他拜倒于书桌之前，对着桌下那双小巧的脚禀报道："殿下，已经除了。"

"辛苦了。"李云睿微微一笑。

这位美丽的不似凡人的长公主殿下，一笑起来更是动人。年轻箭手射杀三石大师时那般冷酷无情，此时却不敢直视长公主的眼睛，起身后规规矩矩地站在了一旁。

"三石……真是可惜了。"长公主惋惜无比地叹道，"如今这时节，怎能让陛下对咱们动疑？一切都没有准备好，不是动手的时机，总是不听话，只好让他去了。"

年轻箭手依然沉默，这些大事是长辈们关心的问题，他只需要执行就好。

长公主看了他一眼，微笑道："你不能随燕都督在北方征战，可有怨言？"

年轻箭手笑了起来，道："父亲在北边也只是成日喝酒，哪有京里来得刺激。"

又略说了两句，长公主便让他出了书房。这座府邸无名无姓，没人知道长公主偶尔会来到这里。她最喜欢自己一个人坐在这书房里想些事情，往往都会将自己想得痴了起来。

君山会？她的唇角泛起一丝自嘲的笑容，自己小时候组君山会的目的是什么？是想替庆国做些事情，是想帮皇帝哥哥做些他不方便做的事情，比如杀杀哪位大臣，抢抢谁家的家产。

虽然皇帝哥哥一直不知道君山会的存在，而这君山会在暗中可是帮了他不少的忙，比如与北齐间的战事，比如对东夷城，只是……君山会的宗旨什么时候发生了如此大的变化？

长公主的脸上闪过一丝凄楚，她想到了远在江南的范闲，想到了内库，想到了监察院，想到了皇帝哥哥这两年来表现出的疑忌与倾向……我赠君明珠，君赐我何物？

她闭了双眼，复又睁开双眼，眼神已然恢复平静，微笑地想着，既然君不容我，自己总要爱惜一下自己，为此付出一些代价又算什么呢？袁先生的话确实有他的道理。

还是那片山林。除了淡淡的血腥味道，已经找不到半点先前那场狙杀的痕迹，军方处理现场的水平，看来不比监察院差。

所有的人都已经撤走了，那个被留下来清理现场的丁寒最后一个离开山林。奇怪的是半个时辰后他又悄无声息转回了林中，在泥屑下找到一根自己先前留下来的断箭揣入怀中。接着他挖出那几具已经被烧得不成形状的尸首，确认了三石的尸首，从靴中抽出匕首，插入了尸首的颈骨处，十分细致地将头颅砍了下来。

重新填土，洒叶，布青藓，确认没有一点问题后，这个叫作丁寒的人叹了口气，转身离开了山林——他不用进京都，因为他要去的地方在京都外面。

陈园后山，后门，木拱门，老仆人。老仆人从他手中接过一个盒子，一个包裹。丁寒无声行了一礼便离开。

在一个阴暗的房间里，陈萍萍坐在轮椅上，看着布上的那个焦黑人头，笑着问道："你说……都烧成这样了，陛下还能不能认出来是三石那个蠢货？"

老仆人呵呵笑着，说不出什么，只是看着老爷似乎有些高兴，他也跟着高兴。

陈萍萍又从盒子里取出那支断箭，眯着眼睛看了半天，道："三石是蠢货，你说长公主是不是也是蠢货？用谁不好用燕小乙的儿子，固然可以把燕小乙绑得更紧，可也容易败露不是？"

很明显，院长大人对年轻一代的阴谋水准很看不上眼。他用枯瘦的双手轻轻抚摩着膝上的羊毛毯子，摇头道："总有人以为有些事情永远没有人知道……比如那个狗屁不是的君山会。"

老仆人道："要进宫吗？"

"嗯。"

"提司大人那边似乎有些难以下手。"老仆人小心地提醒道。他是陈萍萍二十年的亲信心腹管家，知道院长大部分时间的想法。

陈萍萍沉默片刻后道："范闲，可能会动手太早……不过就让他做吧，让他做他所认为正确的事情，至于那些他可能不愿意做的事情，我来做就好。"

有很多事情，他永远不会告诉范闲，因为他知道范闲的心远没有自己坚硬与顽强。

他推着轮椅来到窗边，远处隐隐传来美女们嬉笑的声音，他想到一直在长公主身边的袁某人，忍不住像孩子一样天真地微笑道："往往敌人不想让我知道的事情其实我都知道，不过……做一个所有事情都知道的人，其实并不是一件幸福的事情。"

说到最后那句话的时候，他的脸上生出一抹自嘲的神情。

老仆人轻轻给他捏肩，知道明天院长大人带着头颅与断箭入宫，君山会就会第一次显露在陛下的面前。陛下终于要下决心了，而院长大人需要的就是陛下的决心。

陛下的心情不好。所有人都知道最近几天陛下的心情不好，因为陛下连每旬陪太后看戏的固定节目都停了，除了日常朝会，没有多少人能够有机会见过陛下。姚公公、侯公公以及如今复用的戴公公这几日天天在宫门外被大臣们围着，大家都想知道究竟发生了什么事情。

陛下没有传召亲信的大臣入宫，看模样似乎不是因为什么事情在烦恼。但人们就是知道，陛下的心情不好。因为在朝会上，奏上来的折子大部分都被驳了回去，大理寺卿被狠狠训斥了一顿，枢密院的秦老大人也被陛下骂了一通。秦家是军方重臣，更是陛下心腹之中的心腹，一般情况下，在文武百官面前陛下总会给秦家留些颜面，今天却是这般刻薄……

京都守备秦恒秦小将军面色不变，出入门下中书之时，依然保持着清朗的笑容，看样子并不怎么在意陛下对老父的训斥。

看到这一幕，群臣才明白陛下是借训斥自己的心腹，来提醒一下另外的某些人。这是一种很玄妙的手法，没人知道皇帝想提醒谁，但提醒这件事情本身已经存在。

果不其然，没过多少天，叶重在定州再次上书陛下，言道如今天下太平，定州已无必要维持太多的兵力，应该多裁撤一些。皇帝直接允了此议，根本不让朝会与枢密院辩论此事。群臣包括新任的胡大学士、舒大学士在内，猜测这是去年悬空庙一事的后续，没有联想到别的方面。

这之后，陛下的心情似乎好了些，恢复了每日对太后娘娘的问安，同时允许长公主再次进宫。距离产生美，产生危险，一家人，住在一起一定会安全许多。

皇帝想必是这样想的，陈园里老跛子也这般想着。

只有宫里的人才知道，陛下的心情没有好转，他的脸上依然带着忧愁与极细微的难过。

皇帝是天下之主，是所有人身家性命所托，是所有人前途富贵所望，所以宫里的所有人都在小心翼翼、无比紧张地猜忖着陛下究竟藏着什么心思。

在太极殿与御书房近身侍候的几位公公早已混成了人精，对各宫的试探问话当然不肯发出任何声音，而且在洪老公公的积威下，各宫的嬷嬷太监也不敢问得过于明显。

长公主郁郁不乐地搬进了广信宫后，马上恢复了艳丽的风姿，天天去太后身边陪着说话，偶尔也去东宫见见皇后与太子，但她也不知道皇帝究竟在想些什么。

这个时候，东宫的一位太监头领便成了很重要的人物。

他叫洪竹，一直在皇帝身边做事，深得陛下喜欢，而且传闻中与洪公公有什么亲戚关系。洪公公对太极殿和御书房的人事也熟悉，如果要打探消息，当然是最合适的人选。

洪竹在东宫出任四品太监首领已经有三个月了，凭着皇帝派来的身份与小心妥帖的服侍已经得到了皇后的认可，不过却无法这么快便获得接纳。

今次皇后要他去打探此事，也是想看看他究竟可不可用，可用到何种程度。她微笑地望着跪在身前的小太监，心里也有些喜欢这个小太监的知情识趣，眉清目秀，轻声道："虽说后宫不能妄干国事，但是知晓陛下心情，也好做些羹汤奉上，让陛下开心些。"

洪竹谄媚道："皇后娘娘想得周到。"

"去问一下吧。"皇后叹了口气，说道，"如果让陛下知晓了，也莫要欺瞒，本就不是什么见不得人的事情，莫害了你自己。"

洪竹面现感动，领命而去。过不多时，这位新近红人便在偌大的皇宫里转了几圈，被拍了一通马屁之后，不敢继续接受赞美，赶紧回了东宫，附到皇后耳边轻声说了几句。

皇后微微蹙眉，叹道："原来是为了国库空虚之事，这大江江堤的修葺，本宫也是知晓的，从初冬一直拖到了如今，还不是因为没钱的缘故。唉，本宫如果能空手变出银子来，也能解了陛下的忧虑，可惜了……"

洪竹嘿嘿笑道："皇后娘娘哪里需要为这些事情烦心？至于国库不是有范尚书打理户部？"

皇后听着"户部"二字，眼睛一亮，装作无意地问道："范尚书长年打理户部，也算是劳苦功高，这国库空虚……乃是进项的问题，他又有什么法子？"

洪竹微微一怔，欲言又止。

皇后看他神情，轻蔑地一笑道："小孩子家家，偏生有这么多心事。"

洪竹吓了一跳，赶紧跪了下来，苦着脸说道："奴才不敢，只是在御书房那……听说陛下昨天发了好大一通脾气，说户部做事无能，而且……"他压低了声音，"听说……户部有官员亏空，暗调国帑，数目还很大，陛下为之震怒。"

皇后心头一跳，神情却遮掩得极好，微笑道："这些朝政就不要与本宫说了，陛下近日心情如何？时常在宫里逛些什么地方？"

洪竹知道这是宫中的禁忌，将牙一咬，爬到皇后身边，压低了声音。皇后柳眉一竖，旋即无力一软，再也掩饰不住，双唇微微颤抖道："小楼……又是小楼。"

等洪竹满心不安与害怕地出殿后，屏风后方走出一个年轻人。年轻人身着淡黄色的袍子，面部线条柔和，双目清明有神。能穿这种服色的，除了皇帝、太后、皇后就只有太子殿下。

如今的太子殿下身体比前两年好多了，脸上那种不健康的白色已经退去不少，固然是因为皇后严加管教，不允许他在男女之事上耗费太多精力的缘故，也是年岁渐长，面对纷繁的局势与几位皇兄皇弟的步步进逼不得已而做出的改变。

以往对太子来说，最大的敌人自然是二皇子，但当二皇子被范闲打落马后，他愕然发现，原本以为是自己最大助力的范闲竟然也是父皇的儿子，而且还是父皇与那个妖女的儿子！

东宫与对方有不可解的仇怨，太子现在当然最警惕远在江南的范闲。大家彼此心知肚明，太子如果登基，范闲一定没有善终，而范闲如果独掌大权，也一定不允许太子登基！

"户部的事情似乎可以动手了。"太子一直在屏风后听着皇后与洪竹的对话。

皇后想了一会儿，道："洪竹这个太监，究竟有多少可信之处？"

"七成。"

"我也是这般想的。洪竹本在御书房里当差，跟在你父皇的身边，飞黄腾达指日可待，如今虽然调来东宫，升了两级任首领太监，却是比年前要差得远了。"

"如果不是范闲将洪竹索贿的事情禀告了父皇，父皇也不会把洪竹赶了出来。"

宫中人人皆知那日御书房中的故事，都以为洪竹离开御书房，是因为他得罪了范闲。

"看陛下处置，他是真喜欢洪竹这个小太监……问题在于此事究竟是真是假？"

"洪竹记恨范闲应该是确实的，至于父皇那边……"太子沉默了一会儿，继续说道，"就算父皇是用洪竹来监视孩儿，孩儿自忖这大半年来表现还算不错。"

皇后眼中闪过一抹杀意，冷笑道："范建不能再留户部了，不然范闲在江南掌内库，范建在京都掌国库，你将来的日子会很难过。我待会儿去广信宫问问你姑姑的意思。"

太子神情微异，却极好地遮掩了下去，不确定地说道："这次还是请姑姑那边出面？"

皇后冷笑道："她也不是个好相与的，陛下让她住进宫中何尝不是存着就近监视的意思？人在深宫，她想和朝中大臣联系可就不怎么方便。你父亲做事，每每看似简单，细思却是妙得很，这方面你要多学学。你那姑姑，最近想动弹可着实不方便哩。"

她叹息着，眉眼间却有股掩之不去的幸灾乐祸意味。十余年来，长公主李云睿一直极为耀眼，甚至连她皇后的风采都夺了很多，叫她如何乐意？如今陛下对小姑子越看越不顺眼，理智上她知道并不是什么好事，感性上仍然忍不住生出极大的快慰，那个不要脸的小狐媚子！

太子看着她的神情，忍不住叹了口气。

皇后寒声道："我只是去通知她一声。你姑姑与老二的关系……咱们暂时忍忍，至于查户部亏空的事，我会找人去做。虽然你的舅家已经被那些疯子杀完了，但在朝中还是藏着些人的。至于范建……他调国库那么多银子去江南，难道以为瞒得住天下人？瞒得过陛下？陛下就算再喜欢范闲，也不能容许这种事情发生在他眼皮子底下！"

太子微微一惊，难怪户部亏空得如此厉害，原来范尚书的胆子竟然这么大！他这才知道，母亲与姑姑早就抓住了户部的病根，难怪如此自信。

皇后道："户部事后，天下又会太平几天，范闲也不可能再像如今这般蹦跶了。在陛下心里，只要你不闹太出格的事情，他都只会当没看见，归根结底，你才是真正的太子。"

太子叹息了一声："历朝历代，或许也只有儿子这个太子当得最窝囊。"

皇后冷笑道："史上不知道多少太子即位前活得比你还不如！怕什么？只要熬到登基的那日，有的是你扬眉吐气的时候。母后断定陛下只想让你继位，自然有我的道理。"

太子一听心中发急，说道："可老二虽然垮了，老三下了江南，还一直被范闲带着。"

这是京都最近议论最多的事情，三皇子小小年纪便随着钦差大人下江南视事，名为学习，难道是要学习如何治国？皇后瞪了太子一眼，道："连个黄口小儿都怕成这样，有什么出息？"

太子有些郁闷地说道："儿子实在看不出来……父亲有您说的那个意思。"

"没那个意思，不早就废了你！"皇后恨铁不成钢地说道。

太子苦笑道："或许，父亲就是在找一个机会吧。"

皇后摇头道："你错了，你比其他那几位兄弟有最大的一个好处，你自己却不明白。"

太子不解地问道："什么好处？"

"大皇子有东夷背景，淑贵妃娘家也颇有势力，宜贵嫔出身柳家，在京中更是大族，又有范闲以为倚仗……所有皇子中，就只有我们母子是孤家寡人，没有任何家族力量可以利用。我与陛下毕竟是一起生活了这么多年的夫妻，还不知道他？你那父亲什么都好，就是疑心病太重，这庆国大位要传下去，他当然怕李氏皇权旁落外戚。所以老二不行，老三……更不行！"

皇后寒冷的目光像两把刀一样剜着太子的心："只有你……陛下让那老跛子杀了你母亲我整个家族，一是为了那个妖女报仇，另一方面何尝不是在为你日后清除障碍。"

太子如遭雷击，一时间根本说不出话来。

"不要害怕，我的孩子。"她轻轻抚摸着太子冰凉的脸颊，叹道，"不论陛下使出多少手段，也都是在促使你成长。很多年前他就选了你，而他从来不会怀疑他自己的选择。"

太子喃喃道："是这样吗？"

皇后有些神经质地哧哧地笑道："当然，哪怕他的选择本来就是错的。"她忽而神色一厉，咬牙道，"所以你听明白了吗？你能够成为太子，而且永远不会被废……全是因为你的母族付出了三千多条性命！你的长辈，亲人统统死了，用他们的血，他们的尸身，才给你铺就了这条通往皇位的路！所以你一定要忍下去，直到忍到成功的那一天！"

太子忍不住打了一个冷战，因为太后管得严，他也是最近几年才知道当初京都流血夜的真相，知道自己的外公、亲舅全部死在那一次动乱之中，原来父皇是要除了自己身边的外戚！

他的心微微抽紧，不知道该如何反应，如果母亲的分析是对的，那么只要自己表现得足够沉稳，只要不出什么大问题，那把龙椅终究还是自己的！

他的目光渐渐坚毅起来，看着母亲重重地点了点头。

宫与朝其实是两位一体，以皇帝为中心，两个权力场形成了统一。

朝臣要巴结皇上，就要巴结宫中的贵人，宫中的贵人要将手伸出宫外，也就需要借助外面的朝臣为自己做事。

所谓利益集团，不就是这么来的。

皇帝在御书房针对户部亏空一事大发脾气，这个消息经由无数个途径传到宫外，整个官场都开始蠢蠢欲动。在庆国做官的最高宗旨就是，陛下不喜欢的事情一定要赶紧跟上，有陛下的心情做指标，肯定不会犯错。但这次宫中的消息与朝堂上的反应却出现了一个明显的时间差，众官员比往日更要沉稳与小心谨慎一些。一来是因为，要查户部亏空，肯定要牵涉到户部尚书范建，而谁都知道，范建此人沉稳老辣，与靖王爷关系莫逆，与陛下还有几分奶兄弟的情义。

官员们小心翼翼的第二个理由很简单——因为范建的儿子姓范名闲字安之，乃是监察院提司大人，如今行江南路全权钦差大人。虽然大家都心知肚明，范闲是皇帝陛下的私生子，但范闲的忠孝在整个天下都极出名，不知有多少故事在民间流传，比如不顾一切也要入范氏祠堂……

如果查到范尚书的头上，谁都不知道范闲会有什么反应。官员们只知道二皇子曾经想过要利用范闲，结果触怒了范闲，被范闲用了无数狠招阴招，竟将已经隐成大势的二皇子打得首尾两端，溃不成军，狼狈不堪，最后成功地把二皇子打到被陛下软禁于府……但来自宫中的压力越来越大了，各方面的消息也证实了陛下确实有拿户部开刀的意思。官员们回到各自府里，终于开始写奏章。有的官员真心为国，希望朝廷彻查户部亏空一事。也有官员是得了宫中授意，要借此事扳倒范家，玩招隔山打牛，让远在江南的范闲身败名裂。但更多的还是长年在朝中揣摩迎合圣意，只想升官的政治投机分子。总之为了不同的因由，京都朝官们难得地统一了意见，要求朝廷彻查传闻中的户部亏空一事，要给天下子民一个交代，给陛下一个交代。

朝会依时开了，天依然蒙蒙亮，皇宫殿中依然清冷，皇帝依然高坐龙椅之上，大臣们依然谦卑而直接地讨论着各郡各路的政务，所有事宜结束后，皇帝问道："还有什么事？"

大理寺一位大臣出列，小意地禀道："陛下，内库转运司那事……如何处理？"

很多官员都没有想到，蓄势数日的户部亏空清查尚未开始，远在江南的范闲却首先迎来了一场猛烈的攻击。三天之内，来自江南御史与都察院的奏章如雪片一般飞到了皇宫里，字字句句，直指内库转运司正使范闲：骄横放诞，倚仗钦差身份，打压同僚，无视国法朝规，妄杀内库司库五人，激起民愤，引发三大坊工人的罢工，令朝廷损失惨重。

内库三大坊是庆国财政的支柱，像工潮这种大事已经很多年没有发生过了，消息传回京都，惊住了不少人。京都江南相隔甚远，人们并不知道闽北转运司衙门的真实状况，更不知道是御史郭铮和那些长公主一派的官员颠倒黑白，明明是工潮在先，范闲镇压杀人在后，被这些官员情绪激动一指责，却变成了范闲无理杀人在先，激起民愤在后。

在朝臣们的心中，小范大人确实做得出来这样不讲理的事，接连几日，朝会都在议论此事，只是一直没能得出个主意，陛下也始终没有松口。

有些正直的文臣并不畏惧范闲是皇帝的私生子，反而因此对范闲投予了更多不信任的目光。比如已经入了门下中书的胡大学士，他与范闲没有交往，对范闲的了解也只限于官场与民间的传闻，他很欣赏范闲的才华学识，但又确实有些相信那些御史的奏章所言。

胡大学士长年在各郡任地方官，深知京官难缠之理，很担心范闲仗着自己的身份地位，出京更是无人制衡，在江南一带胡作非为。他决定为江南的官员们说说话，一方面是免得地方上受害太深；二来也是害怕自己有些欣赏的小范大人会走上邪路。

他长身出列道："陛下，此事应彻查。"

皇帝揉了揉太阳穴，道："此事范闲早已写过条陈报于朕知晓，监察院也有院报，门下中书那里应该有一份存档，此次内库闹事，乃是范闲清查陈年积弊引发的。"

胡大学士道："陛下，这只是小范大人一面之词，既然有如此多的官员上奏参他，总要派人去江南问问，若奏章所言为真，自然要严加彻查，好生弥补，方能不伤了内库数万工人之心。若奏章所言为非，则应该严加训斥江南路官员，好生宽慰小范大人，还小范大人一个公道。"

皇帝似笑非笑地看了他一眼，心想大学士说来说去，也是坚持要再派人去江南，就算从京里派了人去，难道范闲还会怕他不成？不过他让一直流放在外的胡大学士回京，用的就是此人的孤清，将来好制衡范闲。就像很多年前用林若甫与陈萍萍打擂台一样，既然如此，他自然不会出言反对，微笑道："大学士此言有理，拟个人选去江南看看。"

胡大学士退了回去。舒芜舒大学士忍不住担忧道："谁是谁非总能查清，臣只是担心，内库经历这番风波后，入项会不会有问题。小范大人第一年执掌内库，请陛下多提点他一下。"

这是很温和的意见，也代表了很多朝臣的担忧。但舒芜温和，不代表别的人温和，有几位大臣借着他的话为开头，把话说得越来越重：小范大人毕竟年轻，内库事干重大，如果今年内库较往年差得太多，朝廷是不是应该考虑另择人选，如何如何……

"内库今年是个什么成色，还要明年才知道，众卿家未免也太心急了些。范闲究竟会不会有负朕望，总要过些时候才知道。"皇帝有些疲惫，似乎忽然想到什么，又道，"不过内库招标前些日子已经结束了，标书应该已经押回了京都，众卿家担心范闲的能力，看看这次开标的结果，应该便能知晓一二。"

江南京都相隔甚远，苏州三月二十二日开标，消息却是刚传回京都。如果走秘密邮路和院报应该会快几天，但范闲不知道是忘了还是标书保密的问题，没有透露什么风声，如今京都众人隐约知道苏州的招标事件闹得沸沸扬扬，却不知道具体的情况。

本应走得最快的消息，在监察院的全力压制下，竟比三石大师走得还要慢些。

皇帝望着下方队列中一人问道:"太常寺收到文书没有?"

内库三大坊的所有收入都由太常寺与内廷进行审核管理,他问的便是太常寺正卿。

"清晨刚至。"太常寺正卿有些紧张地说道,"臣急着进宫,所以还没有看到。"

皇帝道:"还不赶紧去拿来!"

太常寺正卿行了一礼,赶紧小跑着离开。

"大家伙儿等等吧。"皇帝似笑非笑宣布朝会延迟,从姚太监手里取过一碗茶水喝了一口。

时间一分一秒地过去,官员们等得有些急了,却不敢流露出什么表情,范闲下江南,究竟事情办得怎么样?要知道内库每年新春开标的四成定银,可是朝廷每年的第一大笔收入。

皇帝冷眼看着这些臣子,明白为什么所有文官都要站出来表达对范闲的意见,哪怕与范闲关系不错的舒芜都如此——官员们对他重用范闲早就一肚子牢骚,觉得不合体例,觉得他是用朝廷官位来弥补自己的私生子。可是这内库是朕的,这天下是朕的,这儿子也是朕的,什么时候轮得到你们来多嘴?

当然,如果范闲真的不争气将江南弄得一团糟,他再如何护短也只好调回来。不过他对范闲的信心很足,范闲由澹州入京后,他一直盯着范闲的一举一动,想看看自己和她生下来的孩子究竟会有怎样的能力。所有事情里,范闲的表现都没有让他失望,文有殿前三百诗,武有九品之名,名有庄墨韩赠书,就连那股风流劲儿也不是一般的年轻人能做到……

说到底,皇帝还是位正常的中年男人,看到范闲如此光彩夺目,他心中难免会生出几分得意与骄傲,毕竟这是他的种。所以当朝臣开始质疑范闲时,他让太常寺立刻报来内库开标详细,他不知道结果,但对范闲刮地皮的本事从来不曾怀疑过。

殿外传来一阵急促的脚步声，太常寺正卿小跑着进来，他不停地揩着额上的汗。跟在他身后的太常寺少卿任少安也是累得喘息不停，从太常寺一路跑到太极殿，确实有些费体力。

皇帝身子微微前倾，带着一丝兴趣问道："怎么样？"

殿中的大臣们也紧张地看着太常寺的两位官员。

太常寺正卿咕哝一声吞了一口水，来不及说什么，面带喜色，大声道："贺喜圣上！"

此言一出，所有的人都知道，庆历六年的内库新春开标形势看好，而且是一片大好，不是小好。有些官员松了口气，露出了笑容，舒大学士也是连连点头。大多数官员却是怔住了，没想到在长公主的暗中掣肘下，范闲居然没有受内库工潮的影响，把新春开标办了下来。

皇帝听见"贺喜圣上"这四个字之后，也是心头一松，整个人坐回了椅中，安稳得不得了——虽然他对范闲有信心，但没有得到确实回报之前，还是有些紧张。

"具体的数目是多少？"

人人都需要钱，皇帝也不例外，他拥有天下所有的钱，更希望天下银钱的总数目越多越好。

任少安咳了两声，取出一封卷宗清声读道："庆历六年三月二十二，内库转运司开门招标，北南东三路行权十六标，核计总数为……"他读到这里，被那个巨大的数字再次吓了一跳，略沉了沉心神，念道，"两千四百二十二万两……整！"

第十三章 君要臣走，老子偏不走

整座太极殿鸦雀无声，许久都没有人能够说出话来。群臣们面面相觑，被这个巨大的数字压得有些喘不过气来，所有人的精神都陷入了一种茫然的状态。

两千四百二十二万两，这么多？这比去年整整多了八成！范闲……他是怎么做到的？难道他会蛊惑人心的妖术，让江南那些皇商都变成了白痴？

啪的一声轻响，舒大学士满脸通红，脚下不稳，摔在了地板上，他就势跪倒在地，对着陛下激动无比地说道："恭喜圣上，贺喜圣上！"

群臣这时候才反应过来，嗡的无数声惊叹之后，转过身来对皇帝行礼歌颂，马屁如潮涌，奉承如海，圣恩如山，天佑大庆，陛下英明，如何云云……

两千四百万两白银！就是只算四成定银也有近一千万两银子！这样大一笔银子，可以用来做太多事情，比如修河工，比如赈民生，比如加军饷，比如……涨涨俸禄？不管这些大臣们分属何种派系，一想到朝廷有了这样大一笔银子，都欢欣鼓舞起来。这种欢欣鼓舞不是作伪，而是实实在在的高兴，大臣们不论贪或不贪，贤或愚，总是希望朝廷能更好一些。而他们在拼命地拍皇帝马屁的同时，当然也会想到先前还被自己怀疑反对的……小范大人。

内库开标如此顺利，为朝廷带来了如此大的利益，远在江南督战的范闲自然要居首功，只是这个弯要怎么转过来？这时候又是胡大学士第一个站了出来。

热闹的大殿顿时安静了少许，都想知道这位胡大学士想说什么。

只听胡大学士平静地说道："这个数目大得委实有些不敢相信，臣不希望范大人用了些什么别的手段，所谓涸泽而渔，今年将江南皇商欺诈干净了，内库的出产却跟不上的话，明年怎么办？"

一片祥和中忽然多出了一个不和谐音符，真的让人很不舒服，哪怕是那些看范闲不顺眼的大臣都有些瞧不过去了，纷纷出言替内库转运司说话，认为胡大学士此言不妥。

皇帝也从先前的兴奋中脱离出来，望着胡大学士冷冷地说道："依你之见，范闲为朝廷谋了这么多银子，却不当奖，反而当罚？"

胡大学士摇头道："臣不在江南，不知具体情况，只是依为臣本分向陛下提醒一二。至于小范大人，只要此次开标没有问题，当然不该受到任何惩处，而应大大受赏。"

皇帝冷笑着问道："依胡卿所见，应当怎么赏？"

"虽是银货之事，却是国之根本。"胡大学士道，"小范大人立此根本大功，便应受不世之赏。"

皇帝微微眯眼，问道："何为不世之赏？"

"将闽北及苏州开标之事全数调查清楚后……"胡大学士抬起头来，看着皇帝认真地说道，"臣愿做举荐人，请陛下宣召小范大人入门下中书，在内阁议事。"

此言一出，群臣大惊！

林若甫去职后，庆国再无宰相，由门下中书的大学士们负责。秦恒出任京都守备，刑部尚书颜行书退出后，胡大学士归京，门下中书省的内阁地位便确定了下来——如果能进入门下中书，就等于进入了朝廷的最高决策权力机关，胡大学士这是要荐范闲入内阁？这怎么可以！

皇帝想也不想，直接说道："不可，范闲太年轻。"

震惊中的大臣们听着这话才心下稍安，心想陛下英明，不然这也太荒唐了。

胡大学士平静地说道："古有贤者十六为相，更何况门下中书实为陛下文书机构，并非真正的宰执。小范大人天赋其才，多职多能，如此人才正应在朝堂为陛下分忧解难。"

皇帝似笑非笑地看了他一眼，说道："他是监察院的提司，依庆律，监察院官员不得兼任朝官，便是退职后也只能出任三寺闲职。"

胡大学士接得极快："庆律终不及陛下旨意，年纪尚轻不是问题，监察院职司不是问题，若非如此，臣岂敢说是不世之赏？"

皇帝笑了笑，挥手道："此事不需要再议，朕……是不会允的。"

天子一言，驷马难追，胡大学士只好退了回去，脸上没有什么别的神情。

皇帝眯眼看着下方，发现胡大学士与舒芜对了一下眼神，便知道舒芜这个老家伙事先就得到过风声，也知道了为什么今天胡大学士会提出如此荒唐的建议。

范闲表现出来的能力太惊人，如果留在监察院，文官们自然不安，他们只想范闲离开监察院，重新回到文官系统。范闲隐隐是天下年轻士子的领袖，文臣们接纳他并不困难。

胡大学士与舒大学士是惜才之人，也是识势之人，自然能看出陛下对将来的安排，却还是不甘心范闲这颗明珠蒙了监察院的尘，不管是为文官系统还是范闲考虑，都想将范闲挖过来。

虽然现在提这个早了些，但胡大学士肯定要抓住今天这个难得的时机，向范闲表示文官系统的诚意，提前多年开始做言论上的铺垫。

对臣子们的这些小心思，皇帝陛下也不怎么计较，反而从这件事情上，越发感觉到自己这个私生子给皇族所带来的光彩。他心中骄傲着，面色平静着，眼神复杂着，看了一眼一直在队列中默不作声的户部尚书、自己儿子名义上的父亲——范建。

皇帝只是看了一眼，却落在很多有心人的眼里。这时候还要查户部的亏欠吗？众人心知肚明，户部终究是要查的，户部亏空的传言已经传了许久，空穴来风，未必无因，国库的空虚也隐隐证实了这一点，但是查归查，什么时候查却需要智慧。今天远在江南的范闲刚立大功，陛下想必也极欢喜，自己这些大臣就跳出来参范建，似乎有些说不过去……

忽然有位大臣长身而出，拜倒于地，向陛下禀报有关户部亏空一事，言之凿凿，似乎国库少了多少钱全落在了他的眼中，也不知道他从哪里来的信心。

皇帝皱着眉头没有说话，大臣们心想这究竟是想查呢还是不想查呢？偷偷望向户部尚书范建，只见范建依然一脸正容，肃静恬淡，不由好生佩服大人的养气功夫。

"户部之事……御书房议后，会有旨意下来。"皇帝说完这句话，便宣布散了朝会，一拂龙袍转入屏风之后。

群臣往殿外走去，一路上忍不住窃窃私议，猜测陛下心里究竟在想什么。

并不怎么宽大的御书房中搁着几张绣墩儿，几位大学士、吏部尚书颜行书、大理寺卿、工部尚书分别在座。太子、大皇子、二皇子如往年一般，垂着双手，恭敬地站在侧方。

皇帝坐在榻上，面无表情地翻着朝官们呈上来的奏章，从昨天夜里就不断有官员开始上奏参劾户部亏空、官员挪用国帑，只是今天朝上被范闲送来的银票打脸，这股风头顿时被止住了。

舒大学士与胡大学士悄悄对望一眼，知道皇帝将清查户部放到御书房中讨论，是要给范建留些颜面，只是……为什么范尚书今天不在御书房？如果陛下真有回护范府之意，应该允他在此自辩才是。看陛下安排，似乎和自己猜想的不一样，户部的亏空看来是真事，而不是陛下玩弄的小手段，范尚书这次真要被推到风口浪尖上了。

"范建告病。"

皇帝头也未抬,只是声音里难以抑止地流露出一股子恼怒。

大臣们苦笑无语,心想咱们大庆朝的这位大管家还真是位妙人,每遇着有人参自己,什么事情也不做,连入宫自辩也似乎有些不屑……只是这么简简单单的一招病遁。

皇帝将手中的奏章扔到一边,说道:"对于户部事,有什么看法,都说说。"

几位大臣面色平静,眼观鼻,鼻观心,谁都不肯第一个跳出来得罪范家,心想既然是举朝都在怀疑,总有人比自己先沉不住气。然而能在御书房里有座的大臣,自然养气功夫都极为深厚,半晌后还是没有人开口,御书房陷入尴尬无比的沉默中。

太子殿下看着这古怪的一幕,心里忍不住好笑起来,心想诸位大人只求安稳,却没料到会让父皇心里不痛快。此时正是他卖好的时候,他赶紧用眼神提示了一下舒大学士。

舒大学士怔了怔,也觉得气氛有些微妙,赶紧开口道:"陛下……"

只来得及说出两个字,皇帝压抑着的怒火便爆发了出来,斥道:"要查户部的奏章是你们上的!这时候在朕面前摆出个死鸟模样的,也是你们!朝廷要你们这些闷口葫芦有什么用?"

几位大臣赶紧离座躬身认罪。

皇帝一口气喝了碗银耳汤,略消了消火气,冷哼一声,挥手示意几人坐下。

既然天子发怒,意思也就明显了。舒大学士与范府关系不错,不希望有人想借着清查户部一事打击范府,便领头道:"虽说不知最近的传言从何而来,都察院御史们又是从何处得知户部亏欠如此之多,但既然有了这个由头,总是需要查一下的。就看陛下的意思是准备怎么查?前些年户部老尚书一直卧病在床,事务也是范建在总领。算下来他打理户部已经很多年了,要知道户部事务最是琐碎,要立功难,要出事……却太容易,是个煎熬的苦差事。范大人主理多年,虽然无功,但一直无过,这对朝廷来说已经是大功一件,还望陛下体谅范大人劳苦之功。"

所有人都知道了舒芜的立场,户部要查,却不能搞成一团乱。

皇帝问工部尚书:"你的意思?"

工部尚书后背一道冷汗淌了下来,苦笑道:"这两年工部往户部调银每多不顺……但公务不碍私论,臣并不以为户部是在刻意为难,或许真是挪转不便。"

此乃诛心之论,户部若没亏空,又怎会出现挪转不便?紧接着,吏部尚书颜行书也立场鲜明地表明了态度,建议皇帝应该彻查户部,若有问题则罚,若无问题也好让户部的压力小些。

皇帝听着大臣们遮遮掩掩的话语,心里略感厌烦,眉头皱了起来,用手指轻轻敲了敲矮几,指着几上那几封薄薄的奏章说道:"江南来的奏章,你们几人看看。"

姚公公安静地上前接过奏章,发到几位大人手里。

此时,御书房只听得见翻阅奏章的声音与渐渐沉重的呼吸声。

良久,众人互换阅读完毕,抬起头来,脸色震惊,而舒芜与胡大学士对望一眼,没有掩饰自己的忧虑,如果奏章上面说的事情是真的,范尚书和那个家伙的胆子……可真是太大了!

"江南路御史郭铮上书,内库招标时,范闲选了一个姓夏的傀儡,提供了大笔银两,一方面让姓夏之人夺了六项货标,另一方面也让他与皇商们对冲,将今年的标银抬了起来。"

皇帝的声音再次响起,平静得就像是在说一件与自己完全无关的事情。

"郭铮怀疑范闲手中的银两来路。"他望着诸位大臣面无表情地说道,"范闲纵容手下与皇商争利,这事暂且不提,但是哪位大臣能告诉朕,这么多的银子他从哪里来的?"

舒芜喉咙发干,有些说不出话来,这才知道查户部亏空是因为江南的问题。皇帝的意思很明显，涉及此事的巨大数目银两，只怕是范闲……从户部调出去的！

看落款时间，那些奏章应该是昨夜到的皇宫，陛下早就知道内库开标中范闲用了些不光彩的手段，但先前在朝会上的喜悦又不是作伪……这是怎么回事？或者说，陛下很喜欢范闲为他挣银子，却很不喜欢范闲用朝廷的银子为他挣银子？是啊，朝廷的银子只皇帝能动，谁都不能擅自动，看来范家这次是真的触动了皇帝的逆鳞。

死寂里，不久前才被再次允许入御书房旁听的二皇子开口道："父亲，儿臣有话要讲。"

"讲。"皇帝冷冷地说道。

二皇子对诸位大臣行了一礼，轻声道："儿臣与范提司有些旧怨，但儿臣不敢因此事而不表意见。儿臣以为，范闲既然远在江南，有钦差的身份，自然无人掣肘，而他窃朝廷之银为己用，纵容属下与民争利，实为大罪。至于户部私调国帑下江南，更是迹近谋反了。"

这是在定基调，明明所有人都知道他是在针对范家，却也无法反驳什么。

一直沉默不语的大皇子忽然开口说道："江南路御史郭铮与范闲有旧怨，当年在刑部大堂上险些被范闲打了一记黑拳。"

说完这句话后，他就再也没有开口。

舒大学士心道，对啊，这可是必须抓住的机会，如果真按郭铮奏章所言，不只户部要大乱一场，范闲也没有什么好结局，真不知道有多少人头要落地，庆国如今可经受不起这般折腾。

"陛下，郭铮此人，老臣不怕言语无状也要多言一句。此人好大喜功，多行妄诞之举，去年才被陛下贬去江南，难保他不会因为与小范大人宿怨的关系，刻意夸大其事，构陷害人。"

"宿怨"二字一出，所有人都忍不住看了一眼与范闲宿怨最深的二皇子。二皇子脸上依然保持着微笑，脸皮却开始发热，他用幽怨的目光看了一眼大皇子。

舒大学士的话说完了，皇帝就算有些别的想法，也不可能说什么。去年为了范闲大闹刑部的事情，他将郭铮发落到江南路，用的借口就是此人好大喜功，德行不佳，自然如今吞不回来了。只不过当时他是要安抚范闲，如今他想借郭铮的奏章做些事情却被舒大学士这么堵了回来，不免有些自嘲，心想这算不算是自己挖的坑，自己往里跳？

"不是还有位公公去了江南？"太子这时候跳出来显示自己的愚蠢，"父亲，御史郭铮的一面之词确实不可尽信，等那公公回来一说，不就知道江南到底是怎么回事了。"

那位公公会怎么诽诋范闲，还不是太后娘娘的一句话？

皇帝瞪了他一眼，冷声道："太监的话怎么能信？祖训在此，你不要忘了！"

太子不敢再言，一旁服侍的姚公公沉默不语，面色不变。

"等着薛清的奏章吧。"皇帝闭着眼说道。

御书房内众人纷纷点头，心想江南总督的奏章才是最重要的。

一直没有表态的胡大学士说道："诚如二殿下所言，如果有人私调国帑下江南谋利，真是迹近谋反，臣相信范尚书断不是这等丧心病狂之人。不过既然江南路御史与某些地方官员上了奏章，朝廷也不能不管不问。关于户部的清查确实应该开始进行，一来是要满朝文武百官心头服气，二来也是要洗清范尚书所受到的这些指责。"

皇帝忽而自嘲笑道："……朕有些好奇，诸位大臣想过没有，究竟该怎么查呢？"

众人不由得一寒，听出来陛下确实对范尚书的意见很大，却不明白一向深得圣宠的范府，为什么突然会成为陛下不喜欢看到的地方？范尚书究竟在哪里得罪了陛下？

皇帝最后问的那句话，也让大臣一片哑然，根本不知如何应对。庆国朝廷监察吏治的是两个系统，一个是言官，便是那些挨惯了廷杖的都察院御史，另外一个当然就是监察院。

都察院属于预防贪腐机构，有风言奏事之权，所以先前江南路御史郭铮才敢在没有一点实据的情况下，上奏参劾范闲。监察院则属于事后的查缉机构。一般情况，调查此事的当然就是监察院，三品以下官员他们都可以无旨而查，查到侍郎尚书之流，也只需要请一封旨意。

问题是……陈院长好几年没有亲自办案，最近一年更是不再视事。范闲已经拥有整个监察院的调动权，除了人事任免，和陈萍萍的权力没有区别，如果让监察院去查户部的亏空……

大臣们纷纷摇头，心想不管是让儿子去查老子，还是自己查自己，能查出问题来才叫见了鬼！

舒大学士苦笑道："看来这次要让监察院避嫌了，只是一时间，臣也不知道应该如何安排。"

他身旁的几位大臣连连点头。皇帝却面无表情道："为什么不依旧年规矩？"

舒大学士连连叫苦，心想陛下为什么要装糊涂？鼓起勇气道："小范大人毕竟是监察院的全权提司，如果让监察院查户部，这事情传出去，恐怕影响不太好。"

"就让监察院查。"皇帝冷声道，"同时吏部、刑部、大理寺派员襄助，你们再选一个领头儿的出来总领此事，要查户部亏空，哪是几个人就能做成的事情。"

大臣们听得明白，所谓派员襄助，就是监视监察院罢了，只是真的不明白，陛下既然属意由吏部刑部加大理寺，为何非要把监察院也拖进来。

至于那位总领清查户部的大臣，必然会得罪范家和相关的官员，但如果真能查出问题，也是一大功劳。最终还是没人敢冒险去接这个烫手山芋，哪怕是颜行书与二皇子，也沉默不语。

皇帝的目光在大臣和儿子们的脸上缓缓移过，最后落在了胡大学士处。

胡大学士年初才被提为内阁大学士，今天皇帝点他来办这事，无非是他入京尚短，没与各方势力纠缠在一起，另一面也是想借清查户部一事，帮他在朝中树立起自己的权威。

胡大学士明白，感激与无奈并存，起身便要行礼，便在这时，沉默的大皇子抢在胡大学士前说出了今天的第二句话："父亲，儿臣愿做这个得罪人的人。"

皇帝摆手道："你……不行。"

大皇子皱眉道："儿臣敢以人头担保，查案绝不会有所偏颇。"

皇帝喝道："你是禁军大统领，却去清查户部，难道想开军方干政的例子！"

这句话极重，大皇子不好再继续说什么。

胡大学士离座请命："臣，愿总领清查户部一事。"

皇帝点了点头，又回身对太子道："你也去跟着胡大学士学习学习，清查一事由胡大学士领头，你就做个跑腿的。"

"儿臣遵旨。"太子面色平静，内心却是喜不自禁。父皇说只是个跑腿的，但往户部衙门里一坐，谁不惧自己这个东宫太子三分？所谓总领之人，除了胡大学士原来还有自己的一份，太子有些高兴，悬空庙之后父皇对自己的态度一直不冷不热，今天看来终于有所好转。

群臣诸子领命而去，御书房恢复宁静，皇帝表情冷峻喝了口茶，起身离榻。姚公公赶紧给他披了件风褛，看出来陛下的心情不大好，小意问道："陛下，回殿休息？"

"不。"皇帝在前往御书房外走了出去，"去小楼。"

姚公公赶紧跟了上去，心里却奇怪，最近这些天陛下去小楼的次数是越来越多了。

舒芜的府邸也在南城，以清幽闻名，并不如何阔大。不过此时两位酒酣之人在亭下说话,也不需要担心春风会将自己的声音吹出墙外,被旁人听到。

"圣心难测啊。"舒芜看着胡大学士叹道,"你这差使只怕有些难做,真是顺了哥情失嫂意。"

这话里将陛下比作了哥,将范家比作了嫂,不免有些不伦不类。胡大学士笑道:"什么胡话?你又不姓胡,莫不是喝多了吧?"

"不是胡话。"舒芜压低声音说道,"看陛下的意思,是一定要查出户部有点问题才善罢甘休,可如果真出了问题,范尚书怎么办?"

"现在的问题是户部究竟有没有什么问题。"胡大学士面现愁容道,"你对我详加解说过小范大人的性情,以他清明之中带着三分狠厉,温文尔雅之下藏着胆大嚣张的行事风格来看,为了稳定江南,增加赋税,他调动户部银钱下江南……说不定还是真事!"

"真假暂时不论,反正薛清一天不表态,朝廷也不可能知道那边的情况。至于户部亏空,打仗要调钱,修河要调钱,赈灾要调钱,修园子要钱,开春闱要钱,天下都在往户部伸手讨债一般地要着,皇子和官员们还要借钱,历朝历代哪有账目上完全清楚的户部!"舒芜冷笑道,"户部,注定了就不可能干净。说句公道话,咱们大庆朝这位范尚书,从户部下层官员做起,这一世都在户部里做事,他治下的户部已是我朝开国以来最干净清明的一个户部。可就是这样,如果真要在里面挑刺,哪有挑不出来的道理?"

胡大学士沉默不语。他知道范尚书与前相爷林若甫不一样,与在江南嚣张的范闲不一样,或许有些不干净,但行事低调沉稳,能力极强,官声之佳也是满朝罕见。这样一位户部尚书倒在政治斗争中,他都会觉得无比可惜。可今次陛下偏偏流露出让范建去官的意思,这是为什么?

"这是为什么?"舒芜皱着眉,直接问出了今日在御书房里的那些大臣心上的疑问。

胡大学士抬腕举起一杯内库出产的烈酒灌入唇中,许久没有说话。

舒芜盯着他的双眼，知道这位比自己年轻不少的同僚，在某些方面的判断相当值得信任。被逼视良久，胡大学士叹了一口气，道："在这种时候陛下动了这等心思，实在是……"他似乎找不到什么形容词来形容皇帝陛下，只好苦笑道，"实在是令人佩服。陛下清查户部，看似是因为官场上的风声及内心的疑虑，其实，这却是一招一石三鸟的好计策。"

"哪三只小鸟？"舒芜胡须上满是酒水，口齿不清地问道。

"第一只鸟当然就是户部。清查户部如果有结果，范尚书只好自请辞官回乡。第二只鸟是……首倡此事的长公主一系官员。户部事发，范建辞官，范闲如何肯善罢甘休？别看我，陛下绝对不会允许这件事情牵连范闲，范闲事后依然会是监察院提司，当然要对长公主一系的官员进行报复。陛下为了安抚范闲，说不定要裁掉几位大员。"

"那为何现在陛下不能为了范闲保住户部？"

"道理很简单，范尚书的去职，范闲的愤怒，陛下都可以推到长公主身上。范闲一方先损宰相后损范尚书，陛下为了保持平衡，也要将对面削去一大截。"胡大学士继续道，"这个说辞，是说服宫中那位老人家最好的手段，一切……都是为了庆国不是？"

舒芜继续叹息着，问道："那第三只鸟是什么？"

胡大学士似笑非笑地望着他："第三只鸟，自然就是我与老舒你了。"

舒芜大惊道："这又是何种说法？你领了此命，我在御书房中所议都是秉公而论，范闲他又不是糊涂人，怎么会对我们生出怨恨？"

胡大学士自嘲一笑道："谁让咱们今天在朝上露出想拉范闲入阁的意思？陛下对日后朝局的安排非常清楚，你我乃是一方，范闲的监察院乃是一方，陛下自然要破了我们的想法。今次事毕，就算范闲不会记恨我们，但怎会不记恨朝堂上的大臣，自然不会遂我们之愿了。"

"尽是猜忖之言。"舒芜失笑道，"圣心再是难测，也莫要想得如此复杂。"

胡大学士无奈道："是你要说，最后又来取笑。"

舒芜忽然面色一怔道："不对！你说的第一只鸟不对，你得给我解释清楚，为什么陛下不想范尚书继续打理户部，为什么要逼着范尚书自请辞官。"

胡大学士低声道："原因很简单，因为陛下不愿意每天在朝会上看到范尚书的脸。"

舒芜很快便明白了他的意思，不由长叹了一声，心里替范建感到不值。

御书房会议结束后不久，称病在府的范建就得到了风声，知道朝廷将要清查户部。

"不是一石三鸟之计，是一石四鸟。"范建微笑着向对面说道，"服侍陛下近三十年，我对陛下的敬仰始终如初，从未稍弱，实在是……佩服啊佩服。"

无论人前人后，提及陛下范建都非常尊敬，今日书房中这两声佩服……却是说得大不恭敬。

"第四只鸟是什么？"

范建伸出了右手对着身前展开，屈起拇指，四根手指坚强不屈地向天指着："第四只鸟，是监察院。"

"陛下要看看自己一纸令下，监察院会不会还像以往那些年一样，被他随意使动，而不是像他担忧的那样，已经被范闲握在了手中。"

"闲儿进步太快。"范建想到远在江南的儿子，有些感慨，"陛下还想看看陈萍萍与我的真正关系到底是什么。闲儿入京前，我与老跛子一向不对路，他要做的事情，我坚决不做，我要做的事情，他坚决反对。如今想起来，应该是我和陈萍萍都在怀疑对方，怀疑对方在很多年前的那件事情当中，是不是扮演了某种不光彩的角色。"

他看着对面继续解释道："正是如此，陛下才会继续信任我与陈萍萍，但后来闲儿入了京，我和陈萍萍之间的猜忌少了很多，自然，陛下对我们的猜忌便多了起来。最关键的是，闲儿如今越来越光彩，陛下想到当年的事，如今的景，看我便会越来越不顺眼。"

"陛下吃醋了，所以我要退了。"

这就是范建的结论，但他的脸上很快便出现了一抹如今已极难见到的轻佻笑容。

"不过……你是知道我的，我一向沉默，善于演戏，骨子里却十分倔狠，他想让我学林若甫自请辞官，免得大家撕破脸皮不好看……我偏不，反正皇帝总要比臣子更在乎脸面。"

这是你教我的。

范建手指轻轻搓动，感受着那张纸所带来的触觉。

纸上用炭笔画着一位女子的头像，寥寥数笔，却极传神地勾勒出了那位女子的神态与容貌。女子的那双眸子，就那样悲悯地、温柔地、调皮地望着正望着她的范建。

"当年陛下让画师偷偷画了一幅你的画像，如今藏在皇宫里。"范建望着她微笑道，"但对我来说，你的容貌一直都在我的脑海里，很清晰。每当想和你说说话的时候，我就会画一张。画调皮的你，画冷酷的你，画伤心的你，画开心的你。这么多个你，谁才是真正的你？再也没有办法问你了。"

他将那张纸递到烛台上烧掉，看着渐渐消失在火苗中的清丽容颜，轻声道："如果当年陛下和我没有回澹州老家，也就不会遇到你，也就……没有后面的那些事情了。或许，我还是那个终日流连于青楼的画者。你说过，这个世界需要艺术家这种职业。可惜，最后我却成为整个天下铜臭气味最浓的那个人。"

那张纸上的火苗渐渐烧至中心，尽数成灰。

"你一直把我当作最值得信任的兄长。"范建最后道，"我很感激你的信任，所以放心，就算我没有能力改变太多，但至少会坚持站在这座京都里，看着闲儿成长起来。"

书房外传来轻柔的敲门声。

"进来。"范建微笑道。

柳氏端着一杯酸浆子走了进来，轻轻搁在书桌上。她面露忧虑，身为范府如今的女主人，她当然知道明天朝会上，老爷将面临怎样的困境。

范建安慰道："陛下不会苛待我。"

柳氏轻声道："陛下如果念旧日情分，怎会被那些宵小挑拨？"

范建摇头说道："事涉朝政，陛下当然不能轻忽。"

柳氏知道老爷不想继续这个令人难过的话题，无奈地点点头。

范建举起碗，对着书桌上方残留的纸灰："敬彼此。"

然后一饮而尽。

第十四章 户部里的艺术家

第二日朝会再开，陛下严厉指责了两年来户部的表现，将国库空虚的罪名推了大半到户部头上，户部尚书范建依旧称病不朝，户部无人自辩。

朝廷发明旨，开始清查户部亏空，由门下中书省胡大学士总领清查事务，监察院具体执行，吏部、刑部、大理寺从旁襄助，太子殿下拾遗补阙。

清查户部亏空早有风声，但当这个阵势摆出来后，官员们还是非常吃惊，心想陛下是真想让户部吃些苦头了。远在江南的小范大人知道这个决定之后，会有怎样的反应？

当天下午，联合清查的各司官员们就进驻了户部衙门，另有京都守备负责调兵看管各库司坊库场，官员们最开始清查的对象是户部七司的账目。一时间，大槐树那边本来就热闹无比的户部衙门，变得更加喧闹，户部官员紧张地将这些清查大员迎进衙内，折腾了许久，才腾出足够数量的太师椅请大人们坐下，然后由左侍郎汇报，又有人在监察院的监视下整理账册以备清查。

胡大学士与太子殿下没有怎么为难这些户部官员，还温言劝勉了几句，倒是吏部与刑部的官员们难得有机会为难一下户部的老爷们，哪里会错过，言辞恫吓有之，大声怒斥有之，直把户部说成了天下藏污纳垢之所。胡大学士忍不住皱起了眉头，知道吏部尚书与刑部尚书跟范家的关系极差，如果自己不盯紧一些，只怕清查亏空真要变成对方打击异己的手段。

看着堂上这么多位大人物，包括左右侍郎，所有户部官员都有些沮丧，甚至有些绝望，生出满朝孤立的感觉，知道自己将要面对的是仕途乃至生命里最大的一道坎。

不多时，十几位户部老官们清出了七大竹筐的账册，在监察院官员的监视下，辛苦地抬到了堂上。太子吃惊道："如此多账册，一笔一笔对要对到什么时候去？"

户部左侍郎恼火地说道："禀殿下，户部下有七司，对应天下七路财政，又有对应河工等事的四个清吏司，有三大库，西山书坊等七坊也于去年由内库转运司调归户部管理，还有京都左近库场十七，宝泉局及钱法堂负责铸钱，漕务的仓场衙门，还有泉州……"

侍郎大人噼里啪啦地说着，竟是说了一盏茶的工夫，都没有停歇。

太子听得昏昏沉沉，赶紧挥手止住。

户部侍郎皮笑肉不笑地说道："太子殿下，这里的只是山东路银钱司的账目。因为前些天尚书大人命下官负责清理此路账目，刚好整理过，至于所有账目，大概还需要十几天时间。"

前来户部清查的各部官员一听顿时都傻了眼，心想这可怎么办？

太子被顶得险些憋过气去，斥道："我不管有多少账，也不理会要多少天。陛下既然下旨清查，你们手脚最好快些，不然莫怪本宫奏你们抵制清查！"

谁知户部侍郎一脸无所谓地说道："殿下，下官自然是没这个胆子，只是清查总要拟个章程，从哪一司查起？清查库中存银什么时候开始？几百万两银子就算是要数只怕也要数好几天。"

太子恼火至极，不再出声，心想反正查出问题，总没你们的好果子吃。

胡大学士在首座上看着，心想户部在范尚书的打理下果然与众不同，侍郎大人自然不是小官，但敢当面顶撞太子，也太有趣了些。他知道这位侍郎心中有火，笑着开解道："于侍郎说得不错，慢慢来吧，而且最好不要干扰到户部办事。"

于侍郎对胡大学士要尊敬许多，行礼道："一切听大学士吩咐。"

既然一时间不知道从何查起，只能先把户部所有的账目清理出来，再调专门官吏进行核对，监察院、吏部、大理寺都有，只是看模样至少也要到后天才能开始了。正在这个时候，一位官员忽然对胡大学士进言道："依下官看，不若先把库房与江南司的账目拿出来看看。"

满堂俱静。

库房里存着国库银，户部如果真的把库银调往江南，依推断肯定是走江南司的账目。这位官员直接提出先调库房与江南司的账目，明显就是针对此事。

胡大学士怔了怔，找不到什么理由反对，他也确实想知道户部是不是真的私调国帑下了江南，与太子略一商议，便吩咐监察院官员与户部堂官先去调这两处的账目。

一夜无事。

第二日无事。

第三日无事。

清查户部从一开始就陷入了无边的账本海洋之中，那些官员瞬间被淹没，被到处都是的旧纸灰尘味道与那些枯燥的数字，弄得艰于呼吸、眼酸头昏。

安静的大厅里只能听到翻动书页的声音，噼噼啪啪拨打算盘的声音，间或一两声啜茶的声音。太师椅上坐着的大人不用亲自面对着那些数字，依然感到身心俱疲，春困十足。

各部官吏已经忙了好几天，对着账本进行核算比对，却始终没有发现任何问题。库房与江南司的数目是那样的清楚准确，哪里能看到任何调银的迹象？

所有人都无比意外，胡大学士都有些奇怪。如此多的账本，就算不是有心，哪怕是无意的笔误也总要有些才正常吧？难道户部的官员们这两年竟是一点错都没有犯？

水至清则无鱼，账至清则必假，世上不可能存在完美的账本，如果有，那就一定是假账。

胡大学士是这般想的，吏部刑部的清查官员们也是这般想的，所以查得越发认真，心想只要能够找到一个漏洞，牵一发而动其全身，就可以将整个户部拖下马来。但当这个温暖却又乏味的下午结束后，各部官吏依然没有任何发现，只好茫然地摇了摇头。

没有问题，至少户部在江南司与库房的账目上没有任何问题。

今天下午才到户部的吏部尚书颜行书对身边的胡大学士说道："太过反常。"

胡大学士点点头。

颜行书沉声道："没有人是傻子，知道朝廷疑的就是此处，自然要把账抹平。不过所有账目都在这，实物与数字总要能对得上，如果真有问题，一定是调银抹平，我看……应该往外扩一扩，查查七司三大库，所有账目合起来查，一定能查出问题。"

胡大学士摇头道："难度太大，而且耗时必久。"

太子生出奇怪的感觉，心想难道这些大臣都没有在户部捞好处？怎么都敢将查账范围扩大？但他想了想还是同意了颜行书的意见，毕竟清理亏空、逐走范建才是现在的重中之重。

清查户部的范围扩大后，终于在那些陈年账册之中找到了一些蛛丝马迹。清查小组的官员们终于放下心来，姑且不论那些线头能揪出多少问题，总算有了一个好的开始。

第一个问题出在庆历四年发往沧州的冬袄钱中，数量并不大。但从这个线往上摸，就像滚雪球一样，被户部老官们层层遮掩的缺口越来越大，触目惊心地出现在调查官员们的眼前。

太子及颜行书大喜过望，毫不在意胡大学士力求稳妥的要求，命令调查官员深挖死挖，掌握的证据渐渐靠近京都，也就是说，即将查到那些签字的户部高官身上。

户部左右侍郎有些心惊胆战——不论是朝廷还是商人，做起账来，最擅长的就是将大的缺口粉碎成无数小的纸屑，再撒入庞大的项目之中，如盐入狂雪，水入洪河，消失不见。谁也没有想到，当年的障眼法没有到位，反而露出了马脚。

两位侍郎满脸铁青地在户部陪了一天，离开的时候准备不畏议论去尚书府上寻个主意。不料太子寒声发话，此事未查清之前户部官员不得擅离，遂派了监察院和几名亲信盯住了他们。

范建入京后一直在户部做事，不论是新政前后户部名称如何变化，不论朝廷里的人事格局如何变化，他从小小的詹事做起，多年前就已是户部的左侍郎。

其时的户部尚书年老体弱，常年病休在家，陛下恩宠范建，又不便越级提拔，便让那位老尚书占住位置，方便范建以侍郎之名管理整个户部。

时间一晃，已是十余年过去，皇帝陛下对范府无比恩宠，范建也用这些年的时间，将户部变成了铁板一块，悄无声息，不怎么招摇，却是无比齐心。

清查户部开始的时候，所有户部官员都只看着他，知道尚书大人不倒，他们也就不会出事。今天户部似乎遇到了真正的危险，两位侍郎却无法进入范府，一时间，户部官员不由人心惶惶。

户部官员无法传递消息，但范建在户部经营日久，对局面全然掌握，当天晚上就知道太子与清查官员们已经在账本里找到了问题——那年北边军士的冬袄。

"这一点动不了我。"范建坐在书房里喝着酸浆子，眯着眼睛道，"不论是谁去沧州看，那些将士身上穿的袄子都是上等品，本官再不济，也不至于在戍边将士身上做文章。"

今天他不是在对画像说话,坐在他对面的是范府清客郑拓先生。

当年范闲在京都府打黑拳官司时,处理此事的正是这位先生。他以往也是户部老官,办事得力,范建干脆让他出了户部,用个比较方便的身份跟着自己做事。

郑拓回忆了一下,道:"当年那批冬袄非止不是残次品,反而做工极好,用的料子也极讲究,棉花用的内库三大坊的,棉布也是用的内库一级出产,别的配料甚至破例调用的东夷城货物,这一点朝廷说不出大人半点不是。不过……不过那批冬袄用料不错,所以后来户部议价的时候定得偏高,从国库里调银……确实多了些。"

"直接说。"

郑拓苦笑道:"户部从那批冬袄里截了不少银子,后来都填到别的地方去了。"

范建微笑道:"当月京官的俸禄都快发不出来,我又不忍心让此事烦着陛下,内库拨银未至,又要准备第二年西征军的犒赏,不得已才在这批冬袄里截了些银子。不过这笔银子的数目并不大,填别的地方也没有填满。"

郑拓忧虑道:"冬袄只是一端,此次朝廷清查,这样的事情总会越查越多,而这些调银填亏空的事情一拢,只怕……最终会指向调往江南的那批银子。"

"这次往江南调银是为了内库开标,和安之倒没有多大关系,本官身为户部尚书也是想内库收益能更好些。朝廷不拿钱去和明家对冲,明家怎么舍得出这么多银子?"范建自嘲一笑道,"其实这批银子调动的事情,我入宫和陛下说过。"

书房陷入死一般的沉默,郑拓震撼得久久说不出话来,朝廷清查户部的理由是户部暗调国帑往江南谋利,可谁知道这些银两的调动竟是陛下知道的!

他好不容易才平静下来，沉声道："老爷，既是陛下默允，干脆挑明了吧。"

范建很坚决地摇摇头："陛下有他的为难之处……朝廷逼明家出钱，这事传出去太难看，只是如今朝野上下都在猜测，陛下只好同意查一下，我岂能在此时挑明？"

"那怎么办？"郑拓惊骇道，心想难道为了平息物议，范尚书要被迫做替罪羊。

范建平静地说道："身为臣子，当然要替圣上分忧，户部此次调银动作太大，终究是遮掩不过去。如果到最后还是被查了出来，本官也只好替陛下站出来了结了此事。"

朝廷对付明家用的手段甚是不光彩，而且明家背后隐隐然有无数朝官作为靠山，为了朝廷的稳定着想，这件事情与陛下有关的真相，当然不可能宣之于众。

郑拓又感动又难过，心想在这样的风口浪尖，老爷想的还是维护陛下的颜面与朝廷的利益，实在是令人敬佩，颤声道："大人，辞官吧，已经这个时候了，没有必要再硬撑下去。"

范建摇了摇头，意兴索然。

郑拓再次沉痛地劝道："看当前局势，陛下心中早做了您辞官便停止调查户部一事的打算。想必二皇子与长公主那边也不可能再穷追猛打，胡大学士与舒大学士也会替您说话……"

关于辞官的问题，他身为范建心腹已经建议多次，范建一直没有答应。

"有些事情，明明做了就可以全身而退……可是却偏偏做不出来。"范建叹道，"朝廷连年征战，耗银无数，大河又连续三年缺堤，没有谁比我更清楚国库的空虚程度，也没有人比我更明白当前的局势有多艰难。所有官员都以为如今是太平盛世，又有谁知道，盛景之下隐着的危险？陛下让我打理户部多年，岂是让我做事半道而退的？"

"可是……小范大人已经去了江南，内库重盛，局面必将缓解。"郑拓急声道。

范建心想如果不是内库局面已经被范闲完全掌握,如果不是有信心在两年内扭转庆国的财赋情况,陛下怎么舍得让自己辞官?他这般想着,沉声说道:"正是因为范闲初掌内库,情势一片大好,所以此时我才走不得。正值由衰而盛的关键时期,我还想替陛下打理两年。而且安之这小子看似沉稳冷漠,实则却是个多情之人,如果我真辞了官,还是因为往内库调银……以他那性子,只怕会立刻辞了内库转运司的差事,回京来给我讨公道。"

郑拓听后,认为大人这话确实有几分道理。

范建道:"天色已晚,你先回吧。部里的事情你不要过于担心,就算终有一天要烧至本官身上,但只要能挺一日,本官就会再留一日,而且这火势大了起来,谁知道要烧着多少人呢?"

郑拓叹了一声,不再多话。

郑拓离开范府,上了自己的马车,回到家中,铺开一张纸,写了一封密信,交给一个下人。然后他躺到床上,睁着双眼,久久不能入睡,心想自己到底是个什么人呢?

其实范建也不清楚跟随自己多年的郑拓是一个什么样的人,但他清楚一点,郑拓不是自己的人,是皇帝的人。只是不清楚他是被监察院安插到自己身边,还是内廷的手段。

其实这些都不重要,范建很清楚这些年来自己的一举一动都被宫中那个男人看着,所以这些年来他的一举一动也都是在演给那个男人看,包括今天晚上这一番沉痛而大义凛然的分析。

他不是林若甫,不会被身边最亲近的人打倒,因为从很多年前那一个夜晚开始,在西边的角鼓声声中他就下定了决心,绝对不会再相信京都里任何一个人。

户部确实往江南调了一大批银子,这批银子的调动确实也得到陛下的默许,所以知道陛下震怒,下令三司清查户部的时候,他竟是出离了愤怒，只觉得荒谬。

他忍不住失声笑了起来。

这批调往江南的国帑，当然不是和明家对冲所用，范建知道了不起的儿子早已归拢了一大批数额惊人的银两，他依然调银下江南，只是给范闲打掩护，因为他比范闲更了解陛下，根本不相信范闲可以用叶家遗产的借口说服皇帝相信那笔银子的来路。

每每想到此处，范建就忍不住感慨，这小子胆子越来越大，竟敢和北齐联手！

这，就是户部往江南私调国帑的全部真相。

在这个计划中，户部调动的数目虽然大，花出去的却极少，绝大部分银两在江南走了一圈早已回到了户部，还刻意转了些去河工衙门。他根本不担心太子和颜行书那些人能查出什么。

皇帝想让一位深孚众望、没有错处的大臣辞官，只需要造出声势，再作暗示，那位大臣就必须辞官，老谋深算如前相林若甫，也必须服从这种安排。

范建现在不想接受陛下的安排，不想这么早就回澹州养老，所以他放着户部让人去查，把水弄得越浑，他便越干净，同时还不忘通过郑拓，再刺激一下陛下。只有陛下相信他是忠的，是傻的，却又是不可或缺的，他才能继续留在这个阴影重重的京都，看着范闲逐渐成长起来。

"都控制住了吧？"范建看了一眼写给江南的信，低声道。

"郑拓和袁伯安一样无子无女，应该是监察院的人。"

一个黑衣人不知何时来到了书房，双手平放在身侧，右手虎口往下是一道极长的老茧。如果范闲看见这个细节，肯定会联想到高达那些虎卫们长年握住刀柄形成的茧痕。

范建神情微异道："袁伯安真是监察院的人？难怪我那亲家倒得如此之快。"

黑衣人沉声道："郑拓有个侄子，应该是他的亲生儿子，他怕被要挟，一直不敢认。"

范建眉头一挑,微笑道:"很好,现在我们可以要挟他了。"

黑衣人道:"我会安排。"

范建望着黑衣人说道:"跟着我确实没有太多事情做,不要怨我。"

黑衣人笑着说道:"十一年前,属下不力,让太后身边的宫女被疯徒所杀,本是必死之人,被大人所救,不然属下现在应该在黄土下闲得数蛆玩。"

"你就是这种佻脱性子,一点儿都不像虎卫,难怪陛下当年最不喜欢你。"范建微微一笑,道,"盯着郑拓,必要时,把他儿子的右手送到他的房里。"

清查户部亏空获得了极大进展,三司官员们步步进逼,越挖越深。太子殿下的神情也越发轻松起来,虽偶有叹息,却不知是在叹户部将要面临的清洗,还是这越来越浓的春天。

滚雪球这种形容非常形象,北边常年有雪的沧州中,那数万将士穿着的冬袄没有费太多银子,但官员们以此往京中追索,又接连翻出几笔旧账,所有线索都落到了户部,一直被户部官员们小心翼翼遮掩着的庆国伤口就这样血淋淋地撕将开来,展露在天下。

清查小组入宫禀报后,加强了调查力度。如今就连胡大学士都知道户部保不住了,范建如果这时候赶紧辞官,朝廷看在范闲的分上或许还会给他留些颜面,再这样对峙下去,此事的后果就不是被夺官这么简单。

胡大学士与文官们也心惊胆战于户部的亏空,毕竟不愿闹出太大的风波,也不希望暂时平衡的朝廷发生某种倾斜,所以通过一些途径向范府传达了劝慰之意。

——只要范尚书自请辞官,胡大学士与舒大学士愿联名作保,保他平安。

范建对各位大人的善意表示了感谢,而对于善意本身却始终没有回应。他没有入宫向陛下痛哭流涕,也没有上书请辞,甚至他还在生病当中,病情不肯好转。

所有人都知道他没有病,但这次皇帝并没有派太医和洪公公来范府看望,以此施加压力。因为今次是宫里对不起范家,对范建借病表示怨言的行为总要容忍一下。

接连几日太子都在户部盯着下面的官员查案,胡大学士也只好留在这里,不多时官员们又找到一处数字极大的问题,分别指向了四个方向、四位不起眼的官员。

终于找到了具体的执行人,抓到了具体的亏空事宜,太子殿下闻得回报,眼中一亮,心想难道这还不能给你范建定罪?若是一直查到江南,范闲你又岂能置身事外?

胡大学士听到那四位官员里的某个名字,也是眼中一亮,心里却想的是别的事,暗道范尚书的手段果然了得,自己这些天与老舒的担心着实多余。

太子毕竟年轻,心思不够缜密,更没有胡大学士过目不忘的本事,并没有看出任何问题,与颜行书对了个眼神,毫不犹豫地命令三司的清查官员继续深查。

此时的户部大院,太子看着跪在身前的户部官员,厉声喝道:"账上的四十万两银子哪里去了?"

深春时节,天气渐热,那位跪在院子里的户部六品主事浑身是汗,官服颜色变成了绛黑,欲哭无泪地想着,自己只是经手官,哪里知道这笔银子被尚书大人调去了何方?

太子厌恶地看了此人一眼,旋即想到自己的目的,只好柔声说道:"这笔银子的调动是你签了字的,后面的出路必须要交代出来,朝廷的银子总不能让你们这样胡乱使了出去。"

那位主事受不住这份压力,嗫嚅道:"是江左清吏司员外郎……交代的手尾。"

户部下有七司，由郎中与员外郎负责管理，都是五品的官员。江左清吏司员外郎姓方名励，连同另外三位户部郎中嫌疑极大，今日太子就是要当堂审出结果，让户部众人再无法抵赖。

太子心里有些满意这位六品主事的表现，表面却是将脸一沉，冷声说道："下去听参吧。"

那位主事慌张无比地退出大堂，哭丧着脸，不知道自己将面临什么。

"传方励进来。"

太子正是意气风发之时，竟没有问名义上的总领大臣、胡大学士的意见。

那位叫作方励的户部员外郎走了进来，对着官员们行了一礼，很是从容，似乎不知道要发生什么事情。太子看着此人的脸，心里忽然咯噔了一声，觉得怎么有些面熟？

只是人已经到了堂上，没有太多时间思考，胡大学士保持着沉默，把整个舞台都让了出来。太子觉得有些不对，却还是没有想太多，喝道："报上自己的姓名，官阶。"

方励愕然地望着太子，完全没有想到殿下会对自己如此冷淡，有些茫然地行了一礼道："下官户部江左路员外郎，方励。"

太子再次觉得有些不对劲，这名字好像在哪里听过似的，让监察院官员递过去这几天查到的卷宗与先前那个签字调银官员的口供，问道："这四十万两银子去了何处？"

方励接过卷宗与口供看了两眼，如遭雷击，整个人都僵在了原地，半晌后才艰难地抬起头来，像个白痴一样地看着太子，又给人一种感觉，在他眼里太子像个白痴？

他僵立许久，才颤抖着声音说道："殿下，下官着实不知。"

太子说道："单说'不知'这两个字只怕是说不过去啊……"

方励真的傻眼了，尤其是听到太子殿下说"只怕"二字还带着转弯儿的时候，心都掉进了冰窖里，看明白了这位爷不仅忘了自己是谁，甚至连那四十万两银子也忘得干干净净!

他的心里涌出无限悲哀,自嘲一笑,无奈想着,也对,自己不过就是个户部的小官,以往给太子办过事,被太子赐过酒,但人家怎么可能现在还记得自己这张平淡无奇的脸呢?

那四十万两银子又算什么呢?那年节的太子喜欢女人,喜欢给女人花钱,喜欢修园子给女人玩,喜欢打赏心腹的官员。太子是谁?太子是国家未来的主人翁,这天下的钱将来都是他的,他用就用了,哪里还需要耗费尊贵的精神去记住这钱的来路?

方励想着这些,看着太子的眼睛,希望对方能够想起来一些什么,免得这个荒唐到不可思议的局面继续发展下去,发展到不可收拾的地步。

可惜,太子还是什么都没有想起来。审案继续,方励知道此事太大,而且当着诸司会审,一旦吐实就再也无法挽回,于是咬着牙,打死也不肯多说一句。

太子终于感到了一丝蹊跷,看着这个有些面熟的官员,不明白对方是哪里来的胆子……难道对方想替范建把所有的事情都扛起来?或者说这件事情里本来就有隐情?

此时吏部尚书颜行书忽然站了起来,喝道:"来人啊!给我拖下去,好好地问上一问!"然后他转身请示道,"大学士,能不能用刑?"

一直盯着鞋前蚂蚁打架的胡大学士似乎才知道发生了什么事情:"啊?用刑?"

这三个字没有什么语气,也不知道他到底是疑问还是应允。

颜行书担心出什么变故,赶紧道:"全听大人安排。"

监察院准备上前把这位官员拖出去。方励惊恐至极,再也控制不住自己,凄喊道:"冤枉啊!本官是庆历元年进士,四年官至员外郎,全仗皇恩浩荡,怎敢行此枉法之事?"

此人着实有些能耐,这样紧张的时刻依然只是望着胡大学士,没有多看太子一眼。

当颜行书一反沉默，跳出来建议用刑的时候，太子心中的那抹异样更深了，待听到方励自辩之辞时，更是觉得后背一阵寒冷，直刺骨头深处。庆历元年进士？前礼部郭尚书的儿子、与他一直交好的宫中编纂郭保坤就是庆历元年出身——方励与郭保坤是同年！

　　太子悚然而惊，无数往事浮上心头，瞬间想起来了很多事。当年因为郭保坤的引荐，自己屈尊与一个叫方励的人吃了顿饭，通过长公主安排，让对方进了户部。

　　后来他向郭保坤暗示了一下，那人便在户部调了一批银两给自己使用。只是几年过去了，那笔银子早已不知去向，郭保坤也早就不知道死去了何处，他已经忘了这件事情，也忘了这个叫作方励的小官，哪里想到，今天清查户部会重新遇见此人。

　　难道……难道那四十万两银子就是他给自己的那笔！

　　太子满脸震惊地看着被监察院官揪往堂外的方励，知道自己犯了个最愚蠢的错误，一定不能让这个官员被三司审问，不然会出大问题！

　　他狠狠瞪了眼身旁面露微笑的吏部尚书颜行书，喝道："慢着！"

　　前礼部尚书郭攸之看似是东宫近人，实际上是长公主心腹，太子在范闲殿前吟诗那夜就发现了其中的关系。既然如此，颜行书自然知道自己通过郭保坤在户部借银的事情……太子恨恨地想着，这个老匹夫不提醒自己也罢了，先前居然想落井下石！

　　"殿下，怎么了？"颜行书微笑地望着他。

　　太子一时语塞，他如此大张旗鼓查案，最后竟是查到了自己，却怎么收场？只听他声音微微发颤道："看这官员似乎有话要说，先问问清楚也无妨。"

　　颜行书笑着点了点头，胡大学士自然也没有异议。方励死里逃生，知道殿下终于记起了自己，松了口气，忽看到殿下的眼神，才知道今天的事情真的很难处理。

　　太子想到郭保坤早已不知去向，忽然心生狠意，只要自己抵死不认，再想办法让这个方励闭上嘴，就不会有问题。想通了这一点，他温和道："这笔银两的去向你可想清楚了？本官奉圣谕查案，当然不会放过一个贪官，可是……也不会冤枉任何一个好官。"

方励懂得太子这是在暗示自己攀咬别人。也只有如此了，只是一时间却不知道应该往谁的身上推托，当年他暗中把账册毁了，这么大笔数目的银子要另觅名目，不是那么简单的事。

方励在满堂官员审视的目光中没能想太久，一个略显疲惫的声音替他答了出来，帮他解了围，同时套了道绳索到太子殿下的身上。

"这笔账我是记得的。

"当年圣上下旨修缮各路秋闱以及学舍，礼部发文，工部做事，自然要从这座衙门里调银，前前后后一共调了十四次，共计是四十万零七百两白银。

"银子早就发到了礼部，礼部应该有回执，不过我没有亲自理这些事情，待会儿查查就清楚，诸位莫要难为我手下这些可怜官员。至于这笔银子有没有问题，只需要发文去各路各州看看这两年秋闱学舍书院的状况，便一清二楚。"

生病多日的范尚书，终于撑着孱弱病躯，来到了睽违多日的户部衙门，一面向院里走来，一面对堂内的官员们慢慢解释着。

监察院一处官员赶紧上前扶着，胡大学士微惊起身，清查官员们纷纷上前问安，颜行书也不例外，老脸上满是情真意切。明明是待查的官员，却像是来视事一般。

不论陛下是不是真的想让范尚书辞官，只要范建在朝中一天，只要陛下没有撕破这层奶兄弟的情分，只要……远在江南的范闲还活着，朝廷官员都不敢对范尚书有半点轻慢。

至于监察院来的清查官员，本就是从一处里抽调过来的，都是范闲亲管的下属，表现得更是殷切，替范尚书端茶倒水挡风，简直就像是户部的杂役。

太子看着眼前这幕画面,生出极大的不安,有些艰难地缓缓起身,在脸上用力堆出温和的笑容,道:"尚书大人身子可好些了?"

太子不是怕范闲,也不在乎监察院,只是老范家与他们老李家的关系太深,谁都弄不清楚皇帝对于远在澹州的那位老太太究竟还有几分旧情。

范建道:"户部之事,却要劳烦殿下及胡大人耗心力,实在是下官的罪过。"

诸人寒暄两句便各自落座,再次望向那位户部员外郎——方励。

颜行书在幸灾乐祸,太子在暗自紧张,胡大学士沉默不语,只有范尚书一脸平静,似乎根本不知道方励是谁,因为他会牵扯出多少人。

这一刻太子终于想明白了所有事情,转身看了范建一眼。

当朝廷开始清查户部的时候,不!早在几年前太子向户部伸手的时候,范建就知道了一切,冷眼看着这一幕,悄无声息地将这件事情掩了下来。但另一方面他却刻意留了根不引人注意的小尾巴,埋在了七司账本里的某一处……比如北方雪地里将士们身上穿着的冬衣,比如南越战场上根本不需要的攻城弩。如此一来既替太子遮掩住了,他又拿住了太子的把柄。

这是一个埋了几年的局,范建什么都不需要做,只需要当户部被查的时候,稍微做些引导,便能让某些人抓住他们早已经忘了的裤腰带,再使劲一拉。

好局。

第十五章 苏州城里的囚犯

户部一直暗中保留着礼部的回执，看来那四十万两白银确实是发到了礼部，问题是，这些应该用来修学舍及秋闱学衙的银子究竟到了哪里？

胡大学士在各路巡视多年，当然知道各地学舍依然残破，强行压住心头的怒气，对着面前的礼部官员问道："谁能告诉我，这四十万两银子到哪里去了？"

堂上众人对朝廷前几年的局面都很清楚，那时候礼部就是东宫的后花园，礼部也根本没胆子调四十万两银子贪掉，谁都能猜到这笔银子肯定流向了东宫。

既然查到了东宫，这事情还怎么继续？

胡大学士脸色难看地说道："眼下首要的问题，是要查清楚这四十万两银子的下落。"

太子的脸色比他还要更加难看，沉默着一言不发。

监察院一处沐铁没资格坐，一直站在侧方，看到范尚书的眼神，赶紧开口道："礼部经手此事的官员，前年春闱一案中就死了。"

太子继续沉默。郭攸之已死，郭保坤失踪，如今监察院又确认了经手官员死了，就算长公主那边知道自己与这四十万两银子的干系，也找不到证据，他心下稍安之余，又极为愤怒。

姑姑！你为什么要这样？

却不料沐铁的下一句话，再起风浪。

"大学士，您看是不是去查查礼部？"

众人一惊，心想让如狼似虎的监察院去查礼部？朝廷查户部只会让远在江南的小范大人生气，而监察院查礼部，小范大人只怕会让礼部那些可怜的官员活不下去！

可沐铁此时的要求很合理，虽然已经有人看出来这实际上是范建的意思。

范建的想法很简单，如果朝廷要查户部，户部就要拖进更多的部衙进来……礼部只是一个开始，六部都被查出问题，英明的皇帝陛下总不好将六部全部废了。

颜行书瞥了范建一眼，摇头驳斥道："朝廷明旨清查户部，不好波及太广。"

范建皮笑肉不笑地说道："有理，有理。"

谁都能听得出来这两声有理是何等样的讥讽。颜行书面色一报，知道自己毫无道理。胡大学士面色为难，劝道："再议一阵，再议一阵。"

如果让监察院查礼部，最后一定会查到太子殿下，没有进宫请旨前，他也不敢做决定。

太子殿下忽然道："礼部应该查。只是事情有先后，户部这边是不是该继续？"

范建依然是微笑着说道："殿下有理，有理。"

胡大学士在心里叹息了一声，说道："关于礼部一事，待会儿入宫请聆听圣谕，依太子殿下的意思，户部这边还是继续吧。"

太子冷冷看了范建一眼，他相信继续查下去，户部肯定会查出更多的问题，那四十万两银子只是冰山一角，老范家会在户部里这么干净吗？

户部当然不可能真的干净，范尚书设的局埋的线当然也不止一条。

随着清查工作逐步深入，又发现了很多问题，涉及不同部衙，大理寺更是首当其冲，一直沉默的大理寺卿立马变了脸色，尴尬不已。

户部不是烂账,却有太多的暗账,每笔亏空都意味着朝廷里某个衙门的挪用,甚至连太学这种清水衙门都没有逃过去!

颜行书警惕起来,此时查到的问题没有牵涉长公主与二皇子,因为己方银钱向来走的是内库那一边,可是看范建准备得如此充分,谁知道他会不会阴二皇子一道?

"先到这里吧。"颜行书皱着眉头说道,"入宫请旨之后,明天再继续。"

"有理。"范建依然微笑说着这两个字。

深春的皇宫,偶有红杏露于矮矮的内宫墙头,青树丽花相映,美景入帘不欲出。

天时已暮,转瞬即黑,御书房的房门开了又关,关了又开,接连几拨议事的大臣来了又去,最后房中只剩下了孤零零的皇帝陛下,还有那个老太监以及一盏明烛。

啪的一声!庆国皇帝怒意大作,一掌拍在木几之上,却没有震出半丝茶水,寒声道:"好一个户部,好一个东宫,真当朕不敢杀人吗?"

他的本意只是清查户部,借户部向江南调银一事让范建退位,重新确立朝堂上的平衡,却万万没料到户部与范建比他想的干净许多,反而是旁人在户部里捞了无数好处,尤其是东宫!

胡大学士密奏了礼部之事,暗示户部之事最好不要彻查,不然只怕户部还没有来得及承担罪责,各部大臣都要进大狱吃牢饭了。

皇帝震动之余,也有些心寒于范建的手段,才会生出如此大的怒气,在他看来,范建既然早就知道这些事情,为什么一直瞒着,直到自己准备动户部才抛出来打群臣一个措手不及……

他与范建自幼一起长大,当然知道自己这位大管家的能耐,他愤怒的只是臣子们不争气,被户部绑上了这艘船。更愤怒的是太子如此愚蠢,自己如何将这天下传给他?当然,他更愤怒于范建这犀利的反击,这何尝不是打了他一个措手不及。

"他这是要挟朕。"皇帝面无表情地说道。

满脸老人斑的洪老太监，摇头道："陛下，不怕老奴多句嘴，这人啊……总是自私的，范尚书这样的忠臣在如此危险的境况下，也总要想些自保的法子。"

皇帝的声音有些尖厉，嘲笑道："如此玩弄机谋，也算是忠臣？"

洪老太监叹道："陈院长更爱玩弄机谋，可说到忠诚，老奴都远远不如。"

皇帝道："陈萍萍救过朕无数次性命，又岂是范建可以比拟？"

"范尚书这些年打理户部，将一应隐患悄悄抹平，为的还不是朝廷安宁。"洪老太监道，"如果尚书大人真有不臣之心，手中的这些证据足够做太多事，但他什么都没做。"

"他至少应该先告诉朕。"皇帝冷声道。

洪老太监道："陛下应当还记得前些天传来的消息。"

皇帝微微一怔，想到那个叫郑拓的人报来的消息，心境渐和，半晌后道："只是户部还是必须要查下去，不然就此草草收场，朝廷的颜面往哪儿搁？"

"陛下现在的想法？"洪老太监小心地问道。

皇帝沉默了一会儿，道："户部尚书他不能再做，朕在别的方面补偿……安之在江南理着内库，不论从哪一个方面看，他都不适合继续在户部留着。"

洪老太监又说道："有句话，老奴不知当讲不当讲？"

"讲。"

洪老太监道："陛下或许还记得，庆历元年，就在这间御书房内，当时还是侍郎的他曾经和陈院长大吵过一次。范尚书骨子里就不希望小范大人执掌监察院。"

"继续。"皇帝明白洪公公的意思。

"范尚书当年是位风流才子，"洪老太监微笑道，"是位多情之人。老奴冒昧，总以为但凡多情之人亦能成为人之羁绊，范尚书留在京中，小范大人在江南行事也会稳妥许多。"

皇帝再次沉默片刻，道："先前太后也说，看在澹州姆妈面子上，不好对范家威逼太过，二来范建留在京里，范闲在江南做事确实会安心些。"

何谓安心？不过是个暗中的防范与要挟罢了。

这几日，清查户部亏欠还在继续，整个朝堂已经变成了一池浑水，百官人心惶惶，户部自身也被查出了些许问题，只是仍然没人能找到户部与江南间的秘密银路。

包括长公主在内的很多人都开始感觉到强烈的不安，难道范闲在江南用的银子真不是户部的？没有这个大罪名，就算是皇帝也不可能强行要求范建辞官。

雨落下来，京都各处园子里的花早已盛开，宫里还在等着一个结果，这便苦了奉旨清查户部的官员们。他们现在都清楚，谁想把户部搞倒自己就必须先倒，太子已经用自己的狼狈证明了这一点，谁能想到根本不用远在江南的小范大人发力，范尚书自己就把事办了。

在当前这等紧张的局面下，最好的解决方法当然就是范尚书自请辞官，但不知道为什么，哪怕宫中传出风声，陛下准备用难得一见的厚爵补偿，他还是硬挺着。知道这件事情的官员与百姓们，对尚书大人越来越佩服，却也越来越敬而远之，毕竟怕触着宫里的忌讳。

只有靖王例外，他是太后的亲儿子，小儿子，皇帝的亲弟弟，这么多年一直沉默着，老实着，做着花草，宫里知道他这种态度表示着什么，所以也不怎么管他。

他要与范建见面，根本不用担心什么，便直接去了范府。

第二天范建进宫，在御书房里与陛下深谈了一夜。

接着靖王爷也进了宫，据说这位荒唐王爷在含光殿里嚷了半天，最后甚至和太后老祖宗吵了起来，吵的什么内容却没有人知道。

转日太后与皇帝陛下一起看折子戏，嗑瓜子的空闲，她把靖王入宫的事情讲给皇帝听了，皇帝笑了笑，没有说什么。太后还是那个意思，老范家替老李家做了这么多事情，总不能太过亏待，再说让老幺天天进宫来吵，模样也不大好看……最关键的是，太后老祖宗知道自己的几个孙子在户部里都留下了手脚，若真的查了出来，皇家的脸往哪儿搁？

旨意很快下来了，为了维护朝廷体统，没有明确收回清查户部的圣旨，但皇帝借口政务将清查小组里的大部分官员赶了回去，就已经代表着风向的转变。

官员们齐齐松了口气，也清楚这道旨意肯定与靖王爷在宫中的那次大闹有关。

范府与靖王府交好世人皆知，但去年秋天开始，两家之间出现了很多问题：先是范闲与二皇子的战争牵涉到了靖王世子李弘成，范家小姐又令人震惊地被北齐国师苦荷收为关门弟子，两家联姻就此告吹……靖王居然会为了范尚书入宫，难道两家关系已经修复如常？

同一时间，皇帝发布了一个颇堪琢磨的人事任命——都察院御史贺宗纬被升为左都御史，加入到了清查户部的队伍中。贺宗纬当年是京都出名的才子，与范闲门生侯季常齐名，与东宫编撰郭保坤交好，却一直没有入仕。庆历五年春闱时，他却又因为家中亲人去世，被迫弃考，竟是一直没有参加过科考，在人们看来是个运气差到极点的人物。

另一方面，贺宗纬的运气又极好，当年与郭家交好，认识了太子，在京中声誉鹊起，庆历五年春又"凑巧"牵涉到了前相爷林若甫倒台的事件中，被陛下直接恩旨封为都察院御史。

如此年轻竟然坐到了这样的位置上，人们震撼至极，不明白陛下为什么如此欣赏此人。

这种前例不是没有过，小范大人比贺宗纬更年轻，官更大，权力更大，名声也更大。问题在于，世人皆知小范大人乃是位暗中的皇子，有如今的地位并不出奇，这贺宗纬又是怎么回事？

有些官员甚至暗笑想着，莫不是陛下又找到了一个私生子？

不管官员百姓如何猜测，总而言之，这位一直隐藏在二皇子的马车上、长公主的府邸中、都察院书房内的京都才子终于正式登上了历史的舞台，而且在以后的若干年中都会不停发光发热。

现在的左都御史贺宗纬宛若一轮初升的太阳，夺人眼目，说来没人相信，去年的时候，范闲曾经把他打成了一只猪头。这是他毕生的耻辱，因为他知道范闲是从骨子里瞧不起自己。但如今陛下瞧得起自己，我为陛下做事，你又能拿我如何呢？

太子殿下焦头烂额的局面终于得到了缓解，那四十万两银子总要想办法抹平，太后在含光殿里把嫡孙痛骂了一番，告诉他祖母这次能替你挡了下来，不代表以后也能替你挡下。

太子有些后悔，其实范闲入京后这两年，他一直做得还算老实安分，女人都很少碰了。只是两年前的他行事确实有些荒唐，留了那么多尾巴，太容易被人抓住。

范家！与往年让自己警惕厌恶的二皇兄比起来，太子终于确定，今后数年自己最大的敌人毫无疑问就是范家，所以当二皇子提议在流晶河上聚一聚时，他没有多想便允了此议。

看来二皇子也清楚单靠自己的力量根本无法对付范闲。当前局面下他与太子必须摒弃前嫌，团结起来，才能打倒远在江南那个野种，先确保那把椅子不会落到老三屁股底下。

流晶河的春意浓如女子眼波，渐趋热烈，似是夏天要来了。花舫上，太子与二殿下把酒言欢，临风赏景，似乎这么些年来，两人间没有发生过任何的不愉快。

二皇子主动伸手自然要先表态，对刑部尚书颜行书落井下石表示了歉意。

太子也感叹范闲入京后，东宫对他的压制不够。

兄弟二人对视一眼，都看出了一丝无奈。

范闲现在的权力太大，他身后的那几个老家伙也太厉害，更关键的是现在宫里也有人支持。老三一直跟在范闲的身边，父皇这样安排究竟是什么意思？

二皇子忽然道："殿下，听说范闲在苏州开了家抱月楼的分号，里面有两个姑娘很是出名，一个是从弘成手上抢过去，另一位听说是……大皇兄府上的一个女奴。"

太子冷笑道："大哥看来还真是很怕北齐大公主，那天在御书房中，却怎么敢为范闲说话？你和大哥自幼交好，怎么就没看出来他是这样的人？"

二皇子挑眉一笑道："贺宗纬会继续把户部查下去，您放心，他有分寸。"

太子冷哼了一声，包括礼部，包括贺宗纬，这些人其实最初都是东宫的近人，可是后来却都被长公主与二皇子拉了过去，如今贺宗纬已经在朝中站稳了脚跟，叫他如何不恨？他冷声道："贺宗纬此人热衷功名，真乃三姓家奴，今时他站在你这一边，谁知日后他会怎么站？"

"父皇与你我都姓李，哪来的三姓？"二皇子出神地看着船外的深春之景，淡淡道，"至少他不会投到范闲那边。"

"但他似乎也没有必要继续待在你的门下……归根结底，这位置是父皇给他的。"太子道。

二皇子知道太子这句话有深意，也懒得分说，微笑道："他今日不方便来，正是因为你所说的那个原因，已为朝臣，当然要注意和我们保持距离。"

其时河上暖风轻吹，花舫缓游，岸边柳枝难耐渐热的天气，盼着晨间就停了的那场雨重新落下来。窗边的两人表情温和，其实各怀鬼胎，只是迫不得已却要坐在一起议事。

"不过，"二皇子忽然收回视线，转身看着太子，"今日请殿下前来，是有人想见你。"

太子不悦道:"谁这么大的架子,居然敢喊本宫来见他。"

"难道你不想见我?"后厢里传来了一个温柔好听的女子声音。

太子脸上闪过一抹复杂的情绪,半晌后缓缓站起,对着后厢行了一礼,自嘲着笑道:"姑姑入宫后便没有见过承乾,承乾还以为姑姑是不乐意见我。"

长公主李云睿掀开珠帘,缓缓走了出来,似笑非笑地望着太子。

太子无由地一阵紧张,竟有些不敢直视那张美丽得不似凡人的脸庞。

"这次户部的事情,似乎我们都上了当。"李云睿微笑道,"我这女婿还真是有趣,设了个局让咱们钻,幸亏靖王爷闹了一出,不然事情闹大,咱们又抓不到户部往江南运银的证据,还真不好交代。"

户部的银子在江南转了一圈早已回来,自然查不到什么,还有些银两留在江南的钱庄里,但数目不大,以范建的手段自然遮掩得毫无漏洞。

太子眼观鼻,鼻观心地说道:"还请姑姑指点。"

"今日只是来喝茶,提醒一下,你们毕竟是……亲兄弟,莫让外人看笑话。"

李云睿在亲字上咬着舌尖加重了语气,虽是点题,却平白多了分媚意。

太子声音微颤道:"户部如果抓不到把柄,只能看着范闲在江南嚣张,日后他返京……"

长公主笑着说道:"皇帝哥哥暂时退一步,日后一定要进一大步,殿下不用担心,至于我那女婿你就更不用担心……安之这个人看似油盐不进,其实对付他很容易哩。"

太子与二皇子都愣住了,心想范闲这种人,搞臭他不容易,搞倒他更不容易,从精神上无法消灭,从肉体上更难以消灭,这话从何说起?

长公主轻声道:"我那女婿看似无情,实则多情啊。"

二皇子离开流晶河后,直接回了北城的府邸,他与叶灵儿成婚已有数月,感情不错,没有传出什么不好的风声。叶灵儿给他披上了一件天青色的薄袄,本应明朗的脸上浮着淡淡的忧愁。

二皇子微生歉意,捧着她微凉的双手,安慰道:"想什么呢?"

"今天……"叶灵儿咬了咬下嘴唇,还是鼓足勇气开口说道,"去哪里了?"

二皇子沉默片刻,诚实地回答道:"去流晶河与姑姑还有太子殿下见了一面。"

叶灵儿心头一暖,这么大的事情都没瞒着她,继而又轻声劝道:"咱们就安稳过日子不好吗?"

成婚数月,二皇子温柔体贴,没有皇族常见的恶劣习气,一方面是因为叶灵儿身后的背景,另一方面也是因为他对叶灵儿确实有几分情意在。

庆国年轻一代自幼相识,都在一处成长,比如婉儿与几个皇子,比如叶灵儿和柔嘉、范若若,皇族与几个心腹家族之间很亲近,所谓情意,想来其源已久。

二皇子知道妻子是在为自己着想,不由叹道:"有很多事情身不由己。"

叶灵儿轻声道:"以往是陛下推着你出来,可如今……范闲已经替了你的角色,何必……"

二皇子微笑道:"如果真如你所说,我的任务已经完成,确实不应该参与到这些事情中来,但是你不要忘了范闲……是个最记仇的人物。"

叶灵儿急道:"有什么仇是化不了的?要不然我去找他说?"

二皇子暗笑妻子幼稚,却也生出淡淡感动,遂一把将她搂入怀中。他没有解释自己与范闲的仇恨很难解开,牛栏街上死的那几个护卫、抱月楼的事情、那些死去的妓女,还有很多很多,范闲都把账记在了他的身上。其实这也是他一直不明白的,那些死的人都不重要,为何范闲会对自己有如此大的恨意?为了自保他必须拥有力量,当然最关键的原因是他依然不甘心。

东边的太阳还没有升起来，门下中书在拟奏章，官员们的面色有些疲惫，大多数人已经一夜未睡，只是想到今天朝会上可能的斗争，众人强行振作精神。户部清查的第一阶段明显以长公主与东宫两派的全面失败而结束，可是怎样才能挽回一点局面？

有意无意地，有几道视线落在了值房的阴暗角落处。

那里坐着一位年轻官员，正是如今朝廷新晋的红人贺宗纬。他以前与长公主、东宫方面都有联系，如今更是深得陛下的赏识。官员们自然是想从他这里知道宫里究竟准备怎么处置这事。

贺宗纬在门下中书听事已有三天，沉默低调，今天被官员们盯着，知道必须做些什么了，不仅是为了自己，也是为了陛下。他看着官员们温和道："这事还得慢慢折腾，大人们莫急。"

"慢慢折腾"这四个字明确说明了陛下的态度。

一时半会儿找不到合适的理由将那位户部尚书撤下来，只有再等机会。官员们有些不甘，又有些隐隐担忧。既然范建地位不变，自己这些领头强攻的官员，自然要付出相应的代价。

朝会上长公主与东宫派的官员发起了最后的攻势，不为杀敌只为自保。户部再干净，也总是被抓到了一些问题，尤其是在贺宗纬暗中指点下，清查官员舍弃了那些骇人的罪名，只是揪着一些小问题不放，比如某些账不清，比如某些银子不知所踪。

皇帝坐在龙椅上，用有些复杂的眼神看着文官队伍当中的一个人。

今天户部尚书范建也来到了朝会上。皇帝看着他微微发白的头发，在心里叹了口气，开口道："那笔十八万两银子到哪儿去了？"

范建出列，不自辩，不解释，老态毕现，行礼，直接请罪。

这十八万两银子早已送到了河运总督衙门！

朝堂上一片哗然，力主清查户部的官员很是惊喜，不明白范建为何会在朝堂上坦承私调库银入河运总督衙门，但他们知道这是一个不能错过的机会，纷纷出列出言斥责。

只有陛下旨意才能调动国库存银的，其余谁也不行。范建让户部调银入河运总督衙门，却没有御批在手，无论怎么说都是欺君之罪。

皇帝盯着范建那张疲惫的脸，似乎没有将臣子们要求严惩范建的声音听进耳中。有些官员则是听得清清楚楚，听得内心深处一片愤怒！此刻站出来的那些官员与户部亏空都有或多或少的联系，范尚书调库银入河工就算不妥，也是想着为朝廷做事，却成了他们攻击的痛处！

舒芜怒意大作，回头瞪了一眼那些出列的官员。朝廷拨银手续实在复杂，真要请旨再调银入河工，只怕大江早就缺堤了。深冬时他便向皇帝抱怨过，范建调银入河运总督衙门，他虽然不知道详细，但敢断定和私利没有关系。老范家在大江两边没田，能捞个屁的好处！

他强压着胸中怒气，站出来对着龙椅中的皇帝行了一礼。

看见这位德高望重的大学士有话说，那些官员讪讪收了声，退回队列。

皇帝看了他一眼，问道："私调库银，是个什么罪名？"

舒芜直着脖子道："陛下，问庆律应问刑部、大理寺，老臣对庆律不熟。"

皇帝似笑非笑道："那老学士是想说什么？"

舒芜回身轻蔑地看了那些宵小一眼，才沉声道："老臣以为，范尚书此事无过。"

皇帝沉默了会儿，望向胡大学士问道："虚之，你怎么看？"

胡大学士出列，稍一斟酌后应道："范尚书这是欺君之罪。"

朝堂上嗡的一声。

皇帝挑了挑眉头，颇感兴趣地问道："那该如何惩办？"

"不办。"胡大学士微微躬身。

"为何？"

"户部调银入河工是公心，是对陛下的忠心，虽是欺君，却是爱君之欺。庆律定人以罪，在乎明理定势，明心而知其理晓其势，尚书大人及户部诸官一片坦荡赤诚心，还请陛下明察。"

"可是律条在此，不依律办理，如何能平天下百姓悠悠之口，如何固百官守律之念？"

"只要大江长堤决口能堵，百姓之口何必去堵？"

皇帝意有所动。

胡大学士继续道："至于百官……若百官真的守律倒也罢了。在臣看来，庆律虽重，却重不过天子一言，若陛下体恤户部辛苦，从宽发落，朝中百官均会感怀圣心。"

皇帝知道两位大学士不知道自己的真实意图，纯然是为了朝廷着想，再加上河工太过重要，才会出面保范家。他皱着的眉头渐渐舒展开来，对范建问道："别人说的话朕不想听，你来告诉朕，为何未得朕允许便调了银两去河运总督衙门？"

范建往前走了几步，行礼道："陛下，臣怕来不及。"

这笔银子其实就是户部往江南送的银子里截留的一部分，范建知道皇帝清楚此事，今日在朝堂上被官员们不停攻击，他却没有自辩一句，没有让皇帝出面的意思。

皇帝点了点头，没有再说什么。

当天下午，陛下终于颁下了圣旨。

户部尚书范建其责难逃，爵位被除。

当初范闲在悬空庙救了皇帝，宫里恩旨让范建升了伯爵，这次便算是退了回去。另外还有罚俸，把上次罚俸算进去，范建应该有两年时间拿不到俸禄了。

但他依然稳稳地坐在户部尚书的位置上。

户部亏空严重，清查继续，已经查出的问题交由监察院及大理寺审理。

太子那四十万两银子被太后调了私房银子填了。

官员们却没有这么好的一位奶奶，不论是东宫派，还是长公主派，都有大批官员纷纷落马，一些新鲜的血液，比如贺宗纬之类的人物开始逐渐进入朝堂。

去年的秋天，因为范闲与二皇子的战争，朝臣们被肃清了一批。

今年的深春，因为户部与长公主的战争，朝臣们又被肃清了一批。

抛弃，放弃，成了这段时间朝堂上的主要格调。

这个故事的源头在江南，范闲弄了一个局，让长公主以为抓到了范家最大的罪状，才敢抛出如此多的卒子，一意想将京都范家拉下马。谁都没有想到他的银子是北齐来的，国库的银子一分都没动。当然，皇帝以为范家动了，而且是在自己的允许下动了。总而言之，范家再次站稳了脚跟，而皇帝对朝官的控制力度又增强了一分，宫里也安稳了几分。

皆大欢喜。

一时间春和景明，祥和无比。

然而谁都知道，当范闲从江南回来后，肯定还有大事发生。为了应对可能发生的那些事，太子与二皇子组成了临时同盟。逼得原本不共戴天的两位龙种紧密团结在一起，是件非常了不起的事，促成这一切的范闲却没有丝毫的得意。

京都的消息还没有办法这么快就传到遥远的江南。

而且他在京都可以把二皇子打得大气不敢出，在远离京都的江南，面对着一味退让的明家他却没有什么好方法，想把对方打垮，竟似比把一位皇子打垮还要更难。

"我的人要进园。"范闲冷冷看着身前的人，说道，"我已经等了十天，今天不会再等了。"

这里是江南总督府，他在与薛清说话。

君山会的账房先生也就是明家的周管家被监察院查到就藏在明园里。不论是为了江南居之前的那场暗杀，还是君山会的秘密，他都一定要把这个人抓住。

但那毕竟是明园。

苏州城外的那座庄园代表着江南无数人的利益、精神寄托乃至身家性命。

范闲想要入明园搜人，也要先到江南总督府与薛清通气。时间有些紧迫，他没能先送大宝去梧州，请岳父指点如何说服对方，只好单刀直入进入总督府，说出了这个有些骇人听闻的提议。

薛清的态度也很明确。要搜明园？可以。要总督府派员协办？门儿都没有！

前些日子范闲整治明家的产业，折腾明家的精神，明家不停退让示弱，可一旦官府的人进了明园，这就代表着斗争进入了核心地带，到了你死我活的程度。

朝廷自然不在乎什么世家大族，但明家直接与间接养着十几万人，更影响着江南大部分百姓的生活，如果真的乱了起来，整个江南的稳定都会成问题。

薛清心想你是钦差，把江南整成一锅糊粥，大可以拍屁股走人，回京后有陛下、陈院长、范尚书这些人为你撑腰，然后把烂摊子全部丢给自己？江南不稳，自己这个总督还怎么做？所以他坚决拒绝了范闲共同办案的请求。

已经拖了十天了，薛清还是不肯松口，范闲好生恼火。回到华园，对着墙上的地图，他沉默了很长时间。

邓子越轻声道："其实进明园抓人咱们自己就做了……不见得一定要总督府出面。"

范闲远远看过明园一眼，知道那座庄园稍加改动就会成为一座坚固的城堡，监察院想强攻，没有黑骑帮忙会有些困难，而薛清不点头，黑骑便不可能出现在江南繁华地面。

"进园并不难。监察院拿着我的手书进园搜查，只要明家不造反，难道还敢拦？什么城堡武装，都是假的，那个老太婆一个人都不敢调。"他面无表情地说道，"但进明园拿人有两个问题。一是不知道君山会有多少高手在这里，那个周管家如果没有被灭口，那些高手会不会护着他远离苏州。二来就是事情不能闹得太大，明家已经示弱了几个月，悲情十足，明四爷被关进苏州府之后，外面传得越来越离奇……"

邓子越知道提司大人说的是什么，如今整个江南都在传说，监察院在范闲指挥下欺压明家，意图霸其家产，马上就要演变成杀人夺产的故事了。

出师必先有名，朝廷对付明家却一直没有找到合适的理由，江南一地的士绅百姓对朝廷的警惕忌惮越来越强烈，范闲的名声都已经受到了极大的影响。

"明青达是个聪明人。这一手以退为进确实漂亮，落在世人眼中，自然能撩动些情绪，而且明家在江南根深蒂固，发动民间舆论的本事比八处还要强得多。而舆论是件很重要的事情，名声也很重要。再这样下去，不说百姓们会对我心生反感，就连夏栖飞联络的那些皇商也会对朝廷心生警惧，毕竟谁也不知道他们会不会是第二个明家。"

范闲指着地图上的某个州城，问道："泉州那边的消息传回来了没有？"

明兰石的那房小妾老家就在泉州郊外，监察院已经查明，那个小妾的兄长一直在做海盗，帮明家抢劫自家商船。那个海盗头子已经被灭口，那个小妾据说则是回家省亲去了。

邓子越道："那个小妾没有回村。沿途也没有发现山贼的迹象，应该是在苏州就被灭了口。"

范闲早就料到，毫不意外，继续问道："一定有人跟着上岛为匪，家眷呢？"

"那个村子已经空了。"邓子越道。

不需要再问什么理由，整座村子都空了，自然离不开那些血腥手段。

"这里的家眷呢？"范闲直接点到泉州上，"船舶司跟船的官员被海盗杀了，那些家眷什么时候来苏州府报案？"

"大部分已经回了内地,只有一些还留在泉州,四处试探了一下,那些家眷得了一大笔赔偿,追究的心很淡。关键是……明家对他们确实不错,他们根本不相信明家会与海盗勾结。"

范闲撇嘴说道:"当然不是勾结,明家就是海盗。"

他又问了几处安排,都得到了不怎么好的答案,才知道崔家倒后,在言冰云筹划密谋明家的日子里,明家也已经做足了充分的准备,竟是没有留下任何漏洞。

范闲坐了下来,手里捧着一碗温茶出神。

走官面路子看来很难在短时间内把明家打倒了,如果用监察院的阴狠手段……但江南毕竟不是别处,真弄得全民上街散步,到时候怎么收场?

不过他并没有太多的挫败感,因为在这场战争中,明家永远只能被动防守。他有的是时间和明家慢慢玩,他可以不停地尝试打倒对方,一次不成,休息一阵还可以有第二次。但明家不行,这个大家族一次都不能败,一败便会涂地。这次他要进明园,完全是因为君山会。

"做好准备。随时进园抓人。"

"不等薛总督表态?"

"我做事,向来不喜欢跟着别人的脚步。我等了十天,薛清的面子给足了。"

"江南百姓的议论?"

"欺压明家?我温温柔柔地进去,一个人都不打,一个人都不杀,我怎么欺压了?再说了,我也想明白了,名声这个东西,在江南坏掉,以后我再慢慢找回来就是。"

范闲等了十天,不是完全在等薛清表态,更重要的是他在等京都的消息。

内库招标后,长公主会对户部发难,他等的就是这件事情的结果。

京都局势一日不明,他在江南就不好动手。

某日清晨，柳梢上的鸟儿乱叫，三骑快马冲入了苏州城，守城衙役只知道来人是监察院的密探，根本不敢去拦。蹄声阵阵，很快便来到了华园外，带来了京都的消息。

范闲拿着沐铁发来的密报，知道了京都发生的事情，很是高兴，接着却从那些细节里看清楚了皇帝借机让父亲辞官的意思，脸色不禁变得有些难看。

他自嘲一笑，说道："进明园，拿人。"

监察院官员们领命而去。

马蹄踏碎晨时宁静，到了苏州城外。

数十骑监察院四处官员在邓子越的带领下向明园驰去。

"注意安全。"范闲转头和声叮嘱道，"谁也不知道君山会还留了什么人在江南。"

在另一旁，海棠姑娘双手揣在花布衣裳的大口袋里，微微一笑。

早起的鸟儿叫了一遍后，又回树上去睡回笼觉了。官道两侧无比安静，能听到前方明园里隐隐传来的倒水洗漱声，一切的一切与往常每日没有什么两样。

数十骑监察院官员忽然从官道上驰来，负责监视的监察院暗探也从树上、山后现出身形，一部分汇入前来查园的同僚中，那些钉子则是悄无声息不见。

邓子越沉着脸来到明园正门前，清楚地看到兵器反光，远处亭台间更是隐现劲弩。对方已经严阵以待，如果一轮齐射，只怕这数十名监察院官员没有一个人能活着回去。

但他面色不变，因为相信提司大人的判断，明家虽然骨子里就是一帮土匪与海盗，但对着监察院这个天下最可怕的土匪，绝对不会傻到主动出手。

果不其然，明园正门缓缓开启，双眼微红、似乎一夜未睡的明家少爷明兰石走了出来，一摊右手恭敬地说道："诸位大人，请。"

黑色的马车停在离苏州府只有两条街的地方，虎卫们警惕地注视着四周的动静，一个穿着平民服饰的监察院密探靠了过来，验过腰牌，凑到窗边轻声说道："明园没有抵抗，四处的人已经进去了，眼下正在搜查，暂时没有结果。"

范闲的声音从车窗里传了出来："注意分寸。"

那个密探应了一声，转身离开马车，消失在苏州城人群中。

黑色马车缓缓动了起来，往苏州府方向进了半条街的距离，又有一个监察院密探从街角闪了出来，来到车旁压低声音禀报道："码头无异动。"

从华园到苏州府，要穿过小半个苏州城，就是在这段距离里，监察院临时调动的乌鸦们在这段距离里不停回报各方面的消息，汇总到了这辆黑色马车中：比如明园的情况，比如明氏商行照常开门的状况，比如总督府衙门的反应。换而言之，这辆马车就是今日监察院行动的中军帐。

范闲感到了有些异样，明家就算示弱，也不可能被自己欺到了脸上还不做任何反击，倒是总督衙门先紧张了起来，已经有了调兵的说法。

在今天的计划中，试探明家的反应只是顺便，抓住那个姓周的管家则是重中之重。这些天明园一直在监察院的严密监视下，那位周管家应该没有机会出逃。更重要的是，明家直到现在都应该不清楚，周管家的行踪已经被监察院掌握了。

这世上的大户大族，如果是由外面杀进来，总是百足之虫，一时杀不死，可要是从内部闹将起来，那就会面临真正的艰难——这话是曹雪芹在《红楼梦》里说的，这时范闲想起这话，是因为周管家的行踪正是明家某位极有权势的人告诉他的。不然以明园的防备之严，监察院十几年都没有成功地安置一个有用的钉子，怎么可能知道周管家就在明园里？

黑色马车驶进苏州府侧方的巷子里，靠着一堵厚厚的围墙停下。

厚墙的那边便是苏州府关押囚犯的大狱。

大狱秋天里杀人,春天里养,如今正是"人丁兴旺"的时候,关着数十人之多。

由大牢铁门往里去,一直走到最尽头,有一道天光由上方打了下来,这周遭稍许多了些温暖,驱散了些许湿意,比别的阴暗不见天日的牢舍要舒服许多。

这间牢房里垫着干草,草下隐约可见违禁的棉被,一个中年人坐在草上,正面色惨白地独自饮酒,享受着一般囚犯享受不到的待遇。

明四爷被关进大牢已经十几日了。不过明家毕竟家大势大,苏州府等于是被他们养着,自然由上至下都有人打理,日子还算过得去。旁边牢房里的那些囚犯,都用艳羡的目光看着他。

明四爷懒得理会那些毛贼,斜眼看着牢门外的三个衙役,嘲笑道:"今儿又有什么事?"

哐当一声响,牢门被衙役打开了,一个衙役弓着身子,谄媚地笑道:"四爷,这些天苦了您了,只是监察院盯得紧,咱们也不好给您安排太过。"

明四爷摇摇头,叹道:"能早些出去才是正经事。家里有没有说什么话?"

另两个衙役端进了好菜好酒,布置在他面前,香气扑鼻。明四爷心想还没到午饭的时候,怎么今儿个这么早来送饭?忽然想到某种可能,不由面色剧变,嘶声道:"什么意思?"

"吃了这顿饭,好好上路吧。"那个衙役叹道。

明四爷不敢相信自己的耳朵,心想自己顶多就是欺行霸市,怎么也轮不到死罪,而且自己是明家的人,官府怎么敢随随便便地杀了自己。他下意识里往后退去,双眼怨毒地看着那个衙役,狠狠地说道:"你说的什么意思,爷听不明白!"

那个衙役低声道:"监察院的意思,四爷莫怪。"

明四爷不是糊涂人,稍一思忖便明白了这事的前前后后,惨笑道:"怕是家里要杀我吧？"

那个衙役直起身子，压低声音道："四爷既然明白，那就想开点，还不是为了家里好？监察院如今逼得紧，晨间已经进园了，再不做些事情、闹出些动静来，小范大人怎么肯收手？您是四爷，用一条性命保家里半年平安，值得！"

明四爷大怒骂道："你们这些王八犊子！要死怎么不让那个老太婆去死！我操她祖宗！"

他只是个姨娘养的，根本不知道家里的生意情况，当然明白家里派人来杀自己，肯定不是为了灭口，这只是一笔墨，一笔涂在监察院脸上的墨！

明家从去年开始示弱，扮演悲情，一直到了现在，需要用他的死做爆发的契机。

想到此节，他脸色惨白，何其绝望不甘。

那个衙役面色一变说道："四爷言语尊敬些。"

明四爷凄惨一笑，颤声道："我也是明家的爷，凭什么要我死？就因为我不是她亲生的？"

另外两个衙役已经走到他的身边，根本不理会他的叫骂与反抗，拿出一团脏布塞进他的嘴里，堵住了他的污言秽语，又极其熟练地将他的双手反绑了起来。

这里的动静已经惊动了整座大狱，囚犯们都好奇而害怕地看着这边。

领头的那个衙役眉头一皱，喝道："监察院办事，都给我安静些！"

就算被关在牢里，这些囚犯也知道如今监察院正在打压明家，但没想到监察院居然会深入大牢阴杀明四爷，不由心生寒意与不平，却没有人再敢往那边看一眼，生怕惹祸上身。

那个衙役看着面前的食盒摇了摇头，同情道："最后一餐饭也不能吃好，真是苦了您了。"

说完这句话，他挥了挥手，另外两个衙役拿绳索套住了明四爷的脖颈，用力一拉。

明四爷脸憋得通红，两只脚不停蹬着地面，蹬得干草乱飞，露出下面的锦被。

绳索系得越来越紧，明四爷的眼珠子似乎都要鼓了出来，看上去异常恐怖，双脚蹬动的幅度越来越小，就像是垂死的青蛙，隔一时才会有气无力地弹动两下。

那个衙役忽然觉得有些奇怪，余光注意到隔壁的那座监房里，有个囚犯正在看着自己。

那个囚犯的眼神很冷漠，不像是在看热闹，没有好奇或者畏惧的感觉。

那个衙役霍然转身。

那个囚犯从干草垛里取出一把弩箭对准了他。

噜噜噜！三支弩箭准确无比地射进三个衙役的咽喉。

三个衙役什么声音都没能发出，便倒在了地上，双脚蹬了两下就此死去。

绳索渐松，濒死的明四爷渐渐清醒过来。他睁开双眼，用茫然的目光看了一眼隔壁那个囚犯，不知道对方为什么要救自己。

那个囚犯却像是什么事情都没做，蹲到了栅栏旁，面无表情地望着外面。

明四爷浑身酸软，裤中已有遗溺，臭不堪闻，却知道自己已经死里逃生。忽然，他身后那堵厚厚的墙像是被鬼神运力一般，悄无声息地开了一道口子，露出了湛湛青天！

高达收回长刀，面色微白，强行打通苏州府大牢的厚墙也损耗了他不少真气。

他走进牢房，提着明四爷转身离开。

一个监察院的官员悄然入内，拔出三个衙役咽喉间的弩箭，又整理了一下牢房里的干草，走到栅栏旁边，伸出手去，那个囚犯一言不发，将暗弩递了过来，又指了指旁边的食盒。

监察院官员收回暗弩,从食盒里取出一根鸡腿,放到了他手上。

囚犯有些满意地笑了笑。

监察院官员压低声音说道:"再等两个月,大人还需要你当证人。"

囚犯一面啃着鸡腿,一面点了点头。

监察院官员退出去后不久,囚犯将啃剩的鸡腿弹入对过斜方的一间牢室里,擦了擦嘴,然后面色一变,凄厉无比地大声喊道:"救命啊!救命啊!有人杀人劫狱!"